Gianni Fornasari

IL SASSO DIPINTO

Romanzo

Koi Press

Gianni Fornasari
Il sasso dipinto

© Koi Press
Koi Press è un marchio editoriale di Openmind Srls
Via Volta 72, 20013 - Magenta (MI)
www.koipress.it/ebook/
ISBN 9788885769120
Progetto grafico: Koi Press
Immagine in copertina: da-kuk (iStockPhoto)

Il sasso.

La persona distratta vi è inciampata.

Quella violenta l'ha usato come proiettile.

L'imprenditore l'ha usato per costruire.

Il contadino stanco invece come sedia.

Per i bambini è un giocattolo.

Davide uccise Golia e Michelangelo ne fece la più bella scultura.

In ogni caso la differenza non l'ha fatta il sasso, ma l'uomo.

Non esiste sasso nel tuo cammino che tu non possa sfruttare per la tua propria crescita.

Anonimo

Le circostanze che portarono al ritrovamento del cadavere furono determinate da una serie di eventi talmente improbabile che in seguito, analizzando l'intera vicenda a mente fredda davanti a un bicchierino di limoncello fatto in casa, il vice brigadiere D'Ambrosio disse che dietro ci doveva essere per forza la mano di Santa Rosaria visto che, se non ricordava male, la chiamata era arrivata il 7 di ottobre (si era anche ripromesso di controllare la data nella relazione di servizio).

Il luogo della sepoltura era situato all'interno del Parco Urbano Franco Agosto, sul pendio di una collinetta erbosa dove a nessuno sarebbe venuto in mente di mettersi a scavare. Probabilmente l'omicida aveva agito in pieno inverno quando quella zona del parco, lontana dalle piste ciclabili e dai percorsi pedonali, era pressoché costantemente deserta e anche ammesso che qualcuno, nei giorni seguenti, avesse notato la terra smossa, ne avrebbe attribuito la causa alla massiccia presenza di nutrie che da tempo infestavano l'area.

Ciò che il colpevole non sapeva era che nei cassetti dell'Assessore allo sport del Comune di Forlì giaceva il progetto di commissionare una scultura che ricordasse le gesta di Simone Casadei, la cui carriera di ciclista professionista si era conclusa un paio di anni prima con all'attivo tre piazzamenti nelle classiche del nord, un secondo posto alla Tirreno Adriatico e alcune onorevoli partecipazioni al Giro d'Italia in veste di gregario di un noto velocista a cui Simone, scrivevano i promotori del progetto, *aveva consentito di conseguire numerose vittorie di tappa*. E se i giornali, Gazzetta dello Sport in primis, riservavano troppo poco spazio a questi *operai* del ciclismo, bisognava porre rimedio con un simbolo capace di onorarne la fatica e la passione. Inizialmente si era pensato di stampare un libretto, una sorta di biografia corredata dalle foto più significative, da distribuire gratuitamente o con offerta libera, specificando che il denaro raccolto sarebbe stato donato in parti uguali alle tre squadre di ciclismo giovanile della città, poi qualcuno aveva ipotizzato di commissionare una scultura, niente di pacchiano per carità, qualcosa che potesse, in maniera elegante e discreta, onorare la carriera di Casadei e trasmettere a tutti la bellezza di questo sport. Dopo oltre un anno di tira e molla si era riusciti a trovare lo scultore, un giovane e promettente artista che, a un prezzo ragionevole, avrebbe realizzato l'opera. Quando si trattò di scegliere il luogo dove collocarla, alla luce della decisione unanime di metterla all'esterno (chiuderla tra quattro mura avrebbe significato imbrigliarla e tradire l'anima libera del ciclismo), si pensò subito al Parco Urbano, dove avrebbe fatto bella mostra di sé tra la cittadinanza che, durante la bella stagione, vi affluiva in massa. Fu fatto un sopralluogo in una fredda giornata di fine inverno e si decise di piazzare l'opera appena oltre l'entrata ovest, al centro di un grande cerchio di ghiaia dove attualmente giaceva un gazebo di legno che sarebbe dovuto servire come biglietteria qualora l'Amministrazione in carica o quelle successive avessero deciso di stabilire un prezzo per l'accesso al parco. Poiché l'idea, col senno di poi, appariva totalmente irrealizzabile e considerando lo stato di usura del gazebo (le assi erano infestate da acari e le pareti completamente ricoperte di disegni osceni fatti con lo spray), furono tutti concordi che togliendolo di mezzo e sostituendolo con la scultura si sarebbero presi due piccioni con una fava. Sennonché, di lì a poco, ci furono le elezioni amministrative e la Giunta cambiò colore, inaspettatamente. Il nuovo assessore allo sport durante la presentazione della scultura presso il laboratorio dell'artista, dopo aver espresso il proprio vivo apprezzamento per l'ottimo lavoro svolto, disse che non era possibile collocarla al posto del gazebo, la cui futura eventuale utilità non era da escludere a priori.

Si vociferava che Simone Casadei, durante la campagna elettorale, avesse pubblicamente manifestato il proprio sostegno per la rielezione della Giunta in carica e alcuni pensarono che il nuovo Sindaco avesse dato disposizioni di insabbiare il progetto della scultura per vendicarsi. Così, nel corso di un successivo sopralluogo, a distanza di oltre un anno dal precedente, furono esaminate diverse alternative fino a quando gli occhi dell'assessore non si fissarono su una collinetta, in particolare sul pendio che, in virtù della sua inclinazione, come disse subito dopo averlo puntato con l'indice, avrebbe permesso, con un corretto posizionamento della scultura, di simulare l'enorme sforzo della salita. A nulla valse il sovrapporsi di voci con cui i promotori spiegarono che Simone non era affatto uno scalatore, casomai un passista veloce, e che in tutta la sua carriera aveva maledetto le montagne e sputato sangue per cercare di tenere il passo del gruppo nelle grandi tappe dolomitiche, ma l'assessore, che di ciclismo non ci capiva un'acca, si limitò a scuotere la testa e, continuando a fissare la collinetta, con la mano tesa sulla fronte a proteggersi dal sole, si limitò a dire che se non era forte in salita forse non meritava di essere celebrato con una scultura.

I lavori per il posizionamento dell'opera ebbero inizio di lì a qualche mese, giusto il tempo necessario per gli ultimi, più o meno espliciti tentativi del nuovo sindaco di rimandare ulteriormente, salvo accorgersi che oramai la macchina era stata avviata e non poteva più essere fermata. La ditta incaricata per l'installazione stabilì che era necessario consolidare la base con una fondazione di cemento, l'area interessata fu delimitata con paletti che furono collegati da lenze, fu sparso del gesso a terra, furono tolti i paletti e i fili e iniziò lo scavo. Due operai, armati di badili e picconi, presero servizio di buon'ora, in una tiepida mattina di ottobre. Uno dei due era reduce da un addio al celibato e faticava a reggersi in piedi, un po' per il sonno arretrato un po' per l'alcool che, secondo la sua versione dei fatti, era stato costretto a ingerire dal resto della comitiva. Fu proprio lui, dopo un paio d'ore di lavoro, a notare qualcosa che affiorava dalla terra smossa, più o meno a mezzo metro di profondità. All'inizio pensò che si trattasse di un animale, magari una talpa morta, prese il badile e scavò tutto intorno usando una delicatezza che neppure lui sapeva spiegarsi. Bastò poco poi i suoi sensi annebbiati di colpo si risvegliarono. Saltò fuori dalla buca e cominciò a gridare, diceva al suo collega di andare a vedere, indicava il punto dello scavo dal quale era appena fuggito, imprecava e si colpiva il viso con le mani guantate. L'altro operaio pensò a uno scherzo ma poi, vista l'insistenza, si girò, fece due passi e si sporse verso la buca.

"Porca misera" disse a denti stretti. Si guardò attorno, come se il responsabile di quella cosa potesse essere ancora lì, a spiarli, nascosto dietro i cipressi ai piedi della collina o appena più distante, mimetizzato dentro il bosco di betulle oltre il fiume Montone. Si tastò il giubbetto alla ricerca del cellulare, ricordò di averlo lasciato nel furgone, all'entrata del parco. Iniziò a correre in quella direzione, seguito a ruota dall'altro che ignorò la sua disposizione di rimanere lì a presidiare l'area. Quando si furono allontanati restò solo il silenzio, rotto appena dal fruscio delle fronde mosse da un tiepido vento autunnale e, in lontananza, dal borbottio di una vecchia auto che non voleva saperne di accendersi. Un paio di conigli sbucarono dal nulla per constatare la ritrovata tranquillità ma non ebbero il coraggio di avvicinarsi allo scavo. Se l'avessero fatto avrebbero visto ciò che restava dopo la fuga dei due uomini, un badile buttato nell'erba, un piccone piantato al suolo, alcuni sacchi di cemento impilati uno sull'altro e una carriola in lamiera col fondo consumato. Probabilmente non avrebbero neppure fatto caso alla mano, quasi completamente decomposta, che sbucava dalla terra smossa, con le dita rattrappite e il palmo rivolto al cielo in una posizione che, se vista da una certa angolatura, poteva far pensare a una silenziosa, totalmente inutile, richiesta di aiuto.

Parte prima

1986 – 1993

1

Leonardo

La prima volta che misi piede a Villa Cecilia non mi resi conto di quanto fosse grandiosa. Forse perché all'epoca avevo solo dodici anni o forse perché quel giorno ci rimasi pochissimo, giusto il tempo di aspettare che Amelia e Tommaso fossero pronti per uscire, visto che il programma della giornata prevedeva di trascorrere il pomeriggio al mare. Così, dopo aver attraversato il cancello in ferro battuto, aver percorso il vialetto in leggera discesa fino al corpo centrale della villa e aver parcheggiato nell'ampio piazzale circolare collegato al portico sopraelevato da alcuni gradini di pietra, non eravamo neppure scesi dall'auto, mia madre e io, che li vedemmo sbucare da una porta laterale seguiti a ruota dalla governante che riconobbi subito per averla sentita descrivere da Tommy in più occasioni, *panciuta e goffa nei movimenti da ricordare un ippopotamo*. Erano saliti sui sedili posteriori insieme ai loro zaini, avevamo salutato e ci eravamo avviati verso l'uscita. Neppure il commento della mamma, *accidenti che meraviglia* era servito a scuotere il mio interesse, a me della villa non importava un fico secco, ero interessato a quelli che la abitavano.

Solo in seguito, dopo essere diventato un ospite fisso, cominciai ad apprezzarne la bellezza, e non parlo solo della piscina e del campo da tennis, o dell'area intermedia adibita a giardino con in mezzo il gazebo dal tetto in ardesia, ma anche degli angoli meno frequentati dalla nostra truppa di invasori casinisti, il portico tutto intorno alla villa con le colonne rivestite di pietra, il grande terrazzo sul retro, l'immenso parco con l'erba sempre corta e le siepi sempre curate, gli alberi di ogni specie e dimensione, in particolare il bellissimo ulivo secolare che si ergeva nodoso al suo centro e che soprattutto in inverno, quando il tronco e la base dei rami venivano rivestiti da un telo bianco per proteggerli dal freddo, sembrava una prima ballerina nel bel mezzo di un palcoscenico. Oppure la vigna, due filari dritti e paralleli che in autunno si coprivano di grappoli scuri, e la piccola serra di fianco al capanno degli attrezzi, nella quale però ci era proibito entrare.

Si aveva l'impressione che nulla fosse stato lasciato al caso, ogni elemento frutto di decisioni professionali discusse e valutate dal team di architetti che tre anni prima avevano ricevuto l'incarico di realizzare la villa e che periodicamente mostravano il cantiere all'ingegnere Fioravanti, al quale spettava sempre l'ultima parola su tutto, materiali, forme, colori.

Si diceva che una volta finita fosse stata inaugurata come si fa con le barche o con i ristoranti, con una festa memorabile alla quale parteciparono personaggi famosi, cantanti, politici, vallette, giornalisti, gente che a Forlì di certo non c'era mai venuta prima, né ci sarebbe tornata in seguito. Infatti se ne parlò a lungo, nei bar e nei saloni di bellezza, si fecero nomi e si raccontarono aneddoti, si favoleggiò sulla presenza di attori e ministri, tutti riuniti alla corte dell'Ingegnere. Di sicuro c'era la musica, che si poteva sentire dalla strada passando davanti al cancello principale, e i fuochi d'artificio, che a mezzanotte in punto si impennarono alti nel cielo di quella notte di giugno, facendo uscire mezza città sui balconi delle case, gli sguardi assonnati rivolti verso le colline.

Fino a quel giorno la famiglia Fioravanti non si era mai vista in giro, si sapeva solo che l'Ingegnere aveva commissionato la villa per viverci con moglie e figli, una sorta di ritorno a casa dopo il trasferimento a Milano di venticinque anni prima quando, poco più che ventenne e fresco di laurea, aveva accettato l'offerta di lavoro di un importante studio professionale. Era stato lui stesso ad annunciare la fine dei lavori e l'imminente trasloco nel corso di un'intervista televisiva a un'emittente locale che lo aveva invitato per registrare una delle dieci puntate del programma *concittadini illustri*, subito dopo un giovane ricercatore del MIT e prima di un attempato critico gastronomico che sembrava sempre sul punto di addormentarsi. L'ingegnere, ospite di punta del programma, aveva chiuso l'intervista con quella notizia, pronunciata nel corso di un lungo monologo sull'opportunità di rivedere le politiche urbanistiche allo scopo di incrementare l'area verde per abitante che all'epoca si attestava sui trenta metri quadrati, come aveva solennemente annunciato guardando fisso la telecamera e aprendo le prime tre dita della mano. In quel contesto si collocava la scelta di tornare a vivere in Romagna, a tutela della salute dei suoi figli, per sottrarli all'aria inquinata di quella Milano che l'edilizia indiscriminata degli ultimi anni aveva reso irriconoscibile. Se l'intervistatore fosse stato più reattivo avrebbe chiesto all'Ingegnere come si potesse conciliare quella visione ecologista con le decine di palazzi che lui stesso aveva eretto nella periferia milanese nel corso di quegli stessi anni, e sicuramente lui avrebbe risposto all'ipotetica domanda snocciolando cifre e metrature sul verde pubblico che la sua società aveva realizzato nell'ambito di ciascun progetto, ma al giornalista interessava solo chiudere la registrazione ed era già abbastanza infastidito dal fatto che l'Ingegnere, con i suoi interminabili incisi, aveva fatto saltare la scaletta tre volte impedendogli di porre le domande sui vip che era solito frequentare e che di certo avrebbero interessato maggiormente il pubblico.

Per tutta l'estate seguente al trasferimento della famiglia la villa era rimasta inaccessibile alla gente comune. Che ci abitasse qualcuno era intuibile perché tendendo l'orecchio in un punto qualsiasi della siepe di bosso che ne circondava l'intero perimetro si poteva sentire il rumore dell'acqua smossa della piscina o il rimbombo dei colpi provenienti dal campo da tennis, oppure il ronzio del tagliaerba che dovendo mantenere costantemente basso il livello del prato, data l'ampiezza della superficie, richiedeva un utilizzo pressoché continuo. Né ci furono apparizioni pubbliche, fatta eccezione per l'inaugurazione del nuovo canile municipale alla cui realizzazione i Fioravanti avevano partecipato con una sostanziosa donazione. Furono immortalati con il sindaco e un paio di bastardini in una foto che comparve nella pagina di cronaca locale del Carlino, a corredo di un articolo che declamava l'importanza di quanto era stato fatto per sottrarre i poveri animali alle terribili condizioni di vita cui erano costretti nella vecchia struttura e invitava la cittadinanza a essere riconoscente alla famiglia Fioravanti per quello che fu definito *un chiaro esempio di concretezza e senso civico.*

L'articolo era stato citato da mio padre a colazione, dopo aver picchiettato due o tre volte con le dita sulla pagina aperta, "lo vedi come si sputtanano i soldi quelli che ne hanno troppi, invece di dar da mangiare ai cani potrebbero pensare ai poveri cristi" aveva detto con la sua voce rauca di sonno e sigarette, poi aveva scosso la testa e ripiegato il giornale, l'aveva gettato via con un gesto di stizza. Quella sera l'avevo ritrovato nello stesso punto, in bilico sul bracciolo del divano, mi era tornata in mente la notizia del canile, l'avevo cercata tra le tante di cui non m'importava nulla. Eccola, la foto con la famiglia Fioravanti al completo, l'ingegner Ernesto, la moglie Cecilia e i figli Tommaso e Amelia, tutti eleganti e con gli sguardi fissi all'obiettivo, un accenno di sorriso sulle labbra. L'articolo diceva che si erano appena trasferiti in città, riportava l'annuncio che a quella donazione ne sarebbero seguite altre a tutela dei fabbisogni più urgenti che di volta in volta sarebbero stati individuati insieme all'amministrazione comunale, seguiva una breve biografia dell'Ingegnere e dei suoi successi imprenditoriali. Fissai la foto a lungo, come rapito da quelle persone così perfette, così diverse da noi. Sembravano provenire da un altro mondo. Un mondo fatto di ricchezza, di donazioni pubbliche, di bastardini che fanno la bella vita dentro canili nuovi di zecca.

Pensai che mi sarebbe piaciuto farne parte.

2

Amelia

Quando seppi che ci saremmo trasferiti mi arrabbiai moltissimo. Avevo nove anni, facevo la terza elementare, non ne volevo sapere di abbandonare i miei amici, le mie abitudini, per andare a vivere in un luogo dove non conoscevo nessuno. Fu mio fratello a darmi l'annuncio, spalancando la porta della mia cameretta e irrompendo dentro mentre stavo giocando a truccarci con la mia migliore amica Camilla. Non feci neppure in tempo a protestare che mi scaraventò addosso la notizia.

"Cambieremo casa e città. Ce ne andremo via per sempre."

Feci passare quei pochi secondi necessari per capire se mio fratello mi stesse prendendo in giro. Quando mi resi conto che era tutto vero scoppiai a piangere, un pianto gridato come non mi capitava da molto, forse da quella volta che avevo smarrito l'anello di fidanzamento di mia madre.

"Cos'è successo? Amelia, piccola, ti sei fatta male?"

La voce di Clelia la precedette di parecchio, la sentivamo avvicinarsi ansimando per le scale e lungo il corridoio, ogni tanto ripeteva "cara, stai bene?" ma io non riuscivo a rispondere, il pianto me lo impediva, tiravo su col naso e singhiozzavo, finché non comparve sulla soglia della stanza e per poco non svenne, un po' per la fatica un po' perché le lacrime mi avevano fatto colare il trucco in due strisce bluastre che mi attraversavano le guance e che insieme agli occhi rossi e alle labbra viola di rossetto mi facevano sembrare una specie di zombie di ritorno dal mondo dei morti.

Quella sera mi rifiutai di cenare. Dovetti comunque sedere a tavola ma incrociai le braccia e strinsi le labbra, dissi che non avrei mangiato mai più, mi sarei lasciata morire di fame. La mamma, che di solito era inflessibile di fronte ai miei capricci, quella volta apparve tollerante, pronunciò parole di conforto che all'inizio mi sorpresero, poi mi fecero capire che l'idea del trasferimento non andava giù neppure a lei.

"Tuo padre ha deciso così, non possiamo farci niente."

Quella frase gettò una pietra tombale su ogni residua speranza, tanto valeva abituarsi all'idea e farsene una ragione. L'avevo capito un anno prima che non c'era verso di opporsi alle decisioni di mio padre. Una domenica pomeriggio avevo chiesto e ottenuto di andare al cinema a vedere *Heidi* ma all'ultimo momento, proprio mentre la mamma e io stavamo uscendo di casa, telefonò papà per dire che saremmo andati tutti a trovare sua sorella, la zia Lorena, che si trovava in ospedale per un piccolo intervento. Stavo ancora protestando quando lui comparve sull'uscio di casa, appoggiò la valigetta, si tolse il cappotto, chiese cosa stesse succedendo, la mamma lo informò. Mi ordinò di andare nella mia stanza e di rimanerci per tutto il pomeriggio, Clelia avrebbe vigilato mentre loro facevano visita alla zia. L'episodio finì lì, almeno credevo, perché quando, circa sei mesi dopo, mamma rientrò a casa con la videocassetta di *Heidi* a me fu proibito di vederla, in memoria di quei capricci che tutti, a eccezione di mio padre, avevamo dimenticato. Incassai lo sguardo triste della mamma mentre mi accompagnava in camera mia, disse piano che non poteva farci niente, che magari in seguito l'avremmo guardata insieme di nascosto, scossi la testa e mi chiusi dentro, a desiderare di essere nata in un'altra famiglia.

Riguardo al trasferimento, quindi, non avevo alcuna speranza di riuscire a evitarlo, lo sciopero della fame fu una specie di atto simbolico che peraltro durò il tempo di una cena e di una colazione poiché al pranzo successivo cedetti di fronte alle orecchiette al pesto preparate dalla nostra cuoca, che divorai a tempo di record senza pensare a quanto debole fosse la mia forza di volontà. Ma anche nell'impeto di recuperare la fame perduta riuscii a notare gli sguardi tristi di mia madre e mio fratello mentre papà ci annunciava ufficialmente la notizia.

"Staremo bene, molto meglio che qui, ve lo posso assicurare. La villa è strepitosa, la città è piccola ma c'è tutto quello che serve, a trenta chilometri c'è la riviera romagnola, a sessanta Bologna, non ci mancherà niente, vedrete."

Alternava lunghi e appassionati monologhi a brevi pause che servivano a masticare il cibo e a valutare l'effetto delle sue parole, ci studiava con brevi e affilati sguardi indagatori che ci costringevano a tenere gli occhi bassi, respingeva le timide osservazioni della mamma con scrollate di spalle e silenzi prolungati, come fossero questioni che non meritavano una vera risposta, solo qualche precisazione buttata lì a titolo di favore.

Tommy subiva passivamente, io ero alle prese con la fame arretrata, nel complesso per mio padre fu come arrembare una bagnarola di disperati, lui che capeggiava un veliero pirata strapieno di cannoni. Il pranzo si chiuse con la solita telefonata di lavoro che lo riportò su *questioni della massima urgenza* che lo costrinsero ad accomiatarsi, non prima di aver preteso che facessimo un brindisi alla nostra nuova vita, il calice alto e lo sguardo fiero proiettato verso un futuro luminoso.

"Mi ringrazierete, come sempre" furono le sue ultime parole prima di chiudersi la porta alle spalle. Un'altra verità indiscutibile elargita a beneficio delle nostre menti limitate.

Dopo qualche minuto, che servì a scrollarci di dosso i residui dell'ingombrante presenza del capofamiglia, fu Tommy a parlare.

"Magari ha ragione, sembra tanto sicuro."

Poi, siccome né la mamma né io dicevamo nulla, continuò.

"Voglio dire, abbiamo sempre vissuto qui, come facciamo a sapere che sia il posto migliore?" Guardava me ma si capiva che la domanda era rivolta a lei, nostra madre, l'unico genitore con cui potevamo avere un dialogo, l'unico a cui aveva senso porre domande.

"Il problema non è dove viviamo. Il problema è che vostro padre ci sta preparando una prigione dove tenerci reclusi mentre lui continuerà a passare qui la maggior parte del tempo, a fare i comodi suoi."

Così dicendo si alzò, sorprendendoci più per la rapidità del gesto che per la frase con cui l'aveva accompagnato. Rimase dritta in piedi per qualche secondo, visibilmente tesa, come se stesse valutando l'opportunità di rimangiarsi tutto, poi scosse la testa, accennò un sorriso tirato.

"Si sta sbarazzando di noi" aggiunse prima di andarsene.

Tommy e io la guardammo allontanarsi, increduli. Non sapevamo se quella rabbia sarebbe confluita in una successiva ribellione, l'ultimo baluardo dietro a cui difendersi dagli attacchi di nostro padre, o se si fosse trattato di uno sfogo momentaneo a cui sarebbe seguita la solita resa incondizionata. Nel dubbio preferimmo rimanere in silenzio, evitare di alimentare speranze che, sotto sotto, sapevamo essere esili come gambi di margherita.

3

Leonardo

Quando, il primo giorno di scuola, vidi Tommaso entrare in classe, fermarsi oltre la porta, guardarsi intorno con aria smarrita, ebbi l'impulso di dover fare qualcosa per aiutarlo. Così alzai la mano, la agitai per farmi vedere e quando i suoi occhi lucidi mi avvistarono gli feci cenno di avvicinarsi, indicai il posto accanto al mio, nel terzo banco della fila centrale.

"Sono Leonardo. Leo."

"Tommaso."

Quando, mesi dopo, ricordammo quel nostro primo incontro, gli dissi ridendo che mi aveva fatto pena, lì fermo in piedi sembrava l'essere umano più solo al mondo.

"Probabilmente lo ero" disse lui, lo sguardo perso forse nel ricordo di quel lontano mattino.

Non diventammo subito amici, all'inizio eravamo due estranei che dividevano lo stesso banco, tenuti a distanza da una diffidenza reciproca che non riuscivamo a superare. Suppongo che la sua provenienza da una città lontana, rimarcata a ogni parola da quell'accento strano, e quel suo modo di guardarci tutti, compagni e insegnanti, come se dovesse ogni volta decidere da che parte prenderci, contribuì a rendere il suo inserimento più difficile del previsto. A coloro che gli domandavano come fosse stato vivere a Milano rispondeva con frasi mozzate, aggettivi sputati per pura cortesia, mentre con una mano si grattava la testa. Passava quasi tutto il tempo seduto al suo posto, durante l'intervallo leggeva fumetti che teneva sotto il banco e che di tanto in tanto sbirciava anche durante le lezioni, oppure giocava ad abbattere gli aerei con il suo orologio Casio. Con quel suo atteggiamento da cane bastonato non passò molto prima che i bulletti della scuola lo prendessero di mira. Lo avvicinavano all'entrata e all'uscita, lo accerchiavano e gli chiedevano di dire qualche parola in milanese. Lui incassava senza battere ciglio, limitandosi a scansarli e passare oltre fino a quando, un giorno, non poté evitare lo scontro visto che il capetto arrogante della banda gli si era piazzato davanti e non lo lasciava passare. Intervenni cercando di calmare le acque, fui invitato a farmi gli affari miei, rimasi a guardare mentre Tommy veniva spintonato e insultato. Teneva lo sguardo basso, si limitava a chiedere di lasciarlo passare, diceva *per favore*. Fu talmente arrendevole che i bulli si stancarono subito, a quelli piaceva la rissa, Tommy non l'avrebbe mai concessa. A salvarlo fu la sua incapacità di reagire. Quando se ne andarono mi avvicinai, lo lodai, dissi che aveva fatto bene a rimanere calmo, era la tecnica migliore. Lui mi guardò, sorrise, forse il suo primo vero sorriso da quando lo conoscevo, ma non disse nulla, raccolse il suo zaino da terra e si avviò verso l'uscita.

Il giorno seguente si presentò a scuola accompagnato da un signore alto e distinto in giacca e cravatta, li vidi entrare nell'ufficio del Preside che sembrava li stesse aspettando. Ci rimasero mezz'ora, quando Tommy entrò in classe le lezioni erano già cominciate. Sussurrai un ciao. Chiesi cosa fosse andato a fare dal Preside.

"Ho detto a casa quello che è successo ieri."

"Non mi dire che ti sei fatto accompagnare da tuo padre e che lui si è lamentato col Preside. Ti prenderanno in giro per anni." Scosse la testa, sembrava che la cosa lo divertisse.

"No, quello non era mio padre. Era il nostro avvocato. Uno dei tanti. Mio padre non ha tempo per queste cose."

"Il vostro avvocato?"

Mi guardò come se fossi un minorato mentale che non riesce a capire una cosa ovvia.

"È venuto per farsi dire i nomi dei genitori di quei tre farabutti. Entro oggi partiranno le raccomandate. Se mi toccheranno o mi insulteranno ancora gli faremo causa. Semplice no?"

Rimasi sconcertato. Non sapevo se mettermi a ridere o avere paura, alzarmi e cambiare banco.

"Ah, un'altra cosa. Ho parlato anche di te a casa. Ho detto che mi hai difeso. I miei vogliono conoscerti. Dobbiamo organizzare un incontro."

Quando raccontai che i genitori di Tommaso Fioravanti volevano incontrarmi per ringraziarmi di aver difeso loro figlio, mio padre mi guardò da sopra le lenti dei suoi spessi occhiali da lettura.

"Quando?" chiese appoggiando il giornale sulle ginocchia, "non ne ho idea", risposi. La mamma, che aveva messo a fuoco la notizia con qualche attimo di ritardo per via di un fornello che non riusciva ad accendere, mi guardò con un'attenzione particolare, come se quella fosse una cosa troppo grande per me, essere invitato a casa della famiglia Fioravanti, quasi che dovesse decidere lì, sul momento, se rivedere al rialzo le sue aspettative nei miei confronti.

"Sta alla larga da quella gente" disse mio padre, e poiché non mi decidevo a chiedere cosa intendesse dire di preciso, aggiunse: "rischi di diventare il cane da compagnia del loro prezioso figlioletto." La mamma a quel punto si sentì in dovere di intervenire.

"Non lo ascoltare. È paranoico. Secondo me è una bella cosa e spero che diventerete grandi amici. È sempre meglio avere amici influenti."

Mi rattristai. Non erano certo quelle le reazioni che mi aspettavo. Immaginavo che sarei stato lodato per il mio coraggio, il mio senso di giustizia, invece avevo ottenuto fredde raccomandazioni a stare attento da una parte e la velata esortazione ad approfittarne dall'altra. A ogni modo l'invito non arrivò, la mia amicizia con Tommy stentava a decollare, non ci furono altri atti di bullismo. Finii col convincermi che era stato tutto dimenticato. L'anno scolastico passò senza alti né bassi, l'ultimo giorno chiesi a Tommy cosa avesse in programma per le vacanze, lui si limitò a dire che non ne aveva idea, "magari me ne sto a casa, chi lo sa" disse senza guardarmi.

"Potremmo vederci se ne hai voglia" osai dire, sperando in un invito.

"Credo di sì. Per me va bene" rispose. Poi, siccome l'argomento sembrava esaurito, sapendo che in seguito non ci sarebbe stata occasione di tornarci sopra, buttai lì la proposta.

"Domani vado al mare con mia mamma, vuoi venire?"

Con mia sorpresa rispose subito di sì, lo fece con un rapido movimento del capo come se non aspettasse altro e volesse chiudere l'accordo prima che potessi ripensarci.

"Va bene alle due?" chiesi.

"Va bene" rispose, ripetendo lo stesso movimento di prima.

"Però..." mormorò tenendo gli occhi fissi sul banco.

"Però cosa?"

"Può venire anche mia sorella?"

"Ma certo" risposi d'impulso, anche se l'idea di portarci dietro una femmina non mi esaltava.

"Cioè, se vuoi tu" provai a dire, sperando che valutasse meglio la cosa e cambiasse idea. Sembrò pensarci, ma solo per un istante, poi mi guardò e sulle labbra aveva un sorriso che mi parve di complicità, "non ci darà fastidio, vedrai."

Di quel pomeriggio al mare ho un ricordo sbiadito, immagini di noi tre bambini alle prese con una buca più lunga delle nostre braccia, con mia madre distesa lì vicino a prendere il sole e che ogni tanto alzava la testa, si copriva gli occhi con la mano e ci guardava, diceva "che bravi!", si accertava che non ci mancasse nulla, acqua, cibo, crema protettiva, quasi che avvertisse la responsabilità di avere con sé i figli della famiglia più ricca della città. A ogni richiesta scattava in piedi, afferrava il borsellino e camminava svelta verso il bar, tornava con le mani piene di gelati, bottigliette, piadine farcite. Non ero abituato a tutte quelle premure, di solito respingeva le mie richieste con gesti scocciati e solo insistendo parecchio riuscivo a farmi sganciare qualche spicciolo che bastava al massimo per un ghiacciolo o un paio di liquirizie arrotolate. Se avevo sete dovevo bere l'acqua della bottiglia che portavamo da casa, talmente calda da dare il voltastomaco. Ci accompagnò perfino a fare il bagno, accettò che la spruzzassimo con le mani limitandosi a deboli proteste, da che ricordassi quella era la prima volta che vedevo mia madre in mare, al massimo restava sul bagnasciuga e mi guardava sguazzare a pochi metri dalla riva, puntandomi il dito contro se osavo schizzarla.

Fu una bella giornata, che servì a consolidare l'amicizia con Tommy, un altro passo in avanti verso l'abbattimento della barriera protettiva che aveva eretto intorno a sé e che fino a poco tempo prima credevo fosse indistruttibile.

4

Amelia

Quand'ero piccola pensavo che i padri fossero tutti come il mio, figure alte e sfuggenti che apparivano all'improvviso sulla soglia di casa dopo molti giorni di assenza, sempre eleganti e ben pettinati, a cui dovevi andare incontro per un abbraccio e un bacio, con l'odore del dopobarba che ti rimaneva appiccicato addosso per tutto il resto della giornata, e magari lo ritrovavi ancora sul cuscino la mattina seguente, quando lui se n'era andato di nuovo.

Provavo uno strano miscuglio di sentimenti nei confronti di quell'uomo, sapevo che trattandosi di mio padre ero tenuta ad amarlo con tutta me stessa, che insieme alla mamma e a Tommaso rappresentava il centro focale del mio piccolo mondo di bambina. Eppure percepivo in lui una sorta di distacco, come se non potesse darsi interamente a me, a noi, come se una parte di lui fosse confinata altrove, in un luogo e in un tempo distanti dalla nostra casa, dalle nostre vite. Crescendo capii che a tenerlo lontano era il suo lavoro, che si trattava di un uomo importante, nient'affatto uguale ai padri delle mie amiche, dei miei compagni di scuola, e che ciò lo rendeva speciale. Mi veniva ripetuto spesso che dovevo essere fiera di lui e compresi che essere sua figlia rendeva un po' speciale anche me.

Capitava che qualcuno in classe mi dicesse: "ho visto la foto di tuo padre in un giornale", oppure "i miei genitori hanno detto che tuo padre ieri sera ha parlato in TV", e mi guardavano come se fossi stata io a fare l'una e l'altra cosa, mi dicevano "beata te che hai un papà così famoso", si capiva al volo che avrebbero fatto cambio senza pensarci, sostituire i loro padri ordinari col mio, essere i figli di quello che va in TV e appare sui giornali. Io non dicevo nulla, annuivo per educazione e giravo i tacchi, oppure cambiavo argomento lasciandoli in sospeso, nessun commento o aneddoto sul mio super papà, nessuna storiella che avrebbero potuto riciclare facendosi belli con parenti e vicini di casa. In realtà non avevo nulla da raccontare, di lui sapevo poco, solo ciò che mi veniva riferito con frasi piene di superlativi assoluti, e non mi fregava niente che ci fosse la sua foto sulla copertina di qualche rivista alla moda o che la presentatrice televisiva più in voga del momento lo volesse come ospite fisso del suo nuovo, stupidissimo programma. Volevo un papà che mi raccontasse le favole la sera prima di andare a letto, che mi confidasse segreti da custodire come tesori preziosi, che mi accompagnasse a scuola e che mi venisse a prendere all'uscita, che mi aiutasse a fare i compiti e che mi consolasse se non stavo bene, volevo sentire le sue mani calde sulla fronte per capire se avevo la febbre e sentirmi addosso il suo sguardo rassicurante, *tranquilla tesoro, guarirai presto, ci sono io qui con te.*

Purtroppo tutte queste cose potevo solo immaginarle, l'unico punto di contatto tra noi, quand'ero piccola, consisteva in resoconti telefonici che la mamma si sforzava di fargli aiutandosi con un blocco di appunti, scuola, danza, abitudini alimentari, salute, mi sentivo come l'oggetto di un esperimento da cui trarre freddi dati da analizzare. E a giudicare dal fatto che parlava quasi sempre lei, al telefono, si poteva pensare che lui, all'altro lato dell'apparecchio, si limitasse ad annuire in maniera passiva, quasi che di tutte quelle cose non gli importasse un fico secco. Oh certo, non ci faceva mancare niente. Soldi. Ecco la parola magica. Papà era quello che portava i soldi a casa. Tanti soldi. Più di quelli che servivano per vivere alla grande, nell'attico in cima al palazzo del centro storico di Milano, a pochi metri da Piazza del Duomo, dove ci eravamo trasferiti subito dopo la mia nascita, *una nuova casa, un nuovo inizio* era la scritta in eleganti caratteri gotici che aveva fatto stampare in un cartello appeso al portone di ingresso, e che ancora veniva conservato in un vecchio baule di ricordi sepolto in cantina insieme alle speranze che quell'auspicio potesse avverarsi per davvero. A volte penso di essere stata l'ultima speranza, l'ultimo appiglio a cui aggrapparsi per salvare un matrimonio che per troppo tempo è rimasto sull'orlo di un abisso con loro due, i miei genitori, a far finta di nulla, la voragine si apriva e loro se ne stavano girati dalla parte opposta, col sorriso rivolto ai teleobiettivi. Mi piace pensare che ci sia stato un tempo in cui si amavamo molto, lo si intuisce dalle foto ordinatamente riposte in album che occupano un intero scaffale della libreria grande, quella sistemata nello studio di papà, e che la mamma ogni tanto mi costringeva a guardare insieme a lei, prodigandosi in spiegazioni su dove fossero state scattate e sospirando a ogni girata di pagina. Sotto sotto piaceva anche a me osservarli da giovani e ripresi in tutti quei luoghi meravigliosi, Venezia, Firenze, Napoli, e poi Parigi, Londra, New York, quando papà era all'inizio della carriera e già doveva viaggiare molto, ma portava mamma sempre con sé. Poi alzavo gli occhi dalle foto e la guardavo e la differenza mi appariva ingigantita dal contrasto tra la stampa e la realtà, le prime rughe che sfuggivano ai costosi trattamenti estetici, quello sguardo perso nei ricordi che la faceva apparire estranea a quel luogo e a quel momento, l'ombra della tristezza che ne deformava il sorriso rendendolo una specie di smorfia, come se ogni volta che si costringeva (e *mi* costringeva) a guardare le foto si convincesse che di quel tempo lontano non fosse rimasto nulla. Di solito prevenivo le lacrime convincendola a fare una partita a carte, era il mio modo di ricordarle che esisteva un presente nel quale c'ero io, c'era Tommaso, ed entrambi avevamo un disperato bisogno di lei.

5

Tommaso

Ho scoperto di essere omosessuale il giorno del mio tredicesimo compleanno. Certo, di segnali ce n'erano stati anche in precedenza, per lo più ignorati e classificati come stranezze infantili, l'abitudine di giocare con le bambole di mia sorella, il rigetto per tutti gli sport che tanto piacevano ai miei coetanei, il calcio, il basket, oppure il modo in cui mi fermavo a contemplare la bellezza in ogni sua forma, che si trattasse di un disegno, un paesaggio, un brano musicale. A un certo punto quest'ultima cosa fu notata, dicevano che ero un bambino *particolarmente* sensibile ed erano fieri di me, mia madre, i nonni, forse anche mio padre sebbene non fosse sua abitudine manifestare i propri giudizi nei nostri confronti, al massimo poteva annuire a quelli espressi da altri in sua presenza, una sorta di consacrazione solenne. E questa mia *particolarità* fu sostenuta e incoraggiata per anni attraverso corsi di disegno e musica a cui partecipavo con l'entusiasmo contagioso degli adulti che mi incoraggiavano a liberare il genio artistico che si pensava fosse dentro di me. Poi finivo per stancarmi, si scoprì che mi piacevano le cose belle ma non ero interessato a crearle e che non c'era alcuna possibilità che un giorno potessi diventare un pittore famoso o un critico d'arte alla moda. Rimase solo quella parola, *particolare,* che di seguito fu usata tante volte per riferirsi a me, *Tommaso è un ragazzo molto particolare*, oppure *Tommaso ha un modo molto particolare di porsi* e anche *le particolarità di quel ragazzo sono davvero tante.* Alla fine divenne una sorta di sinonimo, un modo diverso per definire ciò che ero senza rischiare di apparire offensivi o, peggio, volgari. O magari quella parola serviva solo per districarsi in una realtà che non sarebbero riusciti ad accettare fino in fondo e dentro il suo significato ambiguo poteva celarsi la possibilità (e la speranza) che crescendo sarei tornato dentro i giusti binari, sarei stato un ragazzo normale, un degno erede dell'impero Fioravanti.

Io stesso lo speravo, scrutavo con sospetto i miei desideri e li ricacciavo indietro con vergogna e rabbia, osservavo gli altri maschi della mia età e immaginavo me stesso mentre facevo le stesse cose, poi guardavo le femmine e aspettavo di provare quel senso di attrazione che mi avrebbe liberato da ogni dubbio. Finché, per l'appunto, non arrivò il giorno del mio tredicesimo compleanno, e tutto divenne dolorosamente chiaro.

Avevo invitato a casa un ristretto gruppo di amici, per lo più compagni di scuola coi quali avevo condiviso la prima media e quasi tutta la seconda, visto che il mio compleanno era il 13 maggio e alla fine dell'anno scolastico mancava neanche un mese. Definirli amici era una forzatura, in realtà si trattava di un rapporto di condivisione dell'aula scolastica e delle lunghe e asfissianti ore di lezione passate ad ascoltare i monologhi di professori più o meno annoiati, degli intervalli pieni di odori di panini al prosciutto e di rumori di sedie spostate, dei momenti carichi di tensione che precedevano il pronunciamento dei cognomi di chi doveva essere interrogato. L'idea della festa era venuta a mia madre, sempre preoccupata che non riuscissi a integrarmi nella nuova città, diceva che dovevo frequentare gli altri ragazzi, ascoltare le loro storie, fingere interesse se necessario, che diversamente sarei rimasto solo. Ribattevo di non avere nulla in comune coi miei compagni e che non me ne fregava niente della loro amicizia, chiedevo cosa ci fosse di male nel restare soli, lei mi guardava con aria affranta, lasciava passare qualche secondo di silenzio, poi mi accarezzava la testa e sorrideva.

"A nessuno piace stare da solo" diceva, e avrei voluto chiederle come facesse a saperlo, lei che di certo da sola non c'era stata mai. Così, per farle piacere, le permisi di organizzare la festa e quando mi consegnò una decina di inviti stampati su cartoncino colorato accettai di distribuirli in classe. Fosse stato per me avrei invitato solo Leo, il mio compagno di banco, l'unico che potessi considerare mio amico. Gli passai il cartoncino durante l'ora di matematica per non dover accompagnare quel gesto con le parole, lo guardò e rigirò come se potesse nascondere qualche misterioso segreto, poi scrisse *ok ci vengo* su un pezzo di carta e me lo fece vedere, senza distogliere lo sguardo dalla lavagna. All'intervallo mi appoggiò una mano sulla spalla, chiese chi altri avessi invitato alla festa, io abbassai il capo, non risposi nulla.

"Non sai chi invitare?" chiese, ma era più una constatazione.

"Speravo mi aiutassi tu a scegliere" risposi impacciato.

Sorrise. "Ma certo, dammi qua."

Afferrò gli inviti, li mise in tasca e si avviò fuori dall'aula semideserta, io lo seguii tenendomi a distanza. Lo guardavo camminare lento lungo il corridoio strapieno di alunni schiamazzanti, girava la testa a destra e a sinistra, fissava quelli che gli capitavano davanti, si concedeva una frazione di secondo per decidere, si avvicinava ai prescelti e gli parlava fitto all'orecchio, loro annuivano, lui gli porgeva il cartoncino. A guardare Leo sembrava la cosa più facile al mondo, un gioco da ragazzi. Rientrò in classe un attimo prima del suono della campanella, raggiunse il nostro banco, mi guardò, mi strizzò l'occhio.

"Tutto okay" disse. Non aggiunse altro.

Avrei voluto tempestarlo di domande, *chi hai invitato? Hanno detto che vengono di si-*

curo? Sei certo che abbiano capito dove abito?
Ma non dissi nulla. Mi fidavo di lui, ero certo
che avesse fatto le scelte giuste. Mi sentivo
tranquillo, in pace. Quel giorno capii che se mi
fossi affidato a Leo, per la festa del mio compleanno o per qualunque altra cosa mi potesse
capitare in futuro, non avrei avuto nulla da
temere.

6

Leonardo

Il giorno del compleanno di Tommaso arrivai alla villa con mezz'ora di anticipo. Era stato lui a chiedermelo, aveva detto di andare prima per controllare tutto, neanche fossi un esperto nell'organizzazione di feste. Così, dopo essere stato accolto al cancello da un maggiordomo tutto sorrisi e riverenze, dopo averlo seguito lungo il vialetto di accesso, dopo che lo stesso maggiordomo aveva annunciato la mia presenza facendo precedere il mio nome dalla parola *signorino,* mi ritrovai di fronte a un intero staff di camerieri alle prese con gli ultimi preparativi. Vedendomi Tommy sembrò sollevato, mi corse incontro, disse "ben arrivato", poi mi condusse verso il gazebo dove c'era un enorme tavolo apparecchiato stracolmo di squisitezze, cominciò a descriverle come se fossi incapace di distinguerle tra loro, "queste sono focaccine alla crema, queste sono pizzette con pomodoro e mozzarella, lì all'angolo le piadine con la nutella", poi elencò le bibite sistemate su un tavolo più piccolo, Coca Cola, Fanta, Sprite, lo interruppi dicendo che era tutto perfetto, lo esortai a non preoccuparsi troppo poiché in fondo si trattava solo di una festa di compleanno.

Gli invitati arrivarono alla spicciolata, accompagnati dal solito maggiordomo, li accogliemmo seduti sulle sdraio, Tommy seguì il mio consiglio di non mostrarsi preoccupato, nascose tutta l'ansia dietro un finto sorriso e si sforzò di apparire spigliato anche se era come chiedere a un coccodrillo di eseguire un passo di danza. I ragazzi che avevo scelto di invitare erano tutti tipi tranquilli, cinque maschi e cinque femmine, vennero tutti, immaginai che fossero curiosi di mettere piede a villa Cecilia. Con alcuni di loro Tommy non aveva mai parlato, né lo fece durante la festa, per lo più se ne stava appiccicato a me, se qualcuno gli faceva domande prima di rispondere mi guardava come se avesse bisogno di essere incoraggiato. Io me la spassavo alla grande, questa sua dipendenza nei miei confronti mi metteva in una posizione di prestigio, in breve cominciai a comportarmi da padrone di casa, diedi disposizioni ai camerieri, organizzai i giochi, chiunque avesse bisogno di qualcosa si rivolgeva a me.

Tra gli invitati c'era Caterina, una ragazza della nostra classe che mi piaceva, e che speravo di poter avvicinare durante la festa. La sera prima, nel buio della mia stanza, mentre cercavo di addormentarmi, avevo anche immaginato che potessimo baciarci, nascosti in qualche angolo della villa, dopo esserci giurati amore eterno. Gli invitati maschi li avevo scelti

47

in modo strategico, tagliando fuori quelli che consideravo probabili minacce, ripiegando su tipi poco interessanti, anche se a guardarli tutti insieme mentre si strafogavano di torte al cioccolato e mignon alla crema, pensai che forse avevo esagerato. Dopo una mezz'ora dall'inizio della festa arrivò un tizio sulla cinquantina con la tuta da lavoro e un cappello in testa, la faccia abbronzata e lo sguardo attento, ci squadrò tutti, prese una pizzetta dal tavolo, aveva le mani sporche di terra ma sembrò infischiarsene, masticò lentamente, quando ebbe finito si passò una mano sulla bocca per pulirsi, poi finalmente parlò.

"Voglio essere chiaro con voi, ragazzini, ci sono zone del parco dove non dovete mettere piede, e sono tutte quelle dove cresce l'erba" disse allungando la mano e puntando l'indice.

"Mi faccio un mazzo così per mantenerlo com'è e non permetterò a voi di rovinarlo, chiaro?"

Nessuno rispose, d'altra parte non fu necessario perché un attimo dopo il tizio si stava già allontanando, le mani nelle tasche del giubbino verde mimetico da cui penzolava una cintura slacciata.

"Non fateci caso, è Valeriano, il nostro giardiniere. È fissato con l'erba" disse Tommy, visibilmente dispiaciuto.

"Nel senso che la fuma?" chiese qualcuno. Ridemmo tutti. Quello fu il vero inizio della festa.

48

Avevo scordato la sorella di Tommy, dal giorno trascorso al mare, l'estate precedente, non l'avevo più vista e lui non ne parlava mai. Quando la vidi in lontananza, in compagnia di una signora grassa che stava tentando di convincerla a fare (o a non fare) qualcosa, ebbi l'impulso di andare a salutarla, poi pensai che in fondo si trattava solo di una bambina di dieci anni e ci ripensai. Mi concentrai sulla festa, e su Caterina. Proposi di giocare ad acchiapparella, ci furono alcuni mugugni, sentii dire che eravamo troppo grandi, allora ripiegammo su nascondino, anche per onorare l'enorme parco della villa, perfetto per quel gioco. Tirammo a sorte per chi doveva contare, poi cominciammo a correre in ogni direzione. Al terzo turno decisi di nascondermi dentro uno sgabuzzino degli attrezzi che avevo trovato nei pressi della serra. Ero certo che se mi avesse trovato il giardiniere me la sarei vista brutta ma di lui non c'era traccia, immaginai che avesse lasciato la villa dopo averti intimato di non calpestare l'erba. Era una specie di casotto di legno con una finestrella nella parte superiore, il vetro era talmente sporco da lasciar filtrare pochissima luce, urtai contro arnesi di ferro e ne feci cadere un paio appoggiati alla parete, imprecai contro una carriola dalla ruota sgonfia, avanzai tenendo le mani in avanti e mi accucciai sotto un tavolo da lavoro. Ero certo che non mi avrebbero mai trovato quindi, quando sentii la porta cigolare, pochi istanti dopo, ebbi un sussulto. Qualcuno aveva avuto la mia stessa idea, immaginai che potesse trattarsi di Caterina, sarebbe stata l'occasione giusta per dichiararmi.

"Ehi Leo. Ci sei? Ti ho visto entrare."

Delusione. Era Tommy. Mi aveva seguito fin lì. Non risposi subito, ero scocciato, quel pensiero di me e Caterina abbracciati sotto il tavolo non voleva saperne di andarsene.

"Sono qui" dissi, sperando che il disappunto trapelasse dal tono di voce.

Mi si sedette accanto, lo spazio era appena sufficiente, dovetti schiacciarmi contro la parete per fargli posto finché non trovò una posizione abbastanza confortevole per entrambi. Restammo per un po' in silenzio, ad aspettare.

"Ti volevo ringraziare per la festa" disse.

"È la *tua* festa. Sono io che ti ringrazio per avermi invitato."

"Vabbè, ma se tu non avessi preso in mano la situazione non ci sarebbe stata nessuna festa."

"Sai che ti dico? Sei troppo insicuro. Non hai motivo di esserlo."

"Parli bene tu. Non è facile per me, vengo da un'altra città, mi sento un intruso. Ho questo accento che mi rende diverso."

"Guarda che l'accento quasi non si sente più. E poi che vuoi che sia, siamo tutti italiani."

"Poi ho paura di tutto, di dire o fare qualcosa di sbagliato. Nel dubbio sto zitto."

Annuii, senza pensare che nel buio non poteva vedermi, "stare zitti può essere una soluzione, ma a lungo andare diventa noioso. Secondo me dovresti dire quello che pensi senza preoccuparti troppo delle conseguenze. È quello che fanno tutti i personaggi famosi. Prendi esempio da tuo padre, no?"

"Credi che mio padre dica sempre quello che pensa?"

"Beh, non saprei, non lo conosco. Di certo non sta zitto."

"Oh sì. Su questo siamo d'accordo."

Avvertii un certo astio, forse avevo fatto male a tirare in ballo suo padre, mi chiesi cosa si provasse a essere figli di un uomo così importante, pensai che potessero esserci lati negativi, anche se non riuscivo a immaginare quali. Valutai se provare a scavare per tirargli fuori qualcosa, una parte di me era curiosa di conoscere quell'uomo, magari cercare di carpire il segreto del suo successo per diventare come lui. Ma non ebbi tempo di dire altro perché all'improvviso me lo ritrovai addosso, e sentii le sue labbra sulle mie.

Tommaso, il mio amico ricco, quello che avevo preso sotto la mia ala protettiva pensando che, in fondo, avrei potuto guadagnarci qualcosa, mi stava baciando.

7

Amelia

Dopo il trasferimento a Forlì cominciai a ribellarmi, decisi che ne avevo abbastanza di ubbidire ciecamente agli ordini impartiti per telefono da un capofamiglia perennemente assente, che se voleva imporre la sua volontà su ogni cosa mi riguardasse doveva trovare il tempo di venire a dirmelo in faccia. Per la verità, all'inizio, le mie insubordinazioni passarono completamente inosservate, magari lasciavo volutamente le cose per terra e poi me ne restavo in attesa che qualcuno se ne accorgesse e mi rimproverasse, e quando poi mi avrebbero detto di non farlo più avrei risposto qualcosa come *lo rifarò tutte le volte che ne avrò voglia,* ma poi passava Clelia e sistemava tutto, probabilmente senza farci neppure troppo caso. Oppure sbagliavo apposta le risposte degli esercizi di italiano e matematica per prendere voti bassi col proposito di farli arrabbiare, anche se poi verso la fine del tempo concesso dalla maestra mi venivano i sensi di colpa, cancellavo le risposte sbagliate per mettere quelle giuste. Quando papà era a casa facevo di tutto per ignorarlo, evitavo di entrare nelle stanze dov'era lui, tacevo per tutto il tempo del pranzo e della cena o rispondevo controvoglia alle domande che mi venivano poste. Nessuno ci faceva caso, erano tutti troppo occupati ad ascoltare i suoi resoconti sull'ultimo mega progetto avviato, sul dietro le quinte del programma televisivo a cui aveva partecipato come ospite, sull'opinione che si era fatto dei personaggi famosi che aveva incontrato di recente a qualche inaugurazione o cena di gala. E quando finalmente se ne usciva con la fatidica domanda: "e la nostra piccola Amelia, come se la passa?" mia madre mi sorrideva e rispondeva che ero il suo orgoglio, sempre brava, educata, gentile. E papà diceva "bene, continua così." Liquidata con tre misere parole, come se fosse un rituale a cui dovevamo sottoporci per forza, una sorta di obbligo da sbrigare rapidamente perché altri aneddoti dovevano essere raccontati e il tempo stringeva, il grand'uomo di lì a poco sarebbe dovuto ripartire.

Se avessi trovato il coraggio di ribellarmi, gridare la mia insofferenza, probabilmente nulla sarebbe cambiato, ma almeno avrei ottenuto di spegnere quei loro sorrisi compiaciuti, sarei stata la nota stonata che interrompe, anche solo per un istante, la perfetta armonia dell'orchestra di cui mio padre era il fiero direttore, e forse finalmente si sarebbe udito qualche fischio provenire dal pubblico adorante.

L'innesco arrivò all'inizio della scuola media, si chiamava Arianna, era una dei ventisette allievi della classe a cui venni assegnata, ripetente, bruttina, apatica, vestita male.

Passava le mattine a farsi gli affari suoi, trafficando nell'ultimo banco che occupava da sola, con una barriera di libri sistemati uno sull'altro per proteggersi dagli sguardi di compagni e professori, i capelli ricci e neri che ogni tanto sbucavano di lato. La evitavano tutti come la peste, le ragazze le ridevano dietro, i maschi la prendevano in giro ma tenendosi a distanza, quasi a tradire una sorta di timore reverenziale, la accusavano di avere le pulci e i pidocchi. Portava gli stessi vestiti per settimane, probabilmente non si lavava quasi mai, c'erano giorni in cui il suo odore infestava l'intera classe, dovevamo tenere le finestre aperte anche d'inverno. Erano tutti contenti quando non veniva a scuola, cosa che succedeva piuttosto spesso, c'era la segreta speranza che non si facesse più vedere. L'insegnante di storia, un ometto placido che sembrava portare su di sé il peso di tutte le sofferenze del mondo, una volta ci disse che non era colpa sua, apparteneva a una famiglia disastrata, non entrò nel dettaglio ma ci fece capire che sarebbe stato bello da parte nostra favorirne l'integrazione in classe, alcuni annuirono convinti ma poi, quando Arianna ritornò da un'assenza di due settimane, continuarono a comportarsi come prima.

Non ci eravamo mai parlate fino all'ultimo giorno di scuola prima delle vacanze natalizie. Eravamo entrambe in strada ad aspettare, io che venisse a prendermi Ferdinando, il nostro maggiordomo, lei forse l'autobus, visto che se ne stava seduta a gambe accavallate sulla panchina di ferro proprio di fronte alla fermata. Ferdinando era in ritardo, faceva un freddo cane, mi avvicinai e mi sedetti di fianco a lei, che mosse leggermente il viso per salutarmi.

"Che stai facendo?" chiesi. Ero talmente infagottata da sciarpa e giubbotto che la mia voce uscì debole, quasi un lamento.

"Non si vede? Aspetto."

"L'autobus?"

Alzò gli occhi al cielo e ruotò leggermente la testa, infastidita.

"No, macché autobus. La limousine."

Decisi di non farmi scoraggiare, ripensai alle parole del professore di storia, *quella povera ragazza ne ha passate di tutti i colori...*, ebbi un'idea, la ricacciai indietro, la rivalutai, più ci pensavo e più mi convincevo che non fosse il caso, poi alla fine cedetti.

"Perché non vieni a casa mia? Tra poco mi passano a prendere. Pranziamo insieme, se ti va."

Mi puntò dritta, come se volesse capire se la stavo prendendo in giro, fu questione di pochi secondi prima che distogliesse lo sguardo ma furono sufficienti per capire che, dietro quella scorza di antipatia ostentata e di risposte sgarbate c'era il desiderio di essere come gli altri, di avere degli amici. Non disse nulla, io pure restai zitta, quando arrivò Ferdinando aprii lo sportello posteriore della macchina e le feci cenno di salire. Ci pensò un attimo, poi raccolse lo zaino da terra, sistemò meglio la cuffia di lana sulla testa, mormorò qualcosa che non compresi, ed entrò.

Per tutto il viaggio restammo in silenzio, Ferdinando ogni tanto controllava l'ospite dallo specchietto retrovisore, a un certo punto chiese "tutto bene signorina?" ma non ottenne risposta, mi guardò come se volesse essere rassicurato, forse pensava che quella ragazza dall'aria trasandata mi stesse minacciando di nascosto con un coltello o una pistola, che una volta arrivati a casa ci avrebbe presi tutti in ostaggio, gli sorrisi e sussurrai che si trattava di una compagna di classe e che avrebbe pranzato con noi visto che i suoi genitori avevano avuto un imprevisto e non erano potuti andare a prenderla a scuola.

"Spero nulla di grave" disse, poi nessuno parlò più. Dieci minuti dopo arrivammo alla villa, Arianna scese dall'auto senza dare tempo a Ferdinando di aprirle lo sportello, si guardò attorno con aria smarrita, chiese se davvero abitassi in *questa cazzo di villa da sballo,* risposi di sì, che quella era la casa della mia famiglia, come se volessi marcare un distacco tra me e loro, come se ci fossi finita per caso, a vivere in un posto come quello. Ero nervosa ed eccitata, stavo per commettere il mio primo atto di ribellione, portare a casa una compagna di scuola malvestita e sporca, una ripetente senza speranza che agli occhi dei miei genitori sarebbe apparsa come l'incarnazione di quel mondo di emarginati dal quale ci eravamo sempre tenuti a debita distanza. Oh, non mancavamo certo di elargire generose somme di denaro in favore di senzatetto e poveri, presenziavamo a raccolte di fondi e cene di beneficenza insieme ad altre famiglie altolocate che dai tavoli accanto cercavano di attirare l'attenzione di mio padre, oppure di mia madre nei casi piuttosto frequenti in cui lui *si scusava per non essere potuto venire a causa di improrogabili impegni di lavoro*. Ma in tutte queste occasioni di poveri e derelitti non ne avevo mai visti, c'erano solo gli eleganti rappresentanti di organizzazioni no profit che avrebbero provveduto a far confluire il denaro nelle giuste direzioni, privandoci dell'imbarazzo di qualunque contatto, anche solo visivo, coi beneficiari della nostra pietà.

Quindi quel giorno Arianna fu una specie di Neil Armstrong, il suo piede calcato sul pavimento in pietra anticata del vialetto, subito dopo essere scesa dall'auto, fu il primo passo di una parte dell'umanità, quella più svantaggiata o sfortunata, nel regno della ricchezza e dell'ostentazione. Non avevo idea di cosa sarebbe successo, né sapevo con certezza quale fosse il mio obiettivo, ma guardare quell'espressione stupita sul volto della mia compagna mi metteva allegria. Immaginai che potesse finalmente abbassare la guardia e magari, frequentandoci in quell'ambiente per lei così nuovo e diverso, saremmo potute diventare amiche.

8

Tommaso

Fu un impulso, una spinta incontrollabile.

Fu il desiderio di farlo, fregandosene di tutto.

Fu la mia vera natura che aveva trovato uno spiraglio per uscire fuori, e io non ero riuscito a fermarla.

Mi ritrovai con le labbra premute contro quelle di Leonardo, troppo stretti l'uno all'altro in quel nascondiglio improvvisato per accompagnare il bacio con un abbraccio, come forse avrei voluto. Era bastato girare la testa e avvicinarla alla sua, piegarla leggermente di lato come avevo visto fare nei film e ad alcuni ragazzi fuori dalla scuola, e poi muoverla in moto rotatorio. Il passo successivo sarebbe stato far uscire la lingua e arrotarla contro la sua, ma come prima volta non me l'ero sentita, mi ero limitato a desiderarlo, o a sperare che magari fosse lui a prendere l'iniziativa. Era durato poco, qualche secondo, poi mi ero staccato, ero tornato al mondo reale, quello dove ci si bacia solo tra maschi e femmine, dove a un altro maschio al massimo puoi dare un cinque o una pacca sulla schiena, o passargli un braccio sul collo quando segna la nazionale di calcio.

Restammo zitti per un po', quella era la fase della vergogna, del non sapere cosa dire, forse anche del pentimento. Accennai delle scuse confuse, dissi che mi dispiaceva, interpretando il suo silenzio come un rifiuto, pensai che se non fossimo stati incastrati sotto quel tavolo sarebbe scappato via, l'avrei perso per sempre. Non volevo andarmene da lì per prolungare quel contatto il più a lungo possibile e allo stesso tempo sarei voluto sparire, andare indietro nel tempo e annullare quel gesto impulsivo, tornare a essere gli amici di prima, perché ancora non sapevo come avrebbe reagito Leo ma di sicuro ci sarebbe stato un prima e un dopo, quel bacio avrebbe segnato una linea indelebile nel nostro rapporto.

"È meglio se usciamo di qui" disse cercando di farsi spazio, "io lo attiro verso la piscina e tu fai il giro dall'altra parte, così lo freghiamo."

Ci misi un po' a capire che stava parlando del nascondino.

Annuii, dissi che mi sembrava una buona idea, poi lo guardai mentre sbirciava dalla porta semiaperta, "via libera", e ci mettemmo a correre a perdifiato lungo direzioni diverse.

Per tutto il resto della festa Leo fece finta di nulla, continuò a essere il punto di riferimento del gruppo, lui proponeva e poi mi guardava come se dovessi autorizzarlo, io dicevo sì a tutto, spesso senza neppure ascoltare, impegnato com'ero a rimuginare sull'episodio del bacio, sulle possibili conseguenze, sul fatto che con quel gesto per la prima volta avevo ammesso a me stesso di essere attratto dai maschi. Ero spaventato e arrabbiato, mi avrebbero preso in giro, mi avrebbero chiamato frocio o finocchio. Temevo che Leo potesse rivelare il mio segreto, forse l'aveva già fatto, lì alla festa, forse lo sapevano tutti. Ogni volta che sentivo qualcuno ridere mi giravo di scatto, pronto a reagire. A un certo punto dissi che non mi sentivo bene e corsi dentro casa, salii in camera e mi distesi sul letto, cominciai a piangere. Sentivo il vociare della festa provenire dal giardino, immaginai che stessero parlando di me, speravo solo che se ne andassero prima possibile. Inorridii al pensiero che la notizia potesse arrivare ai miei genitori, temevo il dispiacere della mamma e la rabbia composta di papà, sapevo che una cosa del genere poteva scardinare il precario equilibrio su cui si reggeva la nostra famiglia. Pensai di andare da Leo e dirgli che si era trattato di uno scherzo, accusarlo di esserci cascato come un idiota, prenderla a ridere. Per prima cosa però dovevo asciugarmi le lacrime e ricompormi, ancora qualche minuto e poi dritto in bagno, a prepararmi per la scena. Sentii i passi nel corridoio, pensai che si trattasse di Clelia, non feci in tempo a chiudere la porta che Leo comparve sulla soglia della stanza.

"Ciao" disse, aveva un'espressione neutra sul volto, in bilico tra preoccupazione e timore di dire o fare la cosa sbagliata.

"Non sto bene. All'improvviso mi è venuto un gran mal di pancia. Dev'essere stato qualcosa che ho mangiato."

Esitò qualche istante, poi si avvicinò, si sedette sul letto.

"Se è per quella cosa che è successa nel capanno... non ti devi preoccupare. Non me la sono mica presa."

Alzai il braccio accompagnando il gesto con una risata stridula e artificiosa, "ma va, ci sei cascato, era solo uno scherzo, cosa credi? Volevo vedere come reagivi, solo questo. Prenderti in giro."

Accennò un sorriso, teneva gli occhi bassi, con una mano accarezzava Barone, il nostro gatto persiano che lo aveva seguito dentro la stanza e se ne stava acciambellato ai piedi del letto.

"Vuoi che li mandi via tutti?" chiese indicando la finestra.

Per un attimo pensai che volesse affacciarsi e gridare agli invitati di andarsene, poi precisò: "vado giù, dico che non stai bene e che la festa può considerarsi finita. Magari li facciamo telefonare a casa per farsi venire a prendere."

"Tu resti?" chiesi, cercando di farla sembrare una domanda priva di importanza, una sorta di dettaglio logistico della situazione in corso.

"Beh, se vuoi che resto va bene. Dimmi tu."

Non me la stava rendendo facile, dopo l'episodio del bacio avevo difficoltà a chiedergli di restare da solo con me, avrei voluto che fosse lui a proporsi.

"Se ti va. Possiamo cenare insieme. Con mia madre e mia sorella intendo."

"E tuo padre?" chiese.

"È fuori città. Roma credo, o Napoli. Non c'è quasi mai."

"Immagino sia molto impegnato. Però ne vale la pena."

"In che senso?"

"Guarda che casa che avete. Io me la sogno una casa così. Con un babbo ferroviere, capirai..."

Non avevo voglia di parlare di mio padre, anche solo nominarlo mi riacutizzava il terrore che venisse a sapere del bacio.

"Quella cosa del capanno..." dissi, "è importante che non lo dici a nessuno."

"Ma certo, sarà il nostro segreto."

Sorrise, una frangetta di capelli biondi gli cadde di lato coprendo parzialmente l'occhio destro, di solito si passava la mano per tirarli indietro ma quella volta non lo fece, rimase così, col volto seminascosto e quel sorriso complice che non accennava a smorzarsi.

Dovetti stringere i pugni fino a farmi male per resistere alla tentazione di baciarlo di nuovo.

9

Amelia

Quando la mamma ci vide arrivare sgranò gli occhi e fece qualche passo verso di noi, segno di un nervosismo che faticava a controllare. Arianna continuava a guardarsi intorno come se fosse capitata per caso dentro un parco giochi e non sapesse da quale attrazione cominciare, quando feci le presentazioni ci mise un po' a dire *piacere,* e lo fece con evidente distacco. Spiegai alla mamma che avrebbe pranzato con noi, dissi che l'avevo salvata da una situazione difficile, i suoi genitori non erano potuti passare a prenderla ed era rimasta sola come un cane, seduta e triste sulla gradinata davanti alla scuola. Avevo fatto bene a pensare che ci sarebbe stato un posto per lei alla nostra tavola?

"Ma certo. C'è sempre posto per i tuoi amici."

Di quel pranzo ricordo i vani tentativi di mia madre di fare conversazione, le risposte evasive e un po' stizzite di Arianna, il rumore che facevano i suoi denti mentre masticava e il modo in cui sollevava il piatto dopo aver finito per chiederne ancora.

La mamma la guardava cercando di trattenere il disgusto, poi guardava me, probabilmente stava valutando l'idea di ritirarmi da scuola per evitare di farmi frequentare gente del genere e forse, a giudicare da come mordicchiava le labbra, stava maledicendo per l'ennesima volta mio padre per la sua decisione di trasferirci da Milano.

"Porca troia questo dolce è da paura" disse Arianna a un certo punto e la mamma scattò in piedi, fece un respiro profondo e poi si scusò, disse che aveva bisogno di ritirarsi, di continuare pure senza di lei. Da che ricordassi quella era la prima volta che si alzava da tavola prima della fine. Sotto sotto me la ridevo, assecondavo le esternazioni di Arianna con cenni del capo, la invitavo ad assaggiare quello e quell'altro, lei masticava a bocca aperta e succhiava rumorosamente l'acqua dal bicchiere. Aveva un modo di mangiare istintivo, carnale, ingoiava il cibo come se temesse di vederselo sottrarre all'improvviso.

Dopo pranzo le feci visitare il resto della casa, ci soffermammo parecchio nella sala dei giochi, dove restò incollata a un vecchio flipper per quasi un'ora, finché non stramazzò a terra esausta.

Verso sera la feci riaccompagnare a casa da Ferdinando che esitò un momento prima di acconsentire, quasi temesse quell'incombenza. Il giorno seguente, a scuola, pensavo che

Arianna mi avrebbe fatto festa, invece quasi non mi degnò di uno sguardo. La avvicinai all'intervallo e lei mi disse che si era talmente divertita il giorno precedente a casa mia che il pensiero di non poterci più tornare la faceva star male, così aveva deciso di non parlarmi più per non alimentare quel dolore.

"E se ti dicessi che ci puoi tornare? Anche oggi se ti va" dissi, e vidi nascere un sorriso raggiante sul suo volto.

"Ma sei sicura? Non è che tua madre s'incazza?"

"Ma scherzi? Ieri sera mi ha detto che ti trova simpaticissima. Anzi, ora che ci penso, è stata lei a dirmi di invitarti ancora."

Mi afferrò le mani con le sue e mi trascinò in un balletto improvvisato che accompagnò con una cantilena che ricordava una pubblicità televisiva, poi mi chiese cosa avremmo mangiato a pranzo, io risposi che non ne avevo idea, lei disse che sperava ci fossero le stesse cose del giorno prima, poi cominciò a fare progetti per il pomeriggio che ascoltai distratta, pensando alla faccia che avrebbe fatto mia madre vedendomi arrivare di nuovo in compagnia della ragazza che la sera prima, emergendo per qualche minuto dalla sua stanza in cui si era rifugiata per *sopportare meglio un terribile mal di testa*, aveva definito *raggelante*.

Vedendoci insieme davanti alla scuola Ferdinando sgranò gli occhi, però nascose il suo stupore dietro i soliti modi garbati e rispettosi, quella volta mi sedetti dietro con Arianna e per tutto il viaggio ci divertimmo a storpiare i nomi dei nostri insegnanti trasformandoli in animali, così il professor Fanti divenne Elefanti, la professoressa Girani divenne Girini e così via.

Con mia sorpresa la mamma non si presentò a pranzo, fece sapere tramite Clelia che non si sentiva bene e restò murata dentro la camera da letto per tutto il pomeriggio. Arianna e io ne approfittammo per scatenarci, prendemmo di mira Tommaso per tutto il tempo, lui all'inizio non si scompose ma poi, quando cominciammo a lanciargli le molliche di pane, decise che ne aveva abbastanza e si allontanò portandosi dietro il piatto, inseguito dalle nostre risatine di scherno. Dopo poco lasciammo anche noi la sala da pranzo, salimmo in camera mia (più che una camera era un mini appartamento formato da stanza da letto, studio adiacente e bagno personale), Arianna si gettò sul materasso a peso morto, chiuse gli occhi e cominciò a russare per finta, grattando con la gola ed espirando rumorosamente, io ero seduta sul letto e ridevo, praticamente non avevo mai smesso di ridere da prima e continuai a farlo anche mentre proponevo di smettere di giocare e studiare un po'.

"Studiare?" chiese alzandosi di scatto.

"Sì. Potremmo farlo insieme, così ti aiuto. Magari quest'anno ti promuovono."

"Io non voglio essere promossa. Voglio essere bocciata. Ancora una bocciatura e potrò andarmene da quella scuola di merda. Potrò cominciare a lavorare."

Quella risposta mi spiazzò anche perché nel pronunciarla Arianna divenne di colpo seria.

"I miei non hanno un soldo bucato, a me la scuola non mi serve, mi serve un lavoro per dare una mano in casa. Anzi, se vuoi saperlo già ce l'ho un lavoro, solo che non posso dirlo in giro perché non sono in regola e se ci scoprono al mio capo gli fanno un culo così."

"Che lavoro fai?" chiesi.

Si alzò in piedi e mimò qualcosa che all'inizio non capii, allungava le mani in avanti e poi le tirava indietro e a ogni movimento una ciocca di capelli ricci si sollevava per poi ricadere sul viso nella stessa posizione di prima, poi mi venne in mente Clelia mentre passava l'aspirapolvere per casa.

"Pulisci!" gridai, "fai le pulizie."

Arianna annuì, "esatto, quando il mio capo deve pulire in posti dove non c'è nessuno mi avverte, poi mi viene a prendere di mattina presto col suo furgone e passo la giornata a pulire, per questo manco spesso da scuola."

"E com'è?"

Alzò le spalle, "come vuoi che sia? Faticoso. Ci sono giorni che quando finisco non ho neppure la forza di mangiare. Vado direttamente a letto. Però è anche bello, quando alla fine vedi che tutto è splendente e profumato. Ti dà soddisfazione."

Pensai che io non avevo mai mosso un dito in vita mia, che non avevo idea di come fosse lavorare, sporcarsi le mani, dedicare tempo e sudore a qualcosa per poter guadagnare denaro. Provai un desiderio irrefrenabile di condividere con lei la mia fortuna, ipotizzai scenari nei quali, grazie alle nostre donazioni, la sua famiglia poteva permettersi di vivere dignitosamente e suo padre, che immaginavo con la barba lunga e le mani callose e annerite da logoranti mestieri, le avrebbe acconsentito di continuare la scuola.

A scuotermi da questi pensieri fu la caduta di un portapenne di plastica provocata da Arianna che nel frattempo aveva cominciato a curiosare nello studiolo, e la conseguente imprecazione quando si accorse che da una stilografica spezzata stava fuoriuscendo inchiostro, una macchia informe che si allargava a vista d'occhio sul parquet. Cercò di limitare i danni armeggiando con la penna e imbrattandosi le mani di nero mentre l'odore di inchiostro impregnava l'aria, la raggiunsi e mi chinai vicino a lei, senza dire nulla immersi la punta del dito indice nella macchia, sollevai la mano e pigiai quello stesso dito sulla sua guancia. Poi lo spostai di qualche centimetro e pigiai di nuovo, cominciando a ridere. Quindi, con un movimento del dito lento e profondo, unii i due punti con una striscia sfumata. Reagì con calma, lei non aveva bisogno di bagnare il dito nella macchia perché le sue mani erano già zuppe di inchiostro, mi passò le cinque dita

sulla faccia, ruotandole come se volesse ottenere un particolare effetto, mi alzai e andai
verso lo specchio, avevo metà viso cosparso di
chiazze nere, sembravo un minatore appena
riemerso da un pozzo di carbone. Mi gettai su
di lei ridendo, usai le sue stesse mani per im-
brattarla ma Arianna mi superava in peso e
forza, ebbe la meglio senza problemi, mi distese a terra a faccia in su e mi immobilizzò le
mani tenendole schiacciate sulle ginocchia, poi
si divertì a disegnare forme strane su ogni pezzo di pelle scampata al precedente attacco.
Quando fu soddisfatta mi liberò, io restai a terra ansimante, stanca per i tentativi infruttuosi
di sottrarmi alla sua presa e per le risate che
non riuscivo a trattenere, chiesi se si riteneva
soddisfatta del lavoro fatto, lei disse "sì, non
c'è male", poi stava per aggiungere qualcosa
quando la porta della stanza si aprì, Ferdinando comparve sulla soglia, analizzò la scena con
una rapida occhiata senza tradire alcuna emozione, poi a bassa voce disse che *le signorine
erano desiderate di sotto, prima possibile.*
Capii che la frase avrebbe dovuto finire con un
subito ma Ferdinando, vedendo le nostre condizioni, aveva di sua iniziativa ammorbidito
quel finale per darci tempo di lavarci e render-
ci presentabili.

Dieci minuti dopo stavamo di fronte a mia
madre, lei seduta a gambe accavallate sul divano e noi in piedi, le facce sporche di inchiostro che avevamo tentato invano di cancellare

con ripetuti passaggi di sapone nel bagno della mia stanza.

"Vi ho fatto chiamare perché dal di sopra arrivavano schiamazzi e grida e scopro che vi siete annerite i volti con... che roba è? Inchiostro?"

"C'è stato un incidente con una penna e abbiamo cercato di rimediare, tutto qui."

Ero stupita io stessa dalla naturalezza con cui affrontavo mia madre, del fatto che non mi importava che fosse arrabbiata. Forse assorbivo da Arianna la forza necessaria per ribellarmi, quella stessa forza che non ero mai riuscita a trattenere e che ogni volta vedevo svanire nel nulla dopo ogni rimprovero, mentre mi scusavo e promettevo di non rifarlo più.

"È inaccettabile. La tua amica verrà riaccompagnata a casa e non sarà più la benvenuta qui da noi."

Feci due passi avanti con un impeto che sorprese prima me stessa e poi anche lei, che mi guardò con gli occhi sgranati. Sebbene quello scatto fosse dettato unicamente dalla necessità di far sentire le mie ragioni (riducendo la distanza potevo amplificarne la potenza), quando percepii che mia madre, per un breve ma innegabile istante, aveva pensato che potessi scagliarmi contro di lei, rimasi muta. Restai lì in piedi con l'espressione esterrefatta, in silenzio, come il personaggio di un dramma teatrale che ha dimenticato la battuta.

"Non è giusto" dissi infine, ma con un tono di voce dimesso e fiacco, più una constatazione della sua vittoria che un tentativo di metterla in discussione.

La questione si chiuse con lei che si allontanava trionfante, Ferdinando che faceva cenno ad Arianna di seguirlo in cortile, Arianna che se ne andava senza neppure salutarmi e io, la figlia docile e sottomessa che assisteva impotente all'ennesima prevaricazione e prendeva atto, di nuovo, di quanto fosse lunga e impervia la strada per riuscire, finalmente, a sentirsi libera.

10

Leonardo

Non avevo mai baciato un maschio prima di quel giorno, né avevo immaginato di farlo. A dire il vero non avevo mai baciato neppure una femmina, pensavo che sarebbe potuto accadere con Caterina e invece me ne tornavo a casa con l'immagine di Tommaso che appoggiava le sue labbra sulle mie, e la sensazione che quel gesto inatteso mi avesse precluso ogni aspettativa nei confronti della mia prima volta.

Quella sera cenammo insieme alla villa. Dopo che gli altri ragazzi se ne furono andati Tommy mi portò nella stanza dei giochi, una sala immensa strapiena di ogni ben di Dio, giocattoli disposti sopra scaffali che arrivavano fino al soffitto, tavoli e sedie colorate, tappeti, un enorme televisore al plasma e perfino una porta da calcio che occupava quasi un'intera parete, con un pallone di spugna giallo posizionato in un dischetto da rigore. Senza far caso al mio stupore mi fece cenno di seguirlo, trascinò due sedie davanti alla TV ed estrasse da un cassettone una PlayStation grigia nuova fiammante. Poi inserì un cd, mi chiese se ci avessi mai giocato prima, io mi limitai a scuotere la testa, ero troppo frastornato per parlare, mi spiegò come dovevo usare il controller mentre una musichetta accattivante accompagnava le immagini di calciatori che facevano acrobazie e poi sparavano palloni dentro la porta avversaria. Dopo un'ora trascorsa a godersi quella meraviglia tecnologica udimmo la voce flautata del maggiordomo annunciare che la cena sarebbe stata servita di lì a cinque minuti. Spegnemmo tutto e ci avviammo, un breve passaggio in bagno per lavarci le mani e poi dritto verso la sala da pranzo dove, sedute a un tavolo circolare apparecchiato, trovammo ad aspettarci la mamma e la sorella di Tommaso. Salutai entrambe cercando di apparire disinvolto, anche se in realtà mi sentivo tremendamente fuori posto. Amelia mi ignorò, teneva un libro aperto sul grembo e sembrava impegnatissima a leggere, la madre di Tommy mi sorrise e continuò a scrutarmi con interesse ma non disse nulla finché non fummo entrambi seduti, come se dovesse rispettare una sorta di rituale.

"Così tu sei Leonardo, il compagno di banco di Tommaso. È un vero piacere conoscerti, finalmente" disse alzando un calice con dentro del liquido giallo che poi si portò alla bocca per un breve, impercettibile sorso.

"Piacere mio signora" dissi, e subito fui colto dal dubbio che il termine *signora* potesse risultare inappropriato, forse in quegli ambienti si doveva dire *madame,* o magari ac-

74

compagnarlo con qualcos'altro, tipo *gentile signora*. Il maggiordomo si affrettò ad avvicinarsi per versare altro liquido giallo nel calice, anche se il livello rimase pressoché uguale. Capii subito che veniva riservata un'attenzione maniacale verso ogni dettaglio in una ricerca della perfezione che, agli occhi di chi non c'era abituato, appariva bizzarra ma allo stesso tempo affascinante. La tavola era apparecchiata con una precisione millimetrica, stessa distanza tra le posate, i bicchieri, il tovagliolo accuratamente ripiegato a forma di ventaglio, il piatto principale e il piattino con dentro il pane a disposizione di ogni commensale, al centro campeggiava una composizione floreale da cui proveniva profumo delicato e non invadente, immaginai che pure quello, il profumo emesso dai fiori, fosse stato scelto per abbinarsi all'aroma dei cibi che ci avrebbero servito. Alzai lo sguardo verso la padrona di casa e mi accorsi che stava aspettando una risposta.

"Chiedo scusa gentile signora, ero distratto, diceva?"

Amelia alzò gli occhi dal libro e mi fissò.

"Ma come diavolo parli?" sghignazzò.

Sua madre la riprese con severità e le intimò di mettere a posto il libro, che significava mostrarlo al maggiordomo perché si avvicinasse e lo prendesse in carico, per riporlo chissà dove.

"Ti chiedevo cosa ne pensi della scuola che frequentate, in particolare degli insegnanti di matematica e inglese, con tutte quelle assenze che fanno..."

Mi colse alla sprovvista. Ovviamente sapevo delle assenze degli insegnanti di matematica e inglese ma non avevo mai pensato che potesse trattarsi di una questione da valutare, per quanto ricordavo non lo avevo neppure detto ai miei genitori, immaginando che non gliene fregasse un fico secco.

"Ritengo che Tommaso stia accumulando carenze in queste due materie e ho intenzione di farlo presente al Preside" disse senza darmi tempo di rispondere alla sua precedente domanda. E quest'ultima aveva tutta l'aria di essere un'affermazione che non ammetteva repliche per cui mi limitai ad annuire e borbottai un "buona idea", ma dopo averlo detto mi parve un'espressione stonata e sperai che non l'avesse sentita.

"Non conosco gli altri genitori della classe ma potrei cominciare col parlare a tua madre. Poi, se anche lei è d'accordo, estendere l'idea agli altri e presentare reclamo tutti insieme."

Ebbi un sobbalzo, primo perché aveva usato anche lei quella parola, *idea,* secondo perché immaginavo la faccia di mia madre quando le avrei preannunciato una chiamata telefonica dalla signora Fioravanti.

"Beh, sì. Credo che si possa fare" dissi. "Avvertirò a casa."

"Molto bene. Tu che ne pensi, Tommaso?"

"Sì mamma, è una cosa da fare assolutamente. I supplenti, quando vengono, non sono all'altezza. E poi sono materie importanti..."

Tommy parlava con un tono di voce che non gli riconoscevo, sembrava artificioso, come se recitasse, ebbi l'impressione che in ogni sillaba pronunciata cercasse l'approvazione della madre.

"Avranno le loro ragioni" udimmo all'improvviso.

Era stata Amelia a parlare. Nonostante non avesse più il libro continuava a guardare verso il basso.

"Che intendi dire?" chiese sua madre.

"Se quei due professori fanno molte assenze avranno dei motivi. Magari sono malati."

"Certo, è possibile. Ma non è questo il punto. Il punto è che in quella classe non si impara nulla di inglese e matematica e quando l'anno prossimo questi ragazzi inizieranno il liceo avranno delle lacune terribili."

Amelia sollevò finalmente il viso, guardò sua madre come se avesse appena bestemmiato.

"Mamma, ma ti ascolti quando parli? *Avranno delle lacune terribili...* Cos'è, hai paura che Tommy possa venire rimandato in matematica al liceo? O in inglese? O magari in entrambe le materie? Oh, immagino che sarebbe uno smacco per la famiglia, senza dubbio. E chissenefrega della salute dei professori, eh? Se non vanno a lavorare è perché sono dei lavativi, ecco quello che pensi."

La signora Fioravanti non replicò, mi parve non particolarmente sorpresa, ebbi l'impressione che scene come quella si ripetessero spesso. Sbirciai Amelia e notai che aveva un sorriso compiaciuto. Immaginai che il silenzio della madre fosse dettato dall'esperienza, sapeva che a quel punto ogni parola avrebbe amplificato il contrasto con la figlia, la cosa migliore era far cadere il discorso, oppure più semplicemente non voleva dar corso a un litigio in presenza di un estraneo.

"Vi siete divertiti alla festa di compleanno?" chiese.

Attesi un attimo per capire se Tommy volesse rispondere, quando vidi che non parlava mi feci avanti.

"Moltissimo, approfitto per ringraziare, anche a nome degli altri ragazzi."

"Credevo che Tommaso non avesse molti amici, invece... Fino a oggi mi aveva parlato solo di te. Anzi, ti confesso che ero molto ansiosa di conoscerti, anche se non c'era ancora stata l'occasione giusta. Tommaso mi ha detto che giochi a tennis, devi assolutamente tornare per fare una partita, magari un doppio, Amy e io contro voi due, che ne dite?"

"Ma certo, mi piacerebbe molto. La ringrazio."

Amelia sbuffò, "ma in cucina sono entrati in letargo?"

78

Sua madre stava per rimproverarla quando la porta si aprì, un cameriere spinse dentro un carrello pieno di vassoi fumanti, l'aria si riempì di un odore favoloso. Guardai Tommy, stava sistemandosi il tovagliolo sulle ginocchia, feci altrettanto. Poi nessuno parlò mentre il cameriere cominciava a servirci partendo da Amelia. Approfittai per guardarla di nuovo, cercai di portare alla mente la bambina con cui avevo condiviso un pomeriggio al mare un paio di anni prima, mi resi conto che di lei era rimasto ben poco, quella bambina era dolce e gentile, ora mi trovavo di fronte una ragazzina prepotente e aggressiva. Pensai che i due fratelli fossero uno l'opposto dell'altro, che bisognasse travasare parte dell'irruenza di Amelia su Tommy per compensare la sua pacatezza esagerata. Entrambi ne avrebbero guadagnato, lui finalmente si sarebbe sentito più sicuro di sé, lei sarebbe diventata una dodicenne carina alla quale avrei rivolto volentieri la parola senza temere di venire sbranato. E sarebbe stato un altro buon motivo per cominciare a frequentare la villa.

11

Leonardo

Tornai alla villa due settimane dopo la festa di compleanno, a pochi giorni dalla fine dell'anno scolastico, a seguito di un invito biascicato sottovoce da Tommy nell'ora di ginnastica, dopo che mi aveva affiancato lungo la pista di atletica. Disse che sua madre lo stava tampinando da giorni perché voleva fare quel doppio a tennis di cui avevamo parlato durante la cena, lasciò intendere che se avessi accettato l'avrei sollevato dal fastidio di un'insistenza che si faceva ogni giorno più pressante, una vera e propria tortura. Ci misi un secondo a capire che dietro quelle parole, pronunciate con voce ansimante per lo sforzo della corsa, si nascondeva il suo tentativo di non svelare ciò che tuttavia appariva evidente, era *lui* a volermi invitare ma si vergognava di farlo, probabilmente a causa dei postumi del bacio che tardavano a sparire. Da quel giorno il suo atteggiamento nei miei confronti era cambiato, nonostante cercasse di mascherarlo riproducendo frasi e modi di fare e abitudini maturate nel corso dei due anni condivisi come compagni di banco, in ogni suo atteggiamento traspariva un distacco che, supponevo, doveva servire a salvaguardare la nostra amicizia, o ciò che ne restava, dalle pulsioni che in occasione del bacio non era riuscito a trattenere. In questo contesto si collocava l'idea dell'invito fatto su pressione della madre e l'indifferenza ostentata d'innanzi alla risposta che, sul fischio prolungato del professore di ginnastica, sussurrai asciugandomi il sudore dalla fronte, "ma certo che ci vengo, non vedo l'ora", non servì che a fortificare la mia convinzione che lui, Tommy, si era preso una cotta per me. Nei tre giorni che passarono prima dell'incontro a villa Cecilia pensai a come potessi gestire la situazione, tenendo fermo l'obiettivo di continuare a frequentarlo senza alimentare speranze che i suoi sentimenti potessero venire ricambiati.

Se tale circostanza avesse riguardato altri mi sarei messo a ridere, avrei aggrottato le ciglia e assunto smorfie di disgusto e forse anche di disprezzo, se fossi stato costretto a parlarne avrei usato termini come *finocchio* o *checca*. Ma trattandosi di noi, del mio amico e io, vedevo le cose da un altro punto di vista, a forza di pensarci ero arrivato a considerare l'attrazione di Tommy nei miei confronti come una sorta di evoluzione del nostro rapporto, quasi una conseguenza se non proprio naturale almeno possibile del fatto che per quasi due anni avevo rappresentato per lui un punto di riferimento e un'ancora di salvataggio. Cercavo di scavare nei ricordi alla ricerca di un indizio che mi permettesse di considerare quell'attrazione come una deviazione passeggera, o un elemento di chiarezza capace di metter fine a ogni dubbio su quale fosse la vera identità sessuale di Tommy, avevamo mai parlato di ragazze noi due? E in quel caso, quali erano stati i suoi commenti al riguardo? C'era qualcuna che gli piaceva, in classe nostra, a cui aveva accennato con quel suo modo di parlarmi, bisbigliando come se dovesse nascondere segreti di stato e costringendomi ogni volta ad avvicinare l'orecchio e a chiedere di ripetere? E nel suo modo di muoversi avevo mai riscontrato i segnali tipici di quel genere di uomini, quell'atteggiarsi e gesticolare in maniera esagerata, quel lasciarsi andare a commenti su temi che alla maggior parte dei maschi *veri* non sarebbero neppure passati per la mente? La risposta era no. Nessuna ragazza, nessuna stranezza, nessun atteggiamento effeminato. Rimaneva il bacio, l'unico elemento concreto, insieme alla finta indifferenza ostentata per l'invito. Ero confuso e preoccupato quando varcai i cancelli della villa in un tiepido pomeriggio di fine maggio con a tracolla la mia borsa da tennis e all'interno un completo nuovo che avevo chiesto con insistenza a mia madre di comprare perché ci tenevo davvero tanto, avevo detto, a fare bella figura.

Erano già sul campo, Amelia e la signora Cecilia da una parte, Tommy dall'altra. Li raggiunsi dopo essermi cambiato, salutai e ringraziai per avermi invitato e cominciammo il palleggio di riscaldamento. Ora che le vedevo affiancate notai quanto poco si assomigliassero Amelia e sua madre e non parlo solo del colore dei capelli e della forma del viso (i lineamenti dolci e morbidi della signora Cecilia, nient'affatto stravolti dagli anni, si contrapponevano a quelli spigolosi di Amelia, sebbene ancora contenuti in una certa rotondità infantile che probabilmente di lì a breve avrebbe ceduto il posto ad un volto affilato che in lei, considerando la statura e il portamento, si sarebbe rivelato adatto), le differenze erano evidenti soprattutto nel modo di muoversi, di camminare, di correre, sembravano due tenniste messe insieme da un sorteggio di un ipotetico torneo di doppio. Perfino il loro modo di giocare era diverso, attendista e pallettara la signora Cecilia, proiettata all'attacco con colpi di anticipo Amelia, pensai che ciò rispecchiasse perfettamente il loro modo di essere, per quel poco che avevo conosciuto dell'una e dell'altra. Apparve subito chiaro che dei quattro io ero il peggiore in campo, col mio stile grezzo da autodidatta che non reggeva il confronto con l'eleganza dei loro movimenti che, immaginavo, fossero il risultato di anni di lezioni con prestigiosi maestri. Per fortuna la presero a ridere e i miei colpi (o tentativi di colpi) furono oggetto di scherno e battute che in breve divennero la vera fonte di divertimento della giornata. Fui contento di vedere Amelia e sua madre complici nel prendermi in giro, finire l'una le battute cominciate dall'altra, darsi la mano dopo ogni punto vincente. Mi parve che l'astio percepito la sera della cena fosse ormai superato e che l'armonia fosse tornata sovrana tra i membri della famiglia. Chissà perché ero interessato alle loro questioni private, io che lì dentro non c'entravo nulla, forse speravo di poter ricavare un posto (secondario e defilato, certo) che mi permettesse di far parte, anche solo in qualità di spettatore passivo, di un modo di vivere che, fino a qualche tempo prima, pensavo fosse riservato ai divi del cinema e ai grandi campioni di calcio. E in questo contesto ipotizzavo che fosse più facile far breccia in una famiglia unita, o magari volevo solo evitare l'imbarazzo di assistere alle sfuriate fuori luogo di Amelia e agli esasperati cedimenti della signora Cecilia.

Finita la partita, dopo aver esaurito le strette di mano e aver commentato *la schiacciante vittoria delle femmine sui maschietti* come disse Amelia alzando più volte le braccia al cielo come volesse ringraziare un immaginario pubblico, ci sedemmo sotto il gazebo e ci furono servite bibite fresche e stuzzichini.

"Dovremmo farlo più spesso" disse la signora Cecilia dopo un lungo sorso di spremuta d'arancia, "che giorno è oggi? Mercoledì? Istituisco ufficialmente il mercoledì del tennis!"

Alzò il bicchiere come a voler brindare per suggellare l'accordo, io dissi che mi avrebbe fatto molto piacere e mi alzai per accostare il mio bicchiere al suo, Tommy mi seguì a ruota, come se la sua approvazione fosse subordinata alla mia, infine Amelia, riluttante, borbottò che ci stava anche lei, ma solo se non aveva niente di meglio da fare.

L'idea di un pomeriggio fisso da trascorrere alla villa mi entusiasmava, anche se la questione di Tommy e di ciò che provava per me era tutt'altro che risolta. Decisi di non pensarci, buttai giù un sorso di Coca Cola e mi guardai attorno. Il parco era tutto un sovrapporsi di varie tonalità di verde, da quello scuro della siepe di bosso a quello più chiaro dell'immenso tappeto erboso passando per il verde intenso e lucido delle foglie di magnolia, quello dei pruni e dei tigli. Sparse qua e là c'erano aiuole fiorite distribuite secondo un criterio che poteva apparire casuale ma supponevo non lo fosse affatto e che, come tocchi di pennello sul fondo uniforme di una tela, accendevano il giardino di svariati colori. Erano unite l'una all'altra da un passaggio pedonale fatto di pietre dalla forma irregolare e disposte a breve distanza l'una dall'altra, questo sentiero confluiva poi in uno stradello dal fondo ghiaioso che si allargava fino a circondare una fontana di marmo bianco con al centro la statua di una Venere seduta in posizione assorta. Poco più in là, ai piedi di una grande quercia, seminascosti da un cespuglio di fiori color lilla, c'erano un tavolino di ferro battuto circondato da quattro sedie. Immaginai scene di vita quotidiana, momenti di riposo e di divertimento che avrei potuto condividere con loro, i favolosi proprietari di quel luogo esclusivo, il figlio del ferroviere alla corte della famiglia Fiora-vanti. Avevo in mano ottime carte, piacevo a Tommy, ero simpatico alla padrona di casa, avevamo istituito il mercoledì del tennis, per-fino nella sostanziale indifferenza di Amelia riuscivo a scorgere un elemento di vantaggio. Non sapevo quanto sarebbe durata, forse di lì a poco sarei stato sostituito con qualche rampol-lo figlio di papà, Tommy e io avremmo smesso di frequentarci e le porte della villa mi sareb-bero state sbattute in faccia, l'ordine naturale delle cose sarebbe stato ripristinato. Però fino ad allora ero deciso a godermela.

"È arrivato vostro padre" disse la signora Cecilia alzandosi in piedi e salutando con la mano, lo sguardo rivolto al terrazzo dove la sa-goma scura di un uomo se ne stava eretta con le mani appoggiate alla ringhiera. Da quella distanza non era possibile scorgerne il viso, si capiva solo che era vestito in modo elegante e che stava fumando, a giudicare dal movimento della mano che a intervalli regolari si avvicina-va alla bocca. Usò quella stessa mano per ri-spondere al saluto, un movimento lieve che precedette l'ennesima boccata, poi lanciò il mozzicone in aria, un puntino di luce che de-scrisse una parabola e finì la sua corsa contro il selciato sottostante con un'ultima sfrigolante scintilla. Seguii quella traiettoria in preda a un misto di eccitazione e nervosismo, mi chiedevo se l'Ingegnere sarebbe sceso in giardino, ma-gari ci avrebbero presentato e gli avrei stretto la mano. Oppure avrebbe atteso il rientro della famiglia dentro casa, alle prese con le ultime telefonate di lavoro della giornata.

Quando poi rialzai lo sguardo sulla terrazza non c'era più nessuno.

12

Tommaso

Quell'estate la trascorremmo insieme, fatta eccezione per un paio di settimane ad agosto quando Leo andò in vacanza coi suoi *nel solito merdoso appartamento di Pinarella, una rottura di palle colossale* come disse una settimana prima di partire e come ribadì (più o meno con le stesse, disarmanti parole) dopo essere tornato, giusto in tempo per festeggiare il ferragosto con noi alla festa che mia madre organizzò in villa e che le causò terribili mal di testa già a partire dal mese precedente, quando fu messa al corrente da mio padre della sua decisione di *riunire qualche amico per bere qualcosa insieme* e che la sua segretaria, l'efficientissima e onnipresente Margareth, le avrebbe mandato la lista completa delle persone da invitare.

Ad Amelia e a me fu concesso di chiamare pochi selezionati amici da scegliere tra coloro che, in circostanze passate, avevano già ottenuto l'approvazione della mamma. La lista sarebbe comunque stata verificata da lei stessa, una delle tante incombenze che l'avrebbero tenuta occupata nelle settimane precedenti l'evento e che l'avevano indotta a riammobiliare una stanza del piano terreno, precedentemente adibita a ripostiglio, per farne una sorta di centrale operativa con tanto di tavolo, pc e telefono, oltre alla lavagna magnetica bianca disposta su treppiede sulla quale scriveva elenchi delle questioni da affrontare e schematici promemoria. Quando, tre giorni prima di ferragosto, si accorse che non avevo ancora presentato la mia lista degli invitati, mi fece chiamare da Clelia con urgenza e dopo essermi fatto mezz'ora di anticamera in attesa che terminasse una furibonda litigata telefonica col fiorista, finalmente mi accolse, rossa in viso e trafelata, e quando le dissi che avevo deciso di invitare solo Leo si limitò a rispondere okay, sfogliò un blocco di appunti fino ad arrivare alla pagina giusta, tracciò una linea e sospirò, un altro tassello andato a posto.

Da quel che avevo saputo l'approvazione della lista di Amelia aveva richiesto molto più tempo, era stata oggetto di varie discussioni, affrontate a più riprese, poiché delle tre amiche che mia sorella frequentava e che voleva assolutamente portare alla festa, due erano figlie gemelle di ambientalisti convinti che in un paio d'occasioni avevano criticato pubblicamente mio padre per la sua spregiudicatezza negli affari e per le modalità invasive con cui le sue aziende edili *aggredivano il territorio*. La questione non era neppure arrivata a interessarlo, trattandosi di un breve commento rilasciato nella rubrica *La voce dei cittadini* dell'edizione domenicale di un quotidiano dalla modesta tiratura e di una raccolta firme improvvisata in Piazza Saffi il giorno della festa di Santa Lucia con cui si chiedeva una modifica del piano regolatore a difesa del verde pubblico. Nel ciclostilato che veniva distribuito ai passanti c'era un elenco di imprenditori definiti *rapaci* a cui la collettività doveva dire *Basta! Vergogna! Fermatevi!* Il nome di mio padre era stato messo all'inizio della lista, cosa che probabilmente a lui, pur nel rigetto totale delle accuse mosse, avrebbe fatto piacere. Alla fine la mamma e Amelia si accordarono per invitare le gemelle a patto che si astenessero dal *ripetere a pappagallo le frasi fatte sentite per casa;* mia sorella, imbronciata, dovette suo malgrado convenire che se volevano criticare i costruttori dovevano prima farsi una loro idea sull'argomento e che prendere per buona l'opinione di qualcun altro per il solo fatto che si trattava di un proprio genitore non fosse, per rimanere in tema, *edificante*.

Quanto a me, su Leo non c'erano obiezioni possibili. Frequentava casa nostra da un paio di mesi come ospite fisso. C'erano stati, all'inizio, i mercoledì del tennis, poi i venerdì in piscina e i martedì *grassi* (ritrovi sotto il gazebo a mangiare porcherie, l'idea era di potersi sbafare a piacimento in vista degli appuntamenti sportivi previsti per il resto della settimana; a questi incontri comunque la mamma e Amelia non parteciparono mai). Poi l'ordine cronologico era saltato e ci eravamo ritrovati quasi ogni giorno a fare quello che ci andava, Amelia aveva cominciato a invitare le sue amiche, la mamma pure, e c'erano giorni in cui il parco della villa era tutto un vociare e un lanciare gridolini (vista la prevalenza del genere femminile) col rumore dei tuffi in piscina a fare da sottofondo.

A volte per fuggire da quel circo di femmine e dall'odore di crema solare Leo e io ci rifugiavamo nella sala dei giochi con l'aria condizionata sparata e un rifornimento adeguato di bibite fresche, restavamo lì per ore a giocare alla Play e solo verso sera, quando molti se n'erano andati, riemergevamo all'esterno per un bagno o per partecipare agli aperitivi che mia madre riservava solo agli ospiti particolari. Sebbene la mamma adorasse Leo (una volta gli disse che se fosse stata sua coetanea lo avrebbe trascinato dietro un cespuglio; la frase, di cui si vergognò per anni, fu pronunciata dopo il terzo cocktail e di seguito utilizzata come monito sui rischi connessi all'abuso di alcool), ogni tanto mi chiedeva se non ritenessi opportuno invitare alla villa qualche altro amico.

"Oh, non intendo dire che devi invitare qualcuno al posto di Leo, magari insieme, lui e altri, anche ragazze s'intende. Oppure potreste passare più tempo con Amelia e le sue amiche, in fondo la differenza d'età è quella giusta per... frequentarsi."

Io annuivo e dicevo che si trattava certo di un'ottima idea, "ci penserò" aggiungevo poi, lasciandola in sospeso e forse confusa, visto che la cosa in sé non richiedeva alcuna valutazione. Riferivo a Leo le perplessità di mia madre, dicevo "pensa che stiamo troppo insieme" e poi ne studiavo la reazione, quasi sempre neutra, tipo alzata di spalle e commento di cortesia, "può darsi che abbia ragione" oppure un semplice "vabbè". Naturalmente io ero felicissimo di passare tutto il tempo solo con lui, chiunque altro sarebbe stato di troppo, un elemento di disturbo del nostro rapporto perfetto. Quanto alle amiche di mia sorella si trattava di ragazzine di provincia che parlavano di argomenti futili e trascorrevano ore distese sulle sdraio a bordo piscina indossando occhiali da sole, forse nella speranza di venire immortalate da qualche paparazzo nascosto dietro la siepe alla ricerca di particolari piccanti della vita privata di mio padre e magari (nei loro bizzarri sogni di preadolescenti) rivedersi nelle pagine patinate di qualche rivista scandalistica.

C'erano poi le amiche di mamma, le signore dell'alta società romagnola che avevano preteso e ottenuto il suo ingresso nei salotti più esclusivi, più che mai decise a non farle rimpiangere l'eleganza e lo stile di quelli milanesi e che, a gruppi di tre o quattro per volta, selezionate secondo criteri di opportunità e simpatie reciproche, venivano invitate alla villa. La mamma non perdeva occasione per esibirci, ad Amelia e a me, facendoci chiamare dai domestici per noiose presentazioni e strette di mano a cui dovevano far seguito non meno di cinque minuti di chiacchiere forzate che il più delle volte riguardavano la scuola, quella passata e quella futura, e i loro immancabili consigli sulle scelte da fare. Ogni volta Leo rimaneva sullo sfondo in attesa che terminassi. Avrei voluto che almeno una di quelle donne altezzose si fosse degnata di chiedere anche a lui quali programmi avesse per l'imminente inizio delle scuole superiori, avrei voluto gridare che quello era il mio amico Leo, magari suo padre non era un costruttore edile né un industriale né tantomeno un affermato professionista, però lui era un ragazzo intelligente e di certo si sarebbe fatto valere. Però non ebbi mai il coraggio di farlo, accolsi ogni volta i complimenti e le esortazioni di quelle donne con un finto sorriso e un finto interesse e ogni volta ringraziai e salutai con tutta la buona educazione che il mio ruolo mi imponeva.

"Che rottura di palle" dicevo al mio amico tornando da lui, prendendolo per il braccio e mettendomi a correre, come se volessi scappare da quel mondo di finzioni e rifugiarmi nell'unica cosa che mi importasse veramente, la nostra amicizia. Che però, col passare delle settimane, aveva esaurito lo slancio di quell'inizio di estate e ora stazionava in una specie di attesa, come indecisa su quale fosse la direzione da prendere. Da parte mia forse covavo la segreta speranza che qualcosa potesse cambiare, pur temendone i rischi, e che potessimo tornare a quella frazione di tempo che aveva preceduto il nostro primo e unico bacio quando, a ripensarci bene, c'era stato uno sguardo, un battito di ciglia, una sorta di scintilla che aveva acceso la miccia. Diversamente come avrei potuto prendere l'iniziativa? E l'imbarazzo stesso che aveva fatto seguito al bacio non si poteva forse interpretare come un indizio del desiderio reciproco che accadesse di nuovo? In alcune simulazioni che avevo ripetuto nella mia testa, per lo più la sera prima di addormentarmi (ma anche di giorno, a volte all'improvviso, come un colpo di tosse inaspettato), immaginavo scene in cui noi due parlavamo apertamente, ci confidavamo un'attrazione reciproca, prendevamo atto delle difficoltà a cui saremmo andati incontro e infine decidevamo che avremmo vissuto la nostra storia fregandocene di tutti. Le parole potevano cambiare, così come l'epilogo della scena che poteva chiudersi con un bacio o un tenero abbraccio, però la sostanza rimaneva la stessa, si trattava di un sentimento *condiviso*.

In altri momenti ero più pessimista, mi lasciavo andare a struggenti scoperte, quella di non essere corrisposto, quella di aver vissuto nell'illusione di una speranza impossibile e infine, la più grave e definitiva, quella che la nostra diversità avrebbe portato alla fine della nostra amicizia. Non potevo abbandonare questi pensieri senza cercare ogni volta una possibile soluzione, come fingermi interessato alle ragazze per condividere con lui le future pulsioni sessuali, anche se immaginarlo in un ten-

tativo di seduzione o nell'appartarsi con qualcuna in un angolo del parco mi faceva star male. Quasi sempre cercavo di chiudere la sessione dei pensieri con qualche immagine positiva,
noi due che, tenendoci per mano, passeggia-
vamo felici lungo viali alberati oppure facevamo colazione in romantiche verande di ristoranti marittimi. Poi, col sorriso che queste
immagini generavano, nell'inconsistente momento tra la veglia e il sonno, mi lasciavo trasportare verso una felicità assoluta e intoccabi-
le e con gli ultimi spiragli di volontà prima di
addormentarmi, sospingendoli come palloncin-
ni colorati che fluttuano nell'aria, cercavo di
dirottare i sogni.

13

Amelia

Dopo l'allontanamento imposto ad Arianna da parte di mia madre ci fu un periodo di guerriglia che in seguito fu ricordato come *la fase della reclusione autoimposta,* visto che per un paio di giorni rimasi chiusa nella mia stanza e rifiutai qualunque contatto col resto della famiglia. All'inizio passavo il tempo a ripensare all'ingiustizia subita, rivivevo la scena dapprima per come si era effettivamente svolta poi introducendo varianti immaginarie che prevedevano atti di ribellione sempre più audaci, si partiva da un cauto ma deciso rifiuto alla sua decisione *assurda e cattiva* di cacciare Arianna da casa nostra seguito da una serie di accuse gridate e accompagnate dal dito puntato che l'avrebbero lasciata inerme e incapace di qualunque replica, per finire con lo schiaffo che, dopo averla rimproverata a dovere, le assestavo sulla guancia sinistra facendola barcollare (nell'immaginarlo non riuscivo a evitare di stringere i pugni e subito dopo mi pareva di sentire un formicolio alla mano). In seguito, esaurita la fase della collera durante la quale come unico atto concreto di rivolta avevo deciso di non lavare le macchie di inchiostro dalla faccia, cominciai a rispondere alle domande che la mamma mi porgeva con voce accomodante da dietro la porta chiusa. Avevo fame? Non mi sembrava forse di esagerare? Davvero pensavo che quella strana ragazza potesse essere una giusta compagnia per me? Ma le risposte che mi uscivano a monosillabi, con la voce resa roca dal prolungato silenzio, non erano neppure paragonabili a quelle frasi, ruggenti ed elaborate, che avevo immaginato di rovesciarle addosso nei momenti appena successivi al *fatto*. Per lo più rispondevo alle sue domande con altre domande, come poteva sapere lei chi fosse adatto o no a essere frequentato da me? Che bisogno c'era stato di umiliarci in quel modo, non avevamo forse anche noi ragazze il diritto a una nostra dignità? E cosa c'era di male nel cercare di aiutare un'amica in difficoltà, una che (ripetendo le parole del professore) *ne aveva passate di tutti i colori?*

Le risposte della mamma, seppur pronunciate senza alcuna enfasi e col tono dimesso e cauto di chi è disposto a far pace, trapassarono la porta col loro carico di buonsenso e razionalità, disse che la dignità ce l'eravamo sottratta da sole imbrattandoci come scimmie e schiamazzando per casa in maniera inaccettabile, disse che se Arianna aveva bisogno di aiuto poteva rivolgersi a una delle tante associazioni di volontariato che la nostra famiglia finanziava generosamente, disse che invitare a casa nostra una ragazza sporca e malvestita al solo scopo di far arrabbiare lei era tutt'altro che un atto di amicizia nei confronti di quella stessa ragazza. Impiegò mezz'ora a vincere su tutta la linea, alla fine accettai di farla entrare ma non appena vide che portavo ancora sul volto i segni di quel folle pomeriggio la sua espressione cambiò e ogni proposito di passare oltre fu soverchiato dalla stizza che, apparve chiaro fin da subito, non riusciva ad arginare.

"Ancora quei segni in faccia? Va subito a lavarti."

Non saprei dire se la causa di ciò che accadde dopo fu il tono sgarbato di quell'esortazione oppure il riemergere (tardivo ma forse per questo più efficace) di quella rabbia che avevo covato per due giorni nel chiuso della mia stanza e che poi avevo visto svanire senza clamore come un petardo depotenziato, ma il *non se ne parla* che mi uscì di bocca la sorprese al punto che mi chiese di ripetere.

"No. Non mi lavo. Non se ne parla."

Per un secondo valutò se accettare di buon grado quel dietrofront e ricominciare daccapo, riprendere le trattative che l'avevano vista trionfare non più di cinque minuti prima, fare un'analisi costi benefici (anche in termini di tempo perso, oltre che di fiato ed energie sprecati) e decidere cosa fosse più vantaggioso, infine optò per la linea dura.

"Molto bene, starai chiusa qui dentro finché non avrai cancellato quei segni dalla faccia. Salterai la scuola se necessario. Quando riterrai di averlo fatto chiama Clelia, voglio che sia lei a verificare se sarai o meno presentabile."

Il rumore della porta che sbatteva fu l'ultimo prima del silenzio assoluto che invase la stanza e che si protrasse fino all'ora di cena quando giunse Clelia che, tenendo lo sguardo basso come era solita fare quando ne combinavo una delle mie, mi servì la cena e si offrì di aiutarmi a lavare il viso.

"Sei gentile ma non posso farlo" dissi.

Clelia mi guardò per la prima volta da quando era entrata, era chiaro che non riusciva a capire il motivo di tanta ostinazione, né forse se l'aspettava da una come me, lei che mi conosceva da quand'ero piccina.

"Vedi, questi segni sono un simbolo. Il simbolo della libertà. Ci sono popoli che si fanno sterminare per averla. Se io li cancello è come se cancellassi la mia libertà."

Clelia non sembrava molto convinta ma non obiettò nulla. Si limitò a finire di apparecchiare, mi augurò buon appetito e poi, nell'uscire dalla stanza, raccolse da terra un mucchietto di vestiti sporchi di inchiostro e se li portò via con sé.

"Grazie" dissi mentre chiudeva la porta.

Poi, rimasta finalmente sola, cominciai a piangere.

14

Amelia

La situazione si protrasse per quasi una settimana. La mia stanza divenne il bunker dentro il quale attendevo, armata fino ai denti, l'arrivo delle truppe nemiche, passando il tempo a organizzare piani di guerra che poi abbandonavo o modificavo di continuo. Ogni tanto mi guardavo allo specchio, controllavo le macchie di inchiostro che col passare dei giorni sbiadivano sempre più, parevano resti di tatuaggi mal riusciti e parzialmente cancellati. Mi annoiavo, anche. Sebbene l'idea di saltare la scuola non mi dispiacesse sentivo che stavo sprecando tempo, che là fuori c'era un mondo in movimento che procedeva senza di me, e sembrava riuscirci benissimo. Passavo ore vicino alla finestra ad ascoltare i rumori che provenivano dall'esterno ma per lo più si trattava solo delle voci arcinote dei domestici intenti nelle faccende della giornata oppure del ronzio costante di qualche attrezzo da giardinaggio che aumentava e diminuiva inversamente alla distanza. Ogni tanto aprivo i vetri per far entrare un po' d'aria, lasciavo che il freddo dell'inverno mi investisse in una sorta di rito purificatorio dal quale uscivo intorpidita e tremante, ma rafforzata nella volontà di resistere. Leggevo molto, cosa che normalmente mi annoiava. In seguito ho continuato a farlo attribuendo a quella settimana il merito, se non altro, di avermi indotta ad abbracciare una passione che forse non avrei mai conosciuto. E fu proprio nella lettura che trovai nuove motivazioni, riconoscendomi nelle disavventure dei protagonisti dei romanzi che, con le loro copertine accattivanti, abbellivano la mia libreria e che fino a quel momento non avevo mai aperto. Così, in ognuna delle storie che mi passarono sotto gli occhi, *Peter Pan, Pinocchio, Pippi Calzelunghe*, trovavo elementi di analogia con la mia situazione e protagonisti coi quali avrei potuto tranquillamente fare a cambio, tali e tante erano le similitudini che ci accomunavano, oppure scambiarci consigli come vecchi amici quali saremmo benissimo potuti essere. Avevo provato anche a scriverne uno, di libro, ma dopo aver riempito cinque pagine fitte di block notes con le vicende surreali di una bambina della mia età costretta dai genitori adottivi a vivere in una soffitta polverosa, mi ero talmente intristita da non riuscire a proseguire e quando, il giorno seguente, avevo provato a rimetterci mano, rileggendo quanto già scritto mi ero accorta che, a parte gli innumerevoli errori di sintassi, avrei potuto salvare non più di tre o quattro frasi. Così avevo cominciato a tirare righe trasversali, una per cancellare l'episodio della bambina che tenta di fuggire rompendo un vetro (il san-

101

gue che avevo fatto *sgorgare impetuoso* dalla ferita alla mano mi aveva provocato incubi per tutta la notte), una per cancellare la chiacchierata col topolino che aveva adottato per non sentirsi sola e infine una per l'incipit, con quella lunga e noiosa descrizione della soffitta che, a rileggerla ora, sembrava più la stiva di una nave. Rilessi ciò che rimaneva, una sommaria ma passabile descrizione dell'aspetto fisico della protagonista, a cui avevo attribuito *lunghi capelli setosi,* la scena dell'arrivo del maniscalco (nel seguito del romanzo si sarebbe rivelato essere un principe in incognito) che aveva raccolto la sventurata sanguinante dopo la rocambolesca fuga caricandola sul suo destriero, e quella del loro primo bacio, riscritta ben tre volte e straripante di aggettivi, *meraviglioso, memorabile, appassionato.* Decisi che le parti salvate erano troppo poche e peraltro prive di collegamenti credibili, inoltre l'entusiasmo iniziale era scemato insieme ai colpi di penna con cui, in pochi furibondi istanti, avevo cancellato un'intera giornata di lavoro. Quindi rinunciai, anche se lì per lì non avrei usato quel verbo, avrei detto che lo stavo accantonando in vista di una futura rinnovata vena creativa.

Immaginai l'opinione di mio padre al riguardo. Di certo avrebbe pensato che ero una smidollata, una che si arrende al primo tentativo, e se mai gli avessi chiesto di esprimerla, questa opinione, dopo un impercettibile scuotimento della testa accompagnato da un sorriso di autocompiacimento (chissà perché ogni volta che doveva constatare il fallimento di qualcuno assumeva quell'atteggiamento, forse in tal modo alimentava il proprio egocentrismo, come se da quella disfatta traesse nuove ragioni per esaltare il proprio indiscutibile successo), si sarebbe limitato a dire *peccato.* Che di per sé, come parola, poteva anche essere interpretata come una sorta di benevola accettazione, *peccato che hai smesso di scrivere perché sei brava a farlo,* se non fosse che, accompagnata da quell'espressione beffarda, assumeva un significato ben diverso, *peccato che anche stavolta hai dimostrato di non valere una cicca.*

Mio padre aveva la capacità di parlare senza dire nulla o limitandosi, appunto, a singoli vocaboli pronunciati senza alcuno slancio particolare, a volte perfino a bassa voce, o girandosi dall'altra parte come se fosse ansioso di chiudere la faccenda. Eppure ogni volta riusciva a esprimere concetti straordinariamente elaborati, bastava una lieve inflessione del tono o l'aggiunta di un articolo o, nel caso le parole fossero più d'una, la lunghezza delle pause che le separava. Quella volta, per vincere la mia resistenza, gli fu sufficiente imporre una disposizione semplice, facile da attuare, efficace. Lo immaginai mentre, appena rientrato a casa, di essere messo al corrente dell'accaduto dalla mamma e impiegare pochi secondi per inquadrare la situazione, la sua mente rapida e concreta valutare le possibili alternative, analizzare i pro e i contro di ogni strada percorribile. Nel frattempo mettersi comodo, concedere un saluto a Clelia che lo ossequia con una specie di inchino, versarsi un bicchiere d'acqua e proprio mentre si appresta a bere, appoggiato di schiena all'anta chiusa del frigorifero americano, mettere la mamma e chiunque altro sia a tiro d'orecchi al corrente della sua decisione. Niente più cibo ad Amelia.

Resistetti fino alla sera del giorno seguente, poi chiamai Clelia e le chiesi di aiutarmi a togliere l'inchiostro dalla faccia. Quando mi presentai di sotto, con le guance arrossate dagli strofinamenti e gli occhi gonfi per le lacrime che a stento riuscivo a trattenere, la mamma disse che era contenta di vedermi. Tommy era seduto a leggere un fumetto e aveva tutta l'aria di non essersi neppure accorto della mia assenza, papà era al telefono, parlava in maniera concitata con qualcuno che, pareva di capire, voleva indurlo a fare qualcosa che lui continuava a definire *controproducente*. Quando ebbe finito andammo tutti a tavola, sentivo lo stomaco brontolare per la fame, ero decisa a rimanere zitta per tutto il tempo, avrebbero riavuto il mio corpo ma non la mia mente.

"Un'altra puttanata come questa e ti sbatto in collegio per un anno" disse mio padre mentre sistemava il tovagliolo sulle gambe, poi siccome rimanevo in silenzio (non avevo capito che dovessi dire qualcosa) alzò finalmente lo sguardo.

"È chiaro?"

"Sissignore" dissi. Per tutta la cena nessun altro parlò. Io, a dispetto della fame arretrata, non mangiai quasi nulla.

Ero troppo impegnata a odiarli.

15

Leonardo

Quando, il primo giorno di scuola, varcai i cancelli del liceo scientifico Fulcieri Paulucci di Calboli, ripensai a quanto era stato difficile convincere mio padre che si trattava della scelta giusta. Che poi non ero affatto sicuro di essere riuscito a convincerlo, probabilmente si era limitato ad accettare una decisione che, seppur ritenesse sbagliata, dovevo assumermi io la responsabilità di prendere. Le sue obiezioni vertevano sul fatto che al termine del liceo non avrei avuto un diploma spendibile nel mondo del lavoro, sarei stato costretto a fare l'università e l'idea di vedermi impegnato sui libri per tutti quegli anni lo mandava fuori di testa. Anche perché, a dirla tutta, si era sempre pensato che avrei fatto Ragioneria per andare a lavorare con uno zio commercialista, titolare di uno studio ben avviato del quale, tenendo conto che lui non aveva figli, avrei potuto in futuro prendere le redini. Il mio cambio di rotta fu dettato dal fatto che volevo continuare a frequentare Tommy e nel suo caso non esistevano altre opzioni, l'iscrizione al liceo era scontata. Temevo che andando in scuole diverse avremmo perso quel collante che ci teneva uniti e che nel giro di poco sarei stato estromesso dalla frequentazione della villa, magari sostituito con un nuovo compagno di banco. Perciò una sera, verso la fine dell'anno, mi feci coraggio e annunciai la mia decisione in famiglia.

"Farò il liceo" dissi dopo aver radunato i miei in cucina, il luogo della casa dove venivano prese le decisioni importanti.

"Perché?" chiese mio padre. Da vero idiota non avevo preparato una risposta plausibile a quella ovvia e prevedibile domanda. Dovetti improvvisare.

"È che ho letto degli opuscoli... il liceo offre una preparazione più... completa."

"Preparazione per far che?"

"Per affrontare il mondo suppongo."

"Supponi?"

Si guardarono, il babbo cercava sostegno nella mamma che se ne stava seduta con le mani incrociate e lo sguardo assente. Era una posa che assumeva a volte, soprattutto di sera, quand'era particolarmente stanca. Ebbi l'impressione che non fosse ben disposta per una discussione di tale importanza e temetti il peggio visto che da lei, solitamente, venivo incoraggiato a seguire il mio istinto, cosa che ero riuscito a sfruttare a mio vantaggio in diverse occasioni.

"Ascolta, si era detto che avresti fatto Ragioneria, è una buona scuola, esci con un diploma e poi decidi se fare l'università. Hai una scelta, capisci? Col liceo no, l'università la devi fare per forza."

"Ma io la *voglio* fare. È proprio questo il motivo" dissi aggrappandomi come potevo a quella fune di salvataggio che involontariamente mi aveva calato.

"E da quando?"

"È da un po' che ci penso."

"Quale facoltà?"

"Economia naturalmente, per la questione di zio Ippolito. Anziché entrare in studio come ragioniere ci entro come dottore. Vuoi mettere?"

"Vabbè, ma Economia la puoi fare anche dopo Ragioneria."

"Sì sì, lo so questo. Ma come dicevo prima, il liceo ti dà una preparazione più completa."

La discussione finì lì, lasciammo che l'idea sedimentasse per un po', quando venne il momento di fare l'iscrizione dissi alla mamma che avevo deciso per il liceo e lasciai che fosse lei a informare il babbo. Con lui non affrontai più l'argomento.

Il primo giorno ci sedemmo nel quarto banco della fila laterale, una posizione defilata ma non troppo, con accanto la finestra che dava sul campo di atletica. Tommy era nervoso, continuava a smaneggiare dentro l'astuccio come se dovesse cercare qualcosa, probabilmente era il suo modo di tenersi in disparte, evitare gli sguardi del resto della classe, immaginavo che se non ci fossi stato io gli sarebbe venuta una crisi isterica. Io ero curioso, guardavo i nostri nuovi compagni alla ricerca di facce note, salutai con lo sguardo un paio di ragazzi che conoscevo di vista, squadrai da capo a piedi una tipa per niente male, mi accorsi di essere guardato da un'altra tipa seduta dietro alla quale risposi con un sorriso imbarazzato. Entrò il professore, un tizio basso e stempiato con l'aria da bonaccione, si presentò, disse che eravamo i benvenuti nella loro scuola e fece l'appello. Nella selva di nomi e cognomi scanditi con voce canzonatoria dal professore mi concentrai su quello della ragazza che avevo guardato, Monica, e su quello della ragazza che aveva guardato me, Francesca. Quando toccò a Tommy dire presente lo fece con un guizzo della voce, come se volesse liberarsi di quell'incombenza prima possibile. Altri risposero con una semplice alzata di mano, lo sguardo distratto e l'espressione di chi si trova lì perché obbligato. Alla fine del primo giorno avevo già un'idea di massima della classe, ben rappresentata dalle varie tipologie di alunni, i secchioni, i teppistelli, le pettegole, gli sportivi, i fighi e le strafighe che non ti degnano di uno sguardo. Non sapevo a quale categoria appartenessi io, ero sempre stato bravino senza essere secchione, ero sportivo ma non agonista, di certo non ero un teppistello e, fino ad allora, nessuno mi aveva mai considerato figo. Anche se, negli ultimi tempi, venivo guardato dalle ragazze in modo diverso, come se trovassero in me qualcosa di interessante, magari degno di essere approfondito. Come in quello sguardo di Francesca che forse avevo interpretato male ma mi pareva pieno di buone prospettive. L'occasione di approfondire si presentò un paio di settimane più tardi, all'uscita di scuola, quando ci ritrovammo a fianco nella ressa delle scale, lei venne urtata da un idiota che scendeva spingendo, la afferrai appena in tempo per evitarle una caduta.

"Grazie. Che scemo quello!" disse. Tardai a lasciarla andare, stringevo quel braccio esile come se da un momento all'altro dovesse rischiare di essere travolta da un'orda di barbari invasori, mollai la presa solo quando giungemmo alla base della scalinata. Camminammo insieme fino al cortile della scuola, ci ritrovammo in un angolo al riparo dal flusso di studenti schiamazzanti, percepii un imbarazzo da parte sua, come se volesse dirmi qualcosa ma non avesse il coraggio di farlo. Per guadagnare tempo feci un altro commento sulla maleducazione di certi soggetti, poi finalmente parlò.

"Abito qui vicino, sono a piedi. Ti va di accompagnarmi?"

"Dammi solo un attimo. Prendo la bici."

Di quei cinque minuti ricordo poco, Francesca parlava e io ascoltavo, annuivo, dicevo *certamente,* anche se in realtà stavo viaggiando con la mente, cercavo di immaginare ciò che sarebbe potuto succedere tra noi, non subito ovviamente ma in un futuro che intravedevo come non troppo lontano, la mia prima ragazza, il mio primo bacio, e chissà che altro.

"Allora grazie ancora per avermi accompagnata."

"Mi ha fatto piacere."

"Ciao."

"Ciao."

Il suo movimento verso di me, fulmineo e improvviso, mi colse di sorpresa, al punto da farmi arretrare di un passo. D'istinto accolsi nel palmo della mano il foglietto di carta ripiegato. Non ebbi modo di dire o fare nulla perché lei si era come volatilizzata, riuscii appena a vederla sparire dietro la porta di ingresso, per un attimo pensai di essermi sognato tutta la scena, dalla spinta sulle scale della scuola al saluto finale, con la mano tesa che sbucava dal portone socchiuso.

La prova che non mi ero inventato tutto era quel foglietto di carta dai bordi consunti, dava l'impressione di essere stato piegato da parecchio in attesa che giungesse il momento adatto per la consegna. E a ripensarci percepivo i dubbi e le paure di Francesca, quel suo gesto rapido nel porgermelo come se stesse combattendo contro l'indecisione, come se quella battaglia fosse in corso da giorni. Mi batteva forte il cuore mentre lo aprivo, dopo essermi allontanato di qualche metro dall'ingresso di casa sua, e continuò a battere forte anche dopo mentre lo leggevo, e mentre salivo in bici e pedalavo verso casa, e mentre cercavo un posto sicuro dove riporlo, ripiegato sugli stessi solchi creati da lei, dopo un'ultima occhiata a quelle quattro bellissime lettere, *MPDM*.

16

Tommaso

Mi mostrò quello stupido foglietto di carta spiegazzato e ne parlava come fosse una reliquia da venerare. Gli dissi che secondo me non significava nulla, mi guardò storto, si vedeva che era arrabbiato e che cercava di trattenersi, forse si aspettava che avrei alzato le braccia al cielo per festeggiare il fatto che una ragazza, una nostra compagna di classe, gli aveva scritto *mi piaci da morire* sotto forma di acronimo. A me invece giravano le scatole, non avevo voglia di starlo a sentire, che andasse da qualche altra parte a festeggiare le sue conquiste amorose.

Avrei voluto spegnere quel suo sorrisetto compiaciuto con una sberla ben assestata, cacciarlo da casa mia e cambiare compagno di banco, cambiare scuola se necessario, cancellarlo dalla mente e dai ricordi. Ma come poteva pensare che fossi felice di *quella cosa* che gli era capitata? Come poteva non capire che *io* dovevo essere l'artefice di quelle emozioni, che *per me* doveva provare quegli stessi sentimenti? Feci uno sforzo e tentai di mettere a fuoco la ragazza, sedeva nel quarto banco della fila centrale, non ci avevo mai parlato né mi ero soffermato a guardarla con qualche particolare interesse, ricordavo vagamente i lunghi capelli neri, i vestiti dozzinali, l'unico aggettivo a cui potevo associarla era *anonima,* in netto contrasto con gli aggettivi che Leo mi aveva appena rifilato nell'impeto del racconto, *bellissima, simpaticissima, dolcissima.*

"Credevo che questa cosa ti interessasse, scusa" disse a mezza voce.

"Non è che non mi interessa, solo che mi pare che stai esagerando. Per un biglietto..."

"Hai ragione. Sono uno stupido. Facciamo una partita?" chiese indicando il campo da tennis.

Mi era passata la voglia di giocare, ero contrariato, deluso, visto che quel pomeriggio avevo in programma di parlare a Leo del nostro rapporto, cercare di capire se tra noi poteva esserci qualcosa che andasse oltre l'amicizia di cui, francamente, stavo cominciando a stufarmi. Oh, mi piaceva passare il tempo in sua compagnia, non c'era altro che desiderassi di più, ero felice quando lo vedevo arrivare dal cancello con la bici, percorrere il vialetto stando sollevato sulla sella per le ultime pedalate, lasciarsi poi trasportare dal tratto in leggera discesa fino a frenare di scatto a pochi centimetri da me, sentirlo dire *ehi* al posto di ciao, il nostro saluto particolare. A volte mi era sufficiente poterne percepire la presenza, il mattino a scuola, il pomeriggio a casa mia, abbeverarmi della sua voce e del nostro modo di intenderci con un semplice sguardo, godere di quei contatti occasionali che ogni volta mi facevano accapponare la pelle e che sempre più spesso mi sforzavo di cercare, facendoli sembrare casuali. E poi, nel buio della mia stanza, di notte, modificavo i fatti a mio piacimento, sostituivo una mano sulla spalla con un abbraccio, immaginavo che, mentre stavamo seduti sul divano a guardare un film, a un certo punto lui mi chiedesse di baciarlo o magari si limitasse a farlo senza chiedere nulla, come se fosse naturale, un bacio tra due innamorati.

Però nella realtà tutto ciò non accadeva, continuavamo a essere amici e basta e mentre il mio desiderio cresceva, diventava più maturo e consapevole, più difficile da contenere e da nascondere, mentre la frustrazione stava lentamente evolvendo verso una rabbia sottile e sottintesa, che emergeva di tanto in tanto in guizzi improvvisi, fulminee esplosioni verbali di cui erano vittime innocenti mia madre e mia sorella, accadeva appunto che lui, l'oggetto dei miei desideri, si perdesse in scenette romantiche con una ragazzetta da quattro soldi che probabilmente di lì a poco l'avrebbe sostituito a piacimento con qualche nuovo arrivato, destinatario anch'esso di stupidi acronimi e di sorrisi maliziosi.

"Non ho voglia di giocare, anzi, non mi sento bene. È meglio se vai via."

Ecco, l'avevo detto chiaro e tondo, finalmente. Perché oltre quelle parole, oltre al tono tutto sommato pacato con cui le avevo pronunciate, c'era un significato che non poteva, lui, non aver percepito. *Non ti voglio più come amico, se preferisci stare con quella ragazza allora finisce tutto qui.*

Mi guardò con aria impaurita, al punto che fui tentato di correggere il tiro, magari buttarla sullo scherzo, far finta che non fosse successo niente. Fu questione di pochi, palpitanti secondi, durante i quali nessuno dei due fece e disse nulla. Leonardo si avviò verso la sua bici, vi salì, fece cenno a Ferdinando di aprire il cancello, poi sfrecciò veloce lungo il vialetto e sparì, come inghiottito, nella strada.

Ebbi la sensazione che stesse scappando.

17

Amelia

Dopo il periodo della reclusione forzata e dopo aver gettato la spugna a causa della fame, ero più che mai consapevole che, d'innanzi al fronte unito rappresentato dalla mia famiglia, non avevo armi sufficientemente potenti per combattere una vera guerra. Al massimo potevo lanciare qualche sasso e sperare che mio padre fosse troppo impegnato per accorgersene, oppure fingere di aver messo da parte gli istinti di ribellione, osservarli da dietro un sipario di finta indifferenza, ostentare sorrisi e buone maniere per recitare la parte della figlia perfetta. Tutto ciò allo scopo di trovare il momento giusto per colpire e soprattutto per avere il tempo necessario a fabbricare l'arma più efficace, quella contro la quale neppure mio padre avrebbe potuto nulla. Per riuscirci era importante osservarli, acquisire informazioni, origliare nell'ombra. Prima o poi avrei scoperto il segreto che loro tutti non potevano permettersi che venisse rivelato. E allora li avrei avuti in pugno.

Avevo due piste, in particolare, da seguire. Una riguardava mia madre e il suo rapporto con Giuliano, il maestro di tennis che, da quando ci eravamo trasferiti, veniva una volta a settimana in villa per farle lezione. Non più giovane, sempre abbronzato, con un velo di barba sulla faccia e i capelli brizzolati, Giuliano aveva tutti i requisiti per affascinare le donne mature e sofisticate come mia madre e tutto faceva pensare che gli piacesse un sacco far sudare le sue allieve non soltanto dentro il campo. Era simpatico, sempre pronto alla battuta, professionale e competente nel lavoro, pieno di aneddoti da raccontare di quando, da ragazzo girava il mondo a fare tornei, aveva quell'aria da animale selvatico che invitava molte donne a buttarsi tra le sue braccia nel tentativo di ammaestrarlo per poi accorgersi, molte lezioni e molte scopate dopo, che si trattava di un'impresa impossibile. Non avevo prove che tra lui e mia madre fosse successo qualcosa di compromettente ma ritenevo che, a giudicare dalle frecciatine piene zeppe di doppi sensi che lui, tra uno scambio e l'altro, le rivolgeva ammiccando, fosse opportuno tenerli d'occhio.

L'altra pista era rappresentata da mio fratello e dall'ambigua amicizia con quel suo compagno di scuola, Leonardo. Li avevo osservati, quei due, sempre insieme, così... intimi. Al punto da suscitare sospetti. I dubbi sulle preferenze sessuali di Tommy mi erano venuti sentendone parlare dalla mamma, diversi anni prima, quando pensava di non essere ascoltata. Confessava a Clelia di essere preoccupata da certi suoi atteggiamenti, senza mai sbilanciarsi oltre un certo limite, usando parole accorte che le avrebbero consentito, eventualmente, di sostenere una versione dei fatti accettabile qualora alla domestica fosse venuto in mente (Dio non volesse) di raccontare qualcosa a papà. Eppure, nonostante fosse consapevole della sconvenienza di quella chiacchierata, nonostante non si aspettasse un reale contributo da Clelia nella conferma o nella negazione di quelle sue *sensazioni di madre,* nonostante la sua riluttanza a parlare delle questioni di famiglia con altri, la mamma aveva sentito il bisogno di chiedere un'opinione al riguardo, come se volesse sentirsi rassicurata o messa al corrente di dettagli che a lei erano sfuggiti e che sarebbero serviti, da soli, a smontare i sospetti che aveva sul suo amatissimo figlio. Mentre aspettavo da dietro la porta socchiusa, immobile, avendo percepito che quella conversazione sussurrata doveva per forza riguardare questioni importanti e ben sapendo che se fossi entrata avrebbero subito cambiato argomento, i toni di voce sarebbero tornati normali, acuto e altisonante quello della mamma, timido e dimesso quello di Clelia, cercavo di dare un significato a quelle parole che, ai miei orecchi di bambina, apparivano strane, incoerenti, mi facevano pensare ai dialoghi assurdi di certi sceneggiati televisivi che ascoltavo distratta mentre giocavo con le bambole sul grande tappeto del salotto. Cosa intendeva dire la mamma quando chiedeva a Clelia se secondo lei Tommy era *effeminato?* Si trattava forse di una malattia? Dovevo temere per la vita mio fratello a cui, nonostante i litigi continui, volevo comunque bene? E cosa significava quella risposta di Clelia, pronunciata con evidente imbarazzo e con voce talmente bassa che avevo dovuto avvicinarmi ulteriormente alla porta per sentire, con la quale informava mia madre che lei aveva un nipote omosessuale e poteva garantire che, nei comportamenti, nel modo di esprimersi, era certo molto diverso da Tommaso.

"Grazie, è incoraggiante sentirlo" aveva risposto mamma, e la immaginavo mentre appoggiava una mano sulla spalla di Clelia in un gesto di affetto che, probabilmente, non aveva precedenti nel rapporto educato ma strettamente professionale esistente tra le due donne.

Avevo accantonato l'episodio senza mai dimenticarlo, col tempo avevo preso coscienza di quale fosse il vero significato di quella conversazione, avevo osservato Tommy e cercato di valutare anch'io quanto fosse *effeminato* e quanto si discostasse, il suo modo di fare, con quello degli omosessuali che mi capitava di vedere in TV. Avevo anche pensato di chiederglielo, una volta, approfittando del fatto che eravamo soli in giardino, cosa che capitava di rado, ma poi non sapendo come porre la domanda senza farla sembrare come una richiesta di conferma di quanto già immaginavo di sapere, avevo desistito. In seguito c'era stata la comparsa di Leo, il suo affascinante amichetto, il cui nome compariva sulla bocca di mio fratello sempre più spesso come in una sorta di rito preparatorio all'entrata che di lì a poco avrebbe fatto nella nostra casa. Di frequente li vedevo insieme, qualche volta giocavano a tennis contro di noi, la mamma e io, ma per lo più se ne stavano per i fatti loro dentro la sala dei giochi o in camera di Tommy, in apparenza come due amici che si divertono condividendo le passioni tipicamente maschili per i videogames e il cazzeggio in generale.

Avevo notato come la mamma, che all'inizio era felice di quella frequentazione vista la difficoltà con cui Tommy riusciva a farsi degli amici, col passare del tempo aveva cominciato a nutrire dubbi sull'opportunità che quei due stessero sempre insieme. Mi aveva anche chiesto cosa pensassi al riguardo, forse ipotizzando che io avessi una visuale del loro rapporto più diretta o magari un accesso privilegiato ai loro pensieri e alle loro abitudini.

"Beh, penso che siano una bella coppia" avevo detto trattenendomi a fatica dal ridere. "Di amici intendo. Vanno d'accordo, ai maschi basta e avanza."

La smorfia di rabbia che stava formandosi sulla sua faccia mutò in un'espressione di accondiscendenza e complicità, conseguenza di quella constatazione circa la natura semplice ed essenziale dell'altro sesso che, come disse annuendo e sogghignando, la trovava completamente d'accordo.

La questione però era tutt'altro che risolta. Col passare dei mesi lei ci aveva fatto il callo, si limitava a esortare Tommy ad allargare il suo giro di amicizie, oppure a frequentare le mie, di amiche, forse pensando che in questo modo si potesse indirizzarlo verso la strada giusta. Lui ogni volta glissava o prometteva di pensarci, poi continuava a incontrare solo Leo. Decisi di spiarli, coglierli sul fatto, accertare la vera natura del loro rapporto per poi raccogliere le prove che mi avrebbero permesso di controllare a piacimento la famiglia. Me la immaginavo la scena, mentre mettevo al corrente la mamma del fatto che la sua paura più grande, quella di avere un figlio gay, era reale. Ovviamente non mi avrebbe creduto, sarei stata accusata di cattiveria o, peggio, di essere una bugiarda. Allora avrei esibito le prove, foto o altro materiale, l'avrei messa alle corde e alla fine avrei dettato le condizioni per il mio silenzio. Avrebbe coinvolto mio padre? Forse sì o forse no. Non mi importava. A quel punto avrei avuto io il coltello dalla parte del manico.

Avevo cominciato a dar seguito al mio piano, mi appostavo in punti strategici per guardarli e sentirli senza essere vista, oppure mi offrivo di far loro compagnia. I primi giorni non notai nulla di compromettente, forse qualche contatto fisico di troppo che mi parve indotto più da Tommy che da Leo, poi accadde un fatto strano, un pomeriggio sentii mio fratello gridare, cosa insolita per lui, poi li vidi parlottare per qualche minuto, sembravano in disaccordo su qualcosa. Alla fine Leo salì sulla sua bici e se ne andò, nonostante fosse arrivato da poco. Lì per lì non ci feci troppo caso, pensai a un semplice litigio, ero convinta che si sarebbero riappacificati e che il giorno seguente li avrei rivisti insieme. Invece non fu così.

Per quasi due anni Leo non si fece vivo.

18

Leonardo

Fu una scelta difficile, quella tra Tommaso e Francesca, che richiese una notte insonne, passata a riflettere, a immaginare conseguenze, a fare valutazioni e calcoli mentali. Alla fine, il giorno seguente, quando avevo la testa piena di dubbi e di scenari sovrapposti e di desideri contrastanti, a spingermi nella direzione giusta fu il sorriso di Francesca che mi raggiunse diretto e sincero, pieno di sottintese promesse.

Quando il giorno prima avevo lasciato villa Cecilia, cacciato da Tommy e dalla sua reazione furibonda, non avevo dubbi sul fatto che mi sarei gettato a capofitto tra le braccia di Francesca. Poi, a mente fredda, avevo riconsiderato la questione, rimesso in dubbio tutto, avevo pensato a Tommy e a quella maledetta infatuazione nei miei confronti, a quanto debole e indifeso fosse, avevo provato compassione per lui. Parlarci? Dirgli in modo chiaro che a me piacevano le ragazze, non i ragazzi? Supponevo non sarebbe servito a nulla, era bastato accennare a Francesca per farlo sbroccare, lui che di solito era così pacato e remissivo. Alla fine tutto andò come doveva, Francesca e io ci mettemmo insieme, Tommy mi tolse il saluto, continuammo a condividere lo stesso banco avvolti in una nube di freddezza e separazione affettiva, ci parlavamo solo quando era strettamente necessario e col tono impostato che avremmo potuto usare con un vicino di casa antipatico. Nonostante ciò di quel periodo ho un bellissimo ricordo, che parte dal giorno in cui Francesca e io ci baciammo per la prima volta, seduti sull'erba dei giardini pubblici di Piazzale della Vittoria, un bacio al sapore di gelato alla crema e pistacchio che avevamo appena finito di mangiare e termina quasi due anni dopo quando, con estrema pacatezza, mi comunicò che era giunto il momento di passare oltre. Dentro quella storia siamo cresciuti, abbiamo condiviso l'entusiasmo iniziale, gli imbarazzi delle prime volte, la curiosità della reciproca scoperta, e poi il senso di sicurezza derivante dal consolidamento del nostro rapporto, quel sapersi disponibili l'uno per l'altra. Abbiamo giocato, discusso, litigato, abbiamo ballato stretti al ritmo dei tormentoni estivi, abbiamo condiviso i cieli stellati delle colline, di sera, dopo scarpinate interminabili con le bici portate a mano, abbiamo esultato per l'arrivo dell'anno nuovo, abbiamo fatto progetti per i giorni a venire e per quelli di un futuro lontano, che dicevamo di voler vivere come marito e moglie, probabilmente senza crederci veramente. Ci siamo annoiati, abbiamo condiviso sigarette senza filtro per dimostrare a noi stessi di essere più grandi dei nostri quindici anni, abbiamo bevuto birre sottratte di nascosto dalle dispense di casa, ci siamo detti, con la voce impastata e gli sguardi allungati dall'alcool, che forse eravamo troppo giovani per decidere di passare tutta la vita insieme, poi abbiamo pianto e ci siamo giurati amore eterno. Abbiamo scoperto il gusto dell'abitudine, della ripetizione quotidiana di gesti e azioni, il bacio del mattino prima della campanella, il tragitto a piedi fino a casa sua dopo la scuola, i pomeriggi passati in giro, le serate con gli amici fuori dalla gelateria. Ci confrontavamo con le altre coppie e pensavamo di essere speciali, noi due, che il nostro amore fosse più vero, i nostri baci più appassionati, ridevamo degli altri e ci cullavamo nella nostra fortuna, quella di esserci incontrati.

Il declino poi fu breve e dall'esito scontato, cominciò con piccoli gesti quotidiani di rottura di quelle stesse abitudini, che finirono per disgregarsi d'innanzi a impegni improvvisi e ai cortesi rifiuti di Francesca (via via sempre più frequenti) di venire accompagnata a casa o di incontrarsi al solito posto. I baci divennero sempre più rari e sempre più rapidi, si interruppe il percorso a ostacoli verso la perdita della verginità a cui avevo aspirato senza successo, i bottoni della sua camicetta rimasero chiusi anche quando riuscivamo a restare soli per cercare di ricordare a noi stessi che eravamo ancora una coppia. Quando poi mancava solo l'ufficialità della fine, al termine del secondo anno di liceo, la vidi baciare un altro ragazzo, e mentre lo faceva gli passava una mano sulla nuca e lo accarezzava dolcemente. Ripensai a quando ero io il destinatario di quel gesto e che, di tutte le cose che riguardavano Francesca, probabilmente sarebbe stata quella che avrei rimpianto maggiormente. Il giorno seguente mi prese da parte e mi disse che era finita. L'abbracciai, le dissi che era stato bello, la ringraziai per avermi scelto, lei disse che ci eravamo scelti entrambi e che non mi avrebbe mai dimenticato. Trattenne a stento le lacrime, mi diede un colpetto col pugno chiuso su una spalla, disse "ci si vede" e si allontanò.

Mi ci volle qualche giorno per abituarmi all'idea di non avere più una ragazza, mi sentivo strano, come se mi avessero privato di qualcosa e ne sentissi la mancanza, come se fossi portato a ripetere quei gesti in maniera automatica e dovessi, ogni volta, convincermi che non era più così. Provavo anche una sorta di soddisfazione latente, uscivo da una storia lunga quasi due anni, a pochi ragazzi della mia età era capitato, per questo mi sentivo speciale, pieno di esperienza di cui certamente avrei fatto tesoro nelle future relazioni. Cominciai a guardare le altre ragazze come potenziali prede di questo nuovo me stesso e anche se ogni volta mi ritrovavo a fare confronti fisici tra ciascuna di loro e Francesca, mi accorgevo che anche solo attraverso quel semplice atto stavo riuscendo a superare il dolore per la fine della nostra storia.

La notizia della rottura si sparse per la classe, arrivò agli orecchi di Tommy che mi parve all'inizio del tutto indifferente. Negli ultimi mesi avevamo ricominciato a parlarci, anche se della nostra vecchia amicizia non era rimasto nulla, al massimo poteva accennare un sorriso se facevo la mia famosa imitazione del professore di scienze, oppure accettava di prestarmi penna e matita se, come capitava spesso, dimenticavo l'astuccio.

"Come va a casa?" chiesi un giorno, era il primo accenno che facevo alla sua famiglia negli ultimi due anni.

"Proprio l'altro giorno mi hanno chiesto di te."

"Ah, davvero? Tua madre? Salutamela tanto."

"Volentieri. Ma non è stata lei a chiedere. È stata mia sorella."

"Come sta?"

"Bene. Sempre intrattabile."

"Sta finendo le medie, giusto?"

"Sì, quest'anno. Poi verrà al liceo."

Annuii. Non sapevo cos'altro dire, così lasciai che il dialogo morisse lì, sui progetti scolastici di Amelia.

"Ti va di venire a fare una partita a tennis?"

"È stata lei a chiederti di invitarmi?"

"Ha solo accennato al fatto che ci divertivamo e che non abbiamo mai trovato nessuno per rimpiazzarti."

Mi passai una mano sui capelli. Ero indeciso, dopo aver troncato i rapporti non ero sicuro di volerli riallacciare. Forse temevo che se fossi tornato dentro quel lusso non sarei più stato capace di uscirne. Alla fine cedetti.

"Ci vengo volentieri."

"Bene. avverto a casa."

"E Tommy, senti... Mi dispiace per tutto..."

Alzò una mano per fermarmi, come se anche solo accennare a ciò che era stato fosse per lui causa di una sofferenza inaccettabile.

"Non dire altro. È acqua passata."

Entrò il professore, fummo invitati tutti al silenzio. Per fortuna, poiché non avrei saputo cos'altro dire.

19

Tommaso

Di quel periodo ho un ricordo sfumato, connotato di immagini negative, come un lungo inverno buio e freddo trascorso in solitudine e con la tristezza come unica compagna di viaggio. Nonostante non ci parlassimo quasi, pur essendo compagni di banco, non ero realmente arrabbiato con Leo, o forse lo ero stato solo nei primi giorni successivi al litigio. Poi mi ero reso conto che lui aveva avuto il grande merito di portare un soffio di gioia nella mia vita grigia, e di questo dovevo essergli grato. Nonostante ciò avevo acconsentito che tra noi calasse il silenzio e l'indifferenza, perché ogni parola gli avessi rivolto da quel momento in avanti mi sarebbe parsa come lo scialbo refuso del nostro vecchio rapporto. Mi sforzavo di ignorarlo, sia quando tentava di instaurare dialoghi forzati, sia nei suoi timidi tentativi di riappacificazione, che respingevo girandomi dalla parte opposta o, quando potevo, allontanandomi da lui. A volte non resistevo alla tentazione di guardarlo da lontano, soprattutto durante l'intervallo, restavo a fissarlo come spinto da una forza che non riuscivo a contrastare, anche se il più delle volte finiva che mi toccava assistere alle effusioni tra lui e Francesca, un vero supplizio.

A casa ero intrattabile, taciturno e schivo con tutti, trascorrevo la maggior parte del tempo chiuso nella mia stanza, evitando i luoghi che ero solito frequentare con lui, la sala dei giochi, il parco, il campo da tennis. Mia madre, sebbene fosse perfettamente a conoscenza della causa del mio malessere, si guardava bene dal nominare il suo nome, convinta com'era che quella nostra amicizia fosse innaturale, e sotto sotto era contenta che Leo fosse sparito dalla circolazione. Di rimando, nonostante sapessi bene che lei non era in alcun modo responsabile dell'accaduto, avevo deciso di sfogare la mia frustrazione rifiutando ogni suo tentativo di contatto. Quanto ad Amelia, quella ragazzina dall'indole ribelle con cui non avevo mai instaurato un vero rapporto fratello-sorella, in quel periodo fu l'unica persona a cui permisi di entrare nel bunker affettivo che avevo costruito e l'unica con cui accettai di parlare e di confidare, in parte, i miei segreti. Ammisi che sì, ero dispiaciuto che l'amicizia con Leo fosse finita, dissi che senza di lui non mi divertivo a fare nulla, raccontai che stava insieme a una ragazza e che preferiva passare il tempo con lei, ma alla domanda "sei attratto da lui fisicamente?" che Amelia mi porse come se nulla fosse facendomi pensare che forse avrei potuto dire la verità senza timori, risposi che non erano affari suoi e che avrebbe fatto meglio a non impicciarsi di queste cose, poi me ne andai senza darle tempo di replicare, riuscii solo a sentire delle scuse pronunciate senza troppa convinzione e percepii una sorta di stizza, come se fosse arrabbiata per non essere riuscita a farmi ammettere quella cosa di cui, supponevo, fosse più che certa. Quando mio padre era a casa fingevo che andasse tutto bene, partecipavo alle conversazioni durante i pasti, facevo commenti ispirati alle sue dichiarazioni su ciò che andava fatto per il bene del nostro *povero paese* e su ciò che andava assolutamente evitato, una sera lo esortai con ferma convinzione a saltare il fosso e a entrare in politica come avevano fatto altri importanti imprenditori prima di lui, poi ero rimasto in attesa di una sua opinione in merito e, seppur non mi importasse veramente, fui contento di averlo lasciato senza parole forse per la prima volta in vita mia (ebbi l'impressione che l'idea lo solleticasse parecchio, al di là della risposta ufficiale che arrivò qualche secondo dopo, "macché politica, non ho tempo per queste cose").

A distanza di qualche mese avevo capito che l'unico modo per superare la desolazione in cui mi ero ritrovato a vivere consistesse nel cercare qualcuno che potesse riempire il vuoto lasciato da Leo. Ma non avevo idea di come fare per riuscirci, vista la mia scarsa capacità nel socializzare. In giro per casa c'erano solo le amiche di mia sorella, sempre le stesse, ragazzine con la voce stridula che passavano il tempo ad adulare Amelia, talmente grate di venire invitate in villa da essere disposte a tutto per lei. Se fossi stato un ragazzo *normale* e avessi mostrato interesse nei loro confronti sono certo che avrebbero fatto a gara per mettersi con me, lo si capiva dagli sguardi ammiccanti che mi lanciavano e dagli inviti provocatori a passare del tempo con loro di cui Amelia si faceva portatrice, *le ragazze vorrebbero vederti in costume da bagno, ci raggiungi in piscina?* All'inizio declinavo con cortesia, adducendo scuse più o meno credibili, qualche volta accettavo di far loro compagnia per poi pentirmi quasi subito, fingevo mal di testa o ricordavo all'improvviso di avere impegni importanti, qualunque cosa pur di allontanarmi dai loro discorsi vuoti e da quell'atteggiarsi caricaturale che le rendeva finte e indistinguibili.

Avrei voluto circondarmi di ragazzi della mia età, preferibilmente maschi, carini e omosessuali come me. Mosche bianche che difficilmente sarei riuscito a intrappolare, visto che la mia tela di ragno non andava oltre la siepe ben curata della villa. Per molto tempo tirai avanti sospeso tra l'illusione che prima o poi sarebbe accaduto qualcosa di inaspettato e la consapevolezza dell'immobilità del mio destino, c'erano giorni in cui pensavo che presto il mondo sarebbe cambiato, probabilmente esistevano luoghi dove già allora, in quel preciso momento, ogni differenza tra le preferenze sessuali delle persone era ritenuta insignificante. Mi chiedevo se, non fossi stato figlio di un personaggio così in vista, sarebbe stato diverso. E a quali conseguenze avrei sottoposto mio padre e l'intera famiglia qualora fossi stato scoperto. Però preferivo non darmi alcuna risposta, forse per timore di quelle stesse conseguenze, seppur ipotetiche, ma non certo meno spaventose.

Non rimasi sorpreso quando la relazione tra Leo e Francesca finì. Mi ero accorto dei segnali di stanchezza e dell'indifferenza che, come un parassita ostinato, aveva eroso lentamente la corazza di quel rapporto a cui, ero certo, Leonardo avrebbe sempre ripensato con affetto e una punta di nostalgia. Vederlo triste, seduto di fianco a me con le mani intrecciate, assorto nella contemplazione di quell'epilogo annunciato, mi generava sensazioni contrastanti, da un lato ero dispiaciuto per lui (povera vittima dell'esigenza di cambiamento che hanno le ragazze di quell'età, in una sorta di esplorazione dell'universo maschile alla ricerca dell'esemplare più adatto alla propagazione della specie), dall'altro ero felice perché da quel momento in avanti avrei potuto riaverlo per me, anche se non ero certo che lui desiderasse un riavvicinamento tra noi.

Avrei voluto essere io a fare la prima mossa ma come sempre fu la paura a fermarmi, eterna e onnipresente compagna di viaggio.

"Come va a casa?" chiese un giorno. Non servì altro, mi aggrappai a quella domanda con tutto me stesso, inventai che mia sorella aveva chiesto di lui, anche se in realtà il suo nome non era mai stato pronunciato da nessuno nei due anni di assenza da casa nostra, dimenticato da tutti come un animale domestico morto. Lo invitai per una partita di tennis. Lo vidi tentennare, combattere contro l'indecisione, quando accettò fu come se un sole caldo avesse fatto capolino da dietro coltri di nubi spesse e opprimenti. Mi abbeverai di quella luce, pur sapendo che non sarei riuscito a dissetarmi.

20

Amelia

Alla fine ritornò, quando ormai nessuno ci pensava più, eccetto forse mio fratello, che il giorno in cui Leo si presentò alla porta di casa sfoderò un sorriso e un buonumore come non capitava da tempo. L'aveva annunciato il giorno prima, nel corso di una cena silenziosa che era stata preceduta dalla solita telefonata di papà con cui diceva che non sarebbe tornato a casa come previsto, ci salutava tutti e si raccomandava con me che rimediassi al basso voto preso in matematica la settimana precedente e che era stato l'oggetto principale della breve conversazione tra lui e la mamma fino a quando l'ennesima urgenza non lo aveva costretto a interrompere.

"Che stronzo" dissi a bassa voce quando la mamma riferì. Solo qualche mese prima non avrebbe lasciato passare quel commento senza una sfuriata delle sue, quella volta non disse nulla, al punto che mi sentii incoraggiata a continuare.

"Perché non lo molli? Tanto non c'è mai."

Continuò a tacere, forse stava valutando se fosse il caso di seguire il mio consiglio. Così ci sedemmo a tavola e lasciammo che l'occupazione di mangiare ci distogliesse dai pensieri cupi generati da quella telefonata, anche se la mamma, a giudicare dall'espressione del viso, sembrava stesse passando in rassegna i volti di tutte le amanti che i giornali scandalistici avevano attribuito a mio padre negli ultimi tempi e che lui giurava di non avere mai neppure sfiorato. A propria difesa sosteneva che nessuna di quelle foto dimostrava alcunché, per lo più si trattava di immagini scattate durante ricevimenti a cui diceva di essere obbligato a partecipare per *tenere in piedi la rete di conoscenze che gli permettevano di lavorare,* esortava la mamma a non lasciarsi abbindolare dalle frottole buttate lì per vendere riviste da quattro soldi, tirava fuori a titolo di esempio la notizia, palesemente falsa, di un suo flirt con la moglie di un noto commercialista con la quale aveva ballato un lento a una festa di beneficenza in cui era presente anche la mamma. Da osservatrice attenta e discreta di ciò che accadeva in casa sapevo che lei aveva superato da tempo la fase della vergogna, l'idea di venire derisa da tutti come la moglie cornuta dell'affascinante imprenditore, che supponevo fosse stata causa di tante notti insonni e di altrettanti pianti silenziosi, era divenuta poco più che un fastidioso tormento col quale aveva imparato a convivere. Ciò che secondo me non riusciva a sopportare era di essere stata soppiantata da donne più giovani e più belle a cui si sforzava di assomigliare sottoponendosi a massacranti sedute di ginnastica rassodante e modificando ripetutamente il taglio di capelli.

"La volete sapere una cosa?" chiese a un certo punto mio fratello. Lo guardai curiosa, per un secondo mi sfiorò perfino il dubbio che volesse finalmente confessare la propria omosessualità.

"Ve lo ricordate Leonardo? Il mio compagno di classe. È da tanto che non viene ma c'è stato un periodo che era sempre qui."

La mamma annuì, ancora persa nei suoi pensieri. Io non dissi nulla.

"Domani torna. Credo che ricominceremo a frequentarci. Magari ogni tanto potremo giocare a tennis tutti insieme, come facevamo prima."

Nessuna di noi due mostrò l'entusiasmo che probabilmente lui si attendeva, la mamma si limitò a dire *ma certo,* io mi concentrai sul cibo e solo dopo aver constatato la sua delusione decisi di dargli corda.

"Come mai torna? Ha rotto con la ragazza?"

Leonardo rizzò il viso dal piatto, disse che sì, in effetti avevano rotto, aggiunse qualcosa sul fatto che a suo parere avrebbero dovuto farlo prima visto come stavano trascinando quel rapporto sbrindellato, chiuse con una massima idiota sull'evanescenza delle relazioni amorose e ritornò a occuparsi della sua bistecca.

"Aveva una ragazza?" chiese la mamma, improvvisamente riemersa dal suo torpore.

"Sì, una della nostra classe. Né carne né pesce."

Intravidi nell'espressione ambigua di nostra madre una sorta di sollievo, come se quella notizia potesse liberarla dalla preoccupazione strisciante che nutriva circa le preferenze sessuali di Tommy. Il suo migliore amico era etero, aveva appena chiuso una relazione di lunga durata con una ragazza, finalmente una buona notizia in quella serata da dimenticare.

"È bello che torni qui da noi. Dobbiamo organizzare una festa. Qualcosa di intimo, solo noi e magari qualche amica di Amy. Che ne dici tesoro?"

Eccola tornare alla carica, pensai, nel suo ostinato tentativo di accoppiare Tommy con qualche mia amica. All'inizio cercava anche di selezionare la candidata adatta sulla base di sue discutibili opinioni estetiche e del retaggio familiare, ora le bastava che fosse in buona salute e femmina.

"Buona idea" dissi provocatoria, "magari il tuo amico è alla ricerca di una nuova fiamma."

Lo vidi agitarsi, sembrava stesse combattendo contro l'immagine di Leo avvinghiato a una delle mie amiche su un lettino a bordo piscina, ma poi disse che l'idea della festa gli sembrava buona, aggiunse che di certo avrebbe fatto piacere a Leo di essere riaccolto così.

"Magari se viene bene potremo anche replicare" disse poi.

"Replicare cosa?" chiese la mamma, sembrava uscita definitivamente dal campo di influenza negativa della telefonata di papà.

"La festa dico. Potremmo cominciare a farne più spesso, invitare un po' di gente nuova. Che ne dite?"

"A cosa dobbiamo questo voltafaccia sociale? Ti sei stufato di fare l'eremita?" chiesi, e subito la mamma scattò in sua difesa.

"Amy, la tua insolenza è fuori luogo. Tommy ha ragione, in questa casa girano sempre le stesse facce, è ora di cambiare. Piuttosto aiuta tuo fratello a organizzare la festa per il ritorno di Leo. Mi aspetto che per una volta tu agisca per il bene della famiglia. E ora scusate, ho delle cose da fare."

La guardai allontanarsi impettita dalla sala da pranzo, come era solita fare quando voleva impartirmi ordini senza darmi tempo di replicare, restai per altri cinque minuti a parlare con Tommy di ciò che avremmo potuto fare per la festa, ci scambiammo qualche fiacca idea, promisi di fare qualche telefonata per radunare un po' di gente ma dissi che con un preavviso così breve non me la sentivo di promettere nulla.

"Non ti preoccupare" disse lui alzandosi. "L'importante è che ci sia lui."

"Scusa ma cosa credi di ottenere? Se stava con una ragazza vuol dire che gli piacciono le femmine, te lo devi mettere in testa. Passa oltre."

Non avevo resistito, non potevo più sopportare quella sua espressione beata per il ritorno dell'amico, quel suo rigettarsi tra le sue braccia nella speranza vana di poterlo conquistare.

"Ma di cosa parli? Ancora con questa storia... Guarda che anche a me piacciono le femmine."

Lo aveva detto con una convinzione sorprendente, come se sapesse che sarebbe venuto il momento di farlo, prima o poi, e l'avesse provato e riprovato davanti allo specchio, *mi piacciono le femmine, mi piacciono le femmine,* provai un vago senso di compassione nell'immaginare la scena.

"Certo, come no" dissi alzandomi dalla sedia, non avevo voglia di litigare a causa delle sue bugie, della sua incapacità di ammettere l'evidenza.

"Promettimi solo che lo accoglierai bene. Voglio che si senta gradito" disse mentre me ne andavo. Allargai le braccia e guardai per aria, "va bene, va bene" risposi, "farò del mio meglio, come sempre."

21

Leonardo

Ero preoccupato, mentre percorrevo la ciclabile che attraversava San Martino in Strada
e che si sarebbe interrotta alla grande rotatoria
nei pressi dell'ospedale, nella quale avrei svoltato a sinistra verso l'abitato di Vecchiazzano
per poi imboccare il rettilineo in leggera salita
che mi avrebbe condotto fino alla villa. Non
sapevo cosa avrei trovato una volta giunto lì,
come sarei stato accolto dalla famiglia. Ripen-
savo a tutti loro, immagini sbiadite dal tempo,
la signora Cecilia, dai modi così garbati da
sembrare fasulli, Amelia, la ragazzina ribelle
sempre pronta alla rissa verbale e l'enigmatico
padre, che avevo visto una volta soltanto da
lontano, uno sguardo sfuggente calato su di
noi dall'alto di un terrazzo. Provavo per tutti
loro sentimenti contrastanti, di certo ammirazione e rispetto per la posizione sociale che occupavano, per la ricerca della perfezione che
trovavo in ogni elemento della loro quotidianità, dalla cura del giardino alla tavola apparecchiata. Ma allo stesso tempo percepivo una
sorta di insoddisfazione strisciante, come se
tutto quel ben di Dio non fosse sufficiente a

compensare la mancanza di qualcosa di immateriale, forse una serenità che tendeva a sfumare come il profumo dei cocktail serviti a bordo piscina o la pienezza di una vita semplice e condotta senza tutti quei lussuosi e inutili fronzoli. Avevo sentito parlare di famiglie ricche e infelici, con figli finiti nella spirale della droga e trovati morti per overdose dentro squallide camere d'albergo. Mi chiedevo se fosse quello il destino riservato a Tommy e Amelia, fantasticavo che li avrei aiutati a ritrovare la giusta rotta e che per questo sarei stato lautamente ricompensato. Mi immaginavo in piedi davanti alla grande scrivania nello studio dell'Ingegnere, lui seduto e intento a esaminare documenti della massima importanza, poi alzava gli occhi su di me, scorgevo il dilatarsi delle sue pupille alla vista del salvatore dei suoi figli, percepivo la gratitudine ancor prima che venisse espressa a parole, semplici, concrete, dirette.

Sei uno di noi concludeva togliendosi gli occhiali, si alzava in piedi e mi porgeva la mano.

Grazie, amico.

Arrivai alla villa con l'affanno della salita e leggermente sudato, mi fermai davanti al grande cancello in ferro battuto, un po' per calmare il respiro un po' per scacciare gli ultimi irriducibili dubbi. Notai che erano stati appesi dei palloncini colorati, si muovevano al vento sollevandosi e urtandosi, pensai che forse avevano in programma di fare una festa e che magari sarei stato di troppo, ipotizzai che

Tommy se ne fosse dimenticato. I timori di prima ripresero vigore, valutai se fare dietrofront e andarmene, lasciarmi trasportare dalla bici lungo la discesa.

"Signorino Leonardo, buongiorno."

Era stato il maggiordomo a parlare, sbucando da dietro un albero con un guizzo inaspettato, reggeva in mano altri palloncini tenuti insieme da un filo di spago.

"Buongiorno Ferdinando" dissi, stupendomi io stesso di ricordarne il nome. Per qualche secondo nessuno dei due parlò, lui perché stava guardandosi intorno alla ricerca di un posto adatto per legare i palloncini rimasti, io per la sorpresa di trovarmi di fronte a quell'uomo alto e magro dall'aspetto impeccabile alle prese con un'occupazione tanto frivola.

"Le domando scusa, apro subito il cancello, volevo solo liberarmi le mani da questi" disse dopo aver fissato lo spago alla siepe ed essere indietreggiato di un paio di passi per valutarne l'effetto.

"Date una festa?" chiesi mentre il cancello si apriva cigolando.

"Una festa? Ma certo. Vuole forse dire che non... Ah, capisco, il signorino Tommaso non le ha detto nulla. Beh, quando lo vede si finga sorpreso ma le posso confessare che la festa è in suo onore, sono tutti molto ansiosi di rivederla."

Dovetti fare una faccia strana perché Ferdinando si sentì in dovere di chiedere se fosse tutto a posto, stavo per rispondere che sì, ero solo sorpreso di sapere che la famiglia si fosse presa la briga di organizzare una festa in mio onore, quando Tommy comparve in lontananza, una figura goffa in movimento verso di noi, con quel suo modo di correre sbracciando esageratamente e tenendo la testa alta.

"Ben arrivato. Da questa parte" disse prendendomi per mano. Quel contatto improvviso mi infastidì, forse se ne accorse perché lasciò la presa e si allontanò leggermente, mentre camminavamo a passo deciso verso il gazebo che, visto da lontano, sembrava il centro focale dell'organizzazione.

"Eccolo il festeggiato!" sentii dire, una voce di donna che riusciva, pur nell'esclamazione, a mantenere una compostezza tipica dei sussurri e che riconobbi provenire dalla padrona di casa, la signora Cecilia.

"Buongiorno signora, felice di rivederla" dissi facendo una specie di goffo inchino. Mi venne incontro, indossava un vestito largo e chiaro che le conferiva un aspetto leggero, mi indusse a immaginarla bambina mentre rincorreva farfalle colorate tenendo in mano un retino, una piuma bianca immersa nel verde di un immenso prato.

"Ci sei mancato, perché non ti sei più fatto vivo?" chiese porgendomi una mano, per un attimo pensai che dovessi baciargliela ma per fortuna lei la ritirò dopo aver sfiorato la mia, una via di mezzo tra una stretta e una carezza.

"Beh, non saprei. Ho avuto da fare. Ma vi ho pensati molto, a tutti quanti."

"Anche noi ti abbiamo pensato. E abbiamo chiesto tue notizie a Tommy" disse volgendosi verso il figlio, "ma lui si limitava a dire che eri impegnato in una... relazione amorosa."

Arrossii. Non dissi nulla, pensai che tutto ciò che potevo dire in proposito era già stato raccontato da Tommaso, immaginai la famiglia riunita a cena che parlava della mia storia con Francesca.

"L'importante è che tu sia qui, ora. Siamo felici di riaverti tra noi."

Così dicendo volse lo sguardo verso la piscina, in un riflesso condizionato mi girai anch'io in quella direzione, scorsi Amelia circondata dalle sue amiche, l'ape regina in mezzo alle operaie. Interpretai la scena dal movimento dei corpi essendo troppo distante per ascoltare. Cercavano tutte di ottenere la sua attenzione prodigandosi in lusinghe e in racconti di aneddoti succosi su insegnanti e compagni di classe, lei elargiva sonore risate oppure sorrisi tirati che dovevano servire a esprimere apprezzamento o rigetto, una sorta di linguaggio sottinteso che le amiche non faticavano a comprendere e che stabiliva gerarchie variabili e conseguenti tentativi, più o meno espliciti, di sovrastare il resto del branco. In quel momento particolare, mentre la guardavo da lontano e cercavo di capire quanto fosse rimasto della ragazzina lagnosa che avevo conosciuto, stava ascoltando un monologo pronunciato a voce alta e accompagnato da ampie gesticolazioni, rifilato da una rossa dai capelli corti fasciata in un costume dello stesso colore che faticava a contenere un seno sproporzionato all'età e al resto della corporatura. Quando mi vide cambiò espressione, si allontanò dal gruppo con uno scatto che poi ridimensionò in camminata lenta ma decisa, lasciò la rossa a continuare il racconto a beneficio delle ragazze rimaste e mi venne incontro, un sorriso stampato in faccia e il portamento forzatamente elegante, ebbi l'impressione che volesse affilare le unghie alla vista di una preda inattesa.

"Eccolo finalmente!" disse, e subito pensai a quanto assomigliasse a sua madre, non fisicamente ma nel modo di muoversi e di esprimersi, anche nella scelta delle parole.

"Sei cresciuta" dissi. "Cioè... è chiaro che sei cresciuta, intendo bene... cioè, sei molto carina. Oh non che prima non lo fossi, beninteso." Arrossii, affondato dalla mia goffaggine, accresciuta dal fatto che, in effetti, ora che la guardavo da vicino, mi stavo rendendo conto dell'enorme cambiamento fisico di Amelia. I capelli erano raccolti in uno chignon basso e leggermente laterale, alcune ciocche ricadevano morbidamente sul viso dalla stessa parte creando una strana combinazione a metà strada tra il ricercato e lo spontaneo, un velo di rossetto color pesca copriva le labbra, non più imbronciate e sottili di bambina piagnucolosa ma labbra da giovane donna, che esprimevano una sensualità appena accennata, quasi impercettibile. Indossava un costume blu notte da cui ricadevano lustrini argentati. Le forme del corpo, seppur acerbe, mostravano chiaramente una direzione precisa verso cui erano dirette, quella di una figura longilinea dal seno piccolo e dalla vita snella, nel rigoroso rispetto dei canoni di bellezza vigenti.

"Voglio sapere tutto della tua relazione amorosa con quella tipa" disse. Sua madre la rimproverò, la chiamò sgarbata e ficcanaso, lei la ignorò e continuò a fissarmi e in quello sguardo rividi la vecchia Amelia, quella che non abbassa mai gli occhi di fronte a nessuno.

Sopraggiunse Tommy che mi invitò a cambiarmi per fare il bagno in piscina. "Poi ti racconto" dissi rivolto ad Amelia, lei si eclissò con un sorriso, qualunque fosse il suo scopo in quel breve incontro forse riteneva di averlo raggiunto.

Il resto della giornata fu incredibile, la passammo in piscina alternando bagni e merende e chiacchierate riuniti in gruppetti variabili. Ero al centro dell'attenzione di tutti, non certo per meriti miei ma per il fatto che ognuno dei presenti sapeva che quella festa era stata organizzata in mio onore, quindi dovevo per forza essere uno importante. Le amiche di Amelia, in particolare, mi ronzavano intorno ammiccanti, mi facevano complimenti e ridevano alle mie battute di basso livello, mi offrivano da bere e pezzi di frutta, alcune cercavano di imboccarmi, mi sentivo come un gladiatore che ha appena vinto uno scontro nell'arena, ma senza le ferite.

Di lei, Amelia, persi ogni traccia per tutto il pomeriggio. Né ebbi tempo di pensarci, a dire il vero. Le porte del paradiso era state riaperte, mi chiedevo come avessi fatto a restarne lontano per così tanto tempo.

22

Amelia

Non fu facile collegare mio padre a Leonardo, per quanto ne sapevo non si erano mai parlati e, sebbene potessi immaginare che Leo lo conoscesse di fama e fosse in qualche misura incuriosito dalla saltuaria presenza in villa di quell'uomo potente e suggestivo (lo si vedeva di tanto in tanto fare capolino da dietro una finestra o entrare dal cancello principale a bordo della sua Mercedes decappottabile) dubitavo che mio padre si fosse soffermato per più di qualche distratto secondo a pensare a quel ragazzo dall'espressione perennemente stupita che per qualche tempo aveva frequentato casa nostra. Ero certa che la mamma l'avesse informato di chi fosse, magari era stato oggetto di qualche frammento di conversazione tra loro, nel privato della stanza da letto o mentre condividevano il tepore della grande vasca idromassaggio a cui più volte da bambina mi era stato vietato l'accesso.

È un ragazzo di modesta famiglia, amico di Tommy. Ci fa ridere quando giochiamo a tennis.

Potevo immaginare dialoghi di questo tipo, sostenuti col tono di sufficienza che, in altre circostanze, avrebbero riservato a una domestica appena assunta per valutarne le capacità e l'efficienza o a un nostro insegnante di scuola nel riferire il giudizio di fine quadrimestre. Neppure mi stupì più di tanto l'aver scoperto, sulla scrivania dello studio di papà, una carpetta di cartoncino beige con la scritta *Leonardo Brighi* in stampatello ordinato in alto a destra e con all'interno i report su di lui e ogni altro componente della sua famiglia. Ero capitata lì per fare una telefonata, stufa di attendere che la mamma si decidesse a porre fine a una conversazione inutile e ripetitiva durante la quale veniva messa al corrente sulle ultime novità dell'alta società milanese, divorzi, separazioni, scandali e sordidezze varie, stanca dei suoi continui versi che dovevano servire a esprimere indignazione, sorpresa, accondiscendenza. Ci andavo di rado, nello studio di papà, non perché mi fosse impedito di farlo, quanto piuttosto perché non riuscivo a immaginare di poterci trovare qualcosa di interessante. Era un ambiente austero, con tutto quel legno massello e quei libri dalle copertine anonime che presagivano contenuti seriosi e con le pagine fitte di parole fino all'inverosimile. Qualche volta mi era capitato di aprirne qualcuno per poi richiuderlo quasi subito, lasciando nell'aria un odore di carta vecchia che riusciva, per qualche breve istante, a coprire quello del tabacco che persisteva in sottofondo, unico segnale della presenza saltuaria di mio padre che, quando si trovava in villa, passava gran parte del tempo chiuso lì dentro.

Mi rivedo, seduta sulla grande poltrona in pelle nera, assorta nella lettura dei fascicoli, intenta a rigirare le foto, quelle di Leo, ripreso all'uscita da scuola, mentre gioca a calcio, oppure per strada, a cavallo della sua inseparabile bicicletta; quelle di suo padre, un uomo dalla faccia ordinaria alla guida di un'auto dalla fiancata ammaccata, vestito da ferroviere mentre aspetta di essere servito al bar della stazione e infine sua madre, una donna minuta dall'espressione gioviale, fotografata mentre stende il bucato nel balcone di casa, la bocca semiaperta come se stesse cantando, gli occhi vispi da bambina, in apparenza felice del suo ruolo di madre e di moglie. Secondo i report commissionati da mio padre si trattava di una classica famiglia piccolo borghese, una vita senza fronzoli condotta tra le mura di un appartamento condominiale su cui gravava il macigno di un mutuo trentennale, dignitosamente arredato cercando di conciliare lo scarso budget disponibile con l'essenziale praticità di mobili di seconda mano.

Come ho detto non mi stupì il fatto che nostro padre avesse raccolto informazioni su Leonardo e la sua famiglia, faceva parte dei suoi doveri accertarsi dell'irreprensibilità di chiunque frequentasse casa nostra, ero quasi certa che, se avessi cercato in giro, avrei trovato dossier su tutti i domestici, il giardiniere, il maestro di tennis. Ciò che mi convinse che tra loro, mio padre e Leo, ci fosse una sorta di intesa, fu un'occhiata fulminea, quasi impercettibile, che scorsi per caso, un pomeriggio, mentre noi ragazzi stavamo poltrendo sotto il gazebo e mio padre passò di lì in compagnia di un gruppo di persone, clienti suppongo, in una tappa del giro turistico della villa a cui sottoponeva ogni suo visitatore. Leo era proprio di fronte a me, tra di noi un tavolino stracolmo di carte, resti di un'interminabile partita di scala quaranta. Mio padre si fece precedere dalla sua voce dal tono sempre un gradino sopra il livello richiesto, poi apparve gesticolando, indicava particolari costruttivi e descriveva il modo in cui erano stati assemblati. Girò il capo verso di noi, come stupito dalla nostra presenza, disse "ciao ragazzi", un inciso, poi riprese a parlare. Fu in quel momento, tra il saluto e il ritorno al suo monologo, che incrociò il proprio sguardo con quello di Leo. Sul momento non ci feci caso ma in seguito ripensai a quell'occhiata, al modo in cui Leo aveva annuito, come se avesse voluto rassicurarlo su qualcosa, *tutto come da accordi signore*. Nei giorni seguenti divenne un tarlo, non riuscivo a smettere di pensarci, rivivevo la scena nella mia mente, decidevo che mi ero inventata tutto, mi imponevo di lasciar perdere, poi Leo ricompariva in villa e ogni volta che lo guardavo bramavo dalla voglia di capire.

Erano trascorsi due mesi dal suo ritorno, da quando era stato riaccolto in pompa magna con tanto di festa. Ora di feste ne facevamo due o tre a settimana e lui era sempre presente, col suo bel faccino abbronzato e l'aria da ragazzo per bene. All'inizio avevo detto alle mie amiche che la caccia era aperta, premio speciale per chi l'avesse baciato per prima. Si erano gettate sulla preda come un branco di cagne in calore, mi divertivo a guardarle da lontano, squallidi tentativi di abbordaggio a cui lui, da tipico maschio arrapato, rispondeva con entusiasmo quasi infantile. Lo scopo di questo gioco? Duplice. Da un lato serviva a distrarci, aggiungere pepe ai pomeriggi in villa che alla lunga potevano diventare monotoni e dall'altro, come avevo detto a mia madre che di fronte a certi segnali espliciti scorti di nascosto aveva preteso spiegazioni, poteva essere un incoraggiamento nei confronti di Tommy che magari si sarebbe prodigato in una sorta di imitazione nei confronti dell'amico tanto venerato. Però di baci non ce n'erano ancora stati e non sapevo se per colpa delle mie amiche (Tommy ripeteva spesso che amavo circondarmi di racchie per apparire più carina di quanto non fossi in realtà, io ribattevo che lui, frocio com'era, di bellezza femminile non ci capiva un fico secco) o perché temesse, mettendosi con una di loro, di urtare l'equilibrio stabilitosi in villa tra quella dozzina di giovani frequentatori abituali di cui rappresentava una sorta di capostipite.

A ogni modo, quando mi accorsi di quell'occhiata tra lui e mio padre, ordinai alle ragazze di porre fine alla caccia. Non risposi quando mi chiesero il motivo, dissi solo che il gioco è bello quando dura poco, ed era ora di finirla. In realtà stavo pensando che, da lì in avanti, quello stesso gioco sarebbe continuato senza di loro.

E sarei stata io a condurlo.

23

Leonardo

Quando la macchina nera mi superò non ci feci caso. Stavo pedalando verso casa, di ritorno da villa Cecilia, dopo un pomeriggio favoloso trascorso in piscina. Ero appagato, certo, ma ogni volta che me ne andavo venivo assalito da un malumore latente che sapevo sarebbe sfociato in una sorta di irritabilità che a malapena riuscivo a controllare, come se la frustrazione per quel ritorno inevitabile alla realtà, al quale sapevo di non poter ribellarmi, avesse bisogno di essere espressa attraverso atteggiamenti conflittuali nei confronti di chiunque non facesse parte di quel mondo dorato, in particolare i miei genitori. I primi giorni ero solo un po' sgarbato, evitavo di rispondere a domande legittime e quando lo facevo mi uscivano suoni impercettibili che esprimevano un disappunto palese, in seguito i toni si alzarono e si finiva sempre per litigare. Mio padre, che fin dal principio era contrario al fatto che frequentassi i Fioravanti, diceva che stavo diventando come loro, che forse avrei fatto bene a trasferirmi lì, io ribattevo che se mi avessero accolto me ne sarei andato anche subito e a quel punto la mamma scoppiava a piangere e usciva dalla stanza lasciandoci a scambiarci reciproche occhiate di rimprovero, come se l'altro fosse l'unico responsabile di quelle lacrime disperate.

La macchina accostò sulla destra, una ventina di metri più avanti, ne scese un tizio in giacca e cravatta che mi fece cenno di fermarmi. Fui tentato di non dargli retta, pensai che volesse chiedermi qualche informazione stradale, poi acconsentii e, nell'indecisione, finì che dovetti frenare di scatto e per poco non gli andai addosso.

"Il dottor Fioravanti desidera parlarle, prego si accomodi in macchina."

Guardai il tizio, guardai l'auto, ma i vetri oscurati non rivelarono alcuna presenza. "Chi?" chiesi, mentre scendevo dalla bici.

Il tizio non rispose, si limitò ad aprirmi lo sportello posteriore rivelando una figura scura che si intravedeva appena per la poca luce che riusciva a filtrare dall'esterno, forse per colpa degli alberi che costeggiavano la strada. Un ulteriore gesto di incoraggiamento del tizio mi indusse a entrare, avvertii un profumo di colonia che ricordavo di aver già sentito in villa e che avevo associato alla presenza del padrone di casa, una versione più raffinata dell'urina di gatto per marcare il territorio.

L'Ingegnere era al telefono, non mutò espressione a seguito del mio ingresso nell'auto, era come se non si fosse neppure accorto della mia presenza, rimasi per quasi cinque minuti a braccia conserte chiedendomi cosa volesse da me, col cuore che mi batteva forte e la mente che vagava alla cieca. Quando finalmente riattaccò avevo le mani sudate, mi sentivo come se dovessi sostenere un esame importante e fossi completamente impreparato.

"Ciao Leonardo. Sai chi sono vero?"

"Certo. Buonasera ingegnere."

"Scusa se ti ho... abbordato così, per strada. Di solito non lo faccio" disse, e poi si eclissò per un paio di secondi, quasi che volesse riflettere su quell'affermazione, magari tentare di ricordare se fosse accaduto altre volte.

"È solo che volevo parlarti fuori da casa. Perché quello che sto per dirti è confidenziale. Ora, se ritieni di poter instaurare un rapporto confidenziale con me, posso continuare, altrimenti devo chiederti di scendere dall'auto. E tante scuse per averti importunato."

Annuii, un po' scosso, incapace di valutare la portata di quelle parole, lui chiese se poteva continuare, mi disse che voleva sentirmelo dire. "Sì, certo, continui pure ingegnere" balbettai.

"Come saprai sono una persona importante, che ha costruito un impero economico partendo dal nulla. Quelli come me sono ammirati e odiati allo stesso tempo, mi invitano in televisione e mi chiedono di inaugurare le mostre ma sotto sotto se ne stanno lì in attesa che mi capiti qualcosa di brutto, ti assicuro che in molti riderebbero se finissi nel fango. Per questo ho bisogno di alleati, gente fidata. Non tieni in piedi un impero come il mio se non presti attenzione a tutto e a tutti, partendo dai tuoi stessi familiari. Perché sta sicuro che i nemici, così come gli animali feroci, sanno bene che devono addentarti al collo per finirti, e per collo intendo la parte più debole, che nel mio caso è rappresentata da mia moglie e dai miei figli. Ora, se volessi chiedermi di farti un esempio, di indicarti come i miei nemici potrebbero colpirmi usando la mia famiglia come bersaglio, avrei difficoltà a dirtelo e sai perché? Perché di loro, della mia famiglia appunto, in realtà non so quasi nulla. Immagino ti sembri un'affermazione forte ma è la pura verità. Oh certo, potrei parlarti per ore dei miei figli e di mia moglie, raccontarti ciò che gli piace e ciò che non sopportano, potrei citarti a memoria i voti ottenuti a scuola da Tommy e Amelia negli ultimi due mesi, dirti quali sono i film che preferiscono, quanti e quali libri hanno letto di recente, e di mia moglie lo stesso, le commesse dei negozi in cui faccio acquisti per lei mi dicono che raramente capita che un uomo conosca così alla perfezione i gusti della moglie. Ma a volte li guardo, tutti loro, e mi chiedo cosa pensino veramente, di me, della vita in generale, e quanto di sé stessi tengano nascosto dietro quel velo di apparenza che hanno deciso di esibire ogni qualvolta metto piede in casa."

Fece una pausa, per tutto il discorso non mi aveva rivolto lo sguardo forse per un vago senso del pudore oppure come se temesse che, facendolo, potesse subentrare il dubbio che io non fossi la persona adatta a cui raccontare quelle cose. Ora invece mi puntò gli occhi addosso, sembrava in attesa di una mia reazione, forse una domanda, ma io mi limitai ad annuire tentando di esprimere una qualche forma di solidarietà con lui e il suo destino di uomo di successo braccato da orde di nemici famelici.

"Quindi, per farla breve, come ti ho detto ho bisogno di alleati. Ne ho parecchi, non te lo nascondo, sparsi per l'Italia, politici, giornalisti, imprenditori, gente di ogni classe sociale, persone su cui posso fare affidamento in qualsiasi momento e per qualsiasi necessità. Sono legato a ognuno di loro da un patto che ci impegna ad aiutarci l'un l'altro, non sto parlando di amicizia o della condivisione di ideali, ma di un vero e proprio accordo suggellato con strette di mano e brindisi a base di champagne servito in tavoli riservati nei migliori ristoranti del paese. In questo modo, quando qualcuno mi attacca, c'è sempre qualcun altro pronto a difendermi, e non mi riferisco a una difesa di tipo legale, per quella ci sono gli avvocati, ma di un vero e proprio contrattacco mediatico per depotenziare la minaccia. Si tratta di meccanismi abbastanza complessi e che richiedono una messa a punto perfetta, lo scopo è quello di ottenere il giusto equilibrio tra la portata delle dichiarazioni pubbliche degli amici e il mantenimento della giusta distanza da quelle dei nemici, il tutto deve essere calibrato e realizzato con una scelta di tempo oculata... ma non voglio annoiarti con queste cose, sei ancora troppo giovane per comprendere i risvolti della comunicazione di massa e ti auguro di cuore di poter restarne fuori il più a lungo possibile. Comunque, per poter organizzare un contrattacco devo sapere quali sono i miei punti deboli. Qualunque uomo d'affari ha dei punti deboli, è fisiologico, per questo ci sono persone fidate all'interno delle mie aziende che mi tengono informato su tutto affinché non venga colto in contropiede e possa predisporre dei piani di difesa preventivi. E veniamo al motivo per cui ci troviamo qui. Tu dovrai essere il mio uomo di fiducia all'interno della villa. Dovrai riferirmi ogni cosa che potrebbe essere usata per danneggiarmi. Anzi, meglio ancora, dovrai riferirmi tutto ciò che succede lì dentro e lasciare a me e al mio staff il compito di valutarne l'eventuale pericolosità. Potrei affidare l'incarico a un dipendente, un domestico, non certo a quel bizzarro giardiniere, ma non sono certo di potermi fidare, inoltre ho bisogno di qualcuno che sia a stretto contatto coi miei figli. Te la senti?"

"Ma certamente signore. Può contare su di me."

Avevo pronunciato quelle parole quasi senza rendermene conto, più che per una reale convinzione per il timore che qualunque titubanza sarebbe stata scambiata per debolezza e invece volevo apparire forte, deciso, agli occhi di quell'uomo verso cui provavo una profonda ammirazione. L'immediatezza della mia risposta lo colse di sorpresa.

"Sicuro? Non vuoi pensarci su, prima di accettare? Ti avverto che, per cose come questa, non sono ammessi ripensamenti."

"Sarei onorato di poterle essere utile, signore. Sono la persona giusta, mi creda."

Il suo cellulare si accese diffondendo una melodia classica molto famosa. Guardò il display, fece una smorfia.

"Scusa, devo rispondere. Allora siamo d'accordo" disse porgendomi la mano. La strinsi con forza, per fargli capire che avevo energia da vendere.

"E Leonardo... verrai lautamente ricompensato per questo" aggiunse mentre stavo uscendo dall'auto.

"Grazie" dissi, ma forse non sentì, era già impegnato nella conversazione telefonica.

24

Tommaso

La prima volta che vidi Mattia non ci feci troppo caso. Era uno dei tanti che si infiltravano alle nostre feste, amici di amici, apparizioni fugaci che solitamente si risolvevano nell'arco di un pomeriggio, qualche tuffo in piscina e tanti saluti. I tipi così si riconoscevano al volo, poco integrati nel nocciolo duro dei frequentatori abituali, tenuti in disparte e relegati nei bassifondi di quella grottesca suddivisione in classi sociali che si era creata col passare delle settimane.

Eravamo sul finire dell'estate, il mese di settembre ci stava regalando giornate tiepide e soleggiate, dietro i nostri volti abbronzati si celava una sorta di malinconia da fine stagione, come se non volessimo accettare i cambiamenti che di lì a poco, col sopraggiungere dell'autunno, ci sarebbero stati imposti.

Lo rividi un pomeriggio mentre parlottava col giardiniere, in piedi sotto un albero che stavano indicando col dito, ogni tanto raccoglievano da terra qualche foglia. Mi avvicinai, curioso. Capii subito che l'albero stesso era l'oggetto della loro conversazione, mi rivolsi a Valeriano, chiesi se c'era qualche problema.

"Nossignore, stavo illustrando al ragazzo quale tecnica usiamo per guarire questo faggio dagli afidi che lo hanno infestato."

Guardai il ragazzo, come lo aveva chiamato lui, che stava fissando una foglia con aria pensierosa, dopo qualche secondo la fece cadere a terra, disse a Valeriano che era stato molto istruttivo, lo ringraziò e fece per allontanarsi. Immaginai che non sapesse che ero il padrone di casa perché ignorò completamente la mia presenza. Decisi di seguirlo, pareva intenzionato a passeggiare nel parco, faceva pause per osservare le piante, gli arbusti e gli alberi che incontrava lungo il tragitto. Per un po' mi tenni a distanza, poi si accorse di me, mi salutò e riprese a camminare.

"Ti interessano le piante?" chiesi avvicinandomi.

"Moltissimo" rispose. Poi, con titubanza, disse qualcosa di retorico sulla bellezza della natura. A malapena sentii, impegnato com'ero a guardarlo per cercare di capire cosa, in quel viso tutt'altro che regolare, mi attraeva così tanto. Forse era per quella strana combinazione di elementi, la carnagione ambrata, gli occhi chiari, i lineamenti morbidi da bambino e una foresta di capelli ricci che ricadevano in boccoli scuri sulla fronte. Magro come un chiodo, alto, disarticolato nei movimenti, pareva dovesse combattere col proprio corpo per costringerlo a fare una qualsiasi azione, anche la più semplice come afferrare una foglia o un ramoscello, e tenerlo in mano mentre, silenziosamente, ne apprezzava la bellezza. Immediatamente capii che non era affetto da alcuna malattia degenerativa, era semplicemente goffo, di una goffaggine talmente spontanea da risultare divertente, una sorta di clown involontario.

"Come scusa?" chiesi, accorgendomi che era in attesa di una risposta su qualcosa che mi aveva chiesto.

"Mi piacerebbe dipingere questo scorcio di giardino. Posso tornare col necessario?"

"Oh, ma certamente. Quindi sei un pittore?"

Alzò il braccio verso l'alto in un movimento brusco e improvviso che quasi mi fece sobbalzare, poi lo passò dietro la testa e lo tenne fermo lì, come se volesse sorreggerla o grattarsi la nuca, "no no macché, è solo un hobby" dichiarò, e mi parve imbarazzato, al punto che prese a muoversi nervosamente e poi si incamminò verso l'area che aveva detto di voler dipingere. La sua domanda rivelava il fatto sapesse che ero il padrone di casa ma la cosa non pareva fargli né caldo né freddo, sembrava più che altro interessato al parco e all'idea di poterne fare un quadro. Mi chiesi se fosse il caso di continuare a seguirlo, quell'atteggiamento sfuggente mi faceva pensare che forse preferiva rimanere da solo, tentai un ultimo approccio affiancandolo lungo il sentiero che si apriva tra una fila di ortensie e la siepe che costeggiava la recinzione, mentre il chiacchiericcio del resto del gruppo si faceva via via sempre più tenue fino a diventare un mormorio lontano. Nessuno dei due parlava, io l'avrei fatto volentieri ma non sapevo cosa dire mentre lui, forse, non ne aveva alcuna intenzione.

"E da cosa nasce questa tua passione per le piante?" chiesi poi, aggrappandomi a quel poco che sapevo di lui per tentare di interessarlo.

"I miei hanno un negozio di fiori in centro" disse. "Ogni tanto vado a dare una mano."

"Ah, che bravo che sei. E a scuola, dove vai?"

Sorrise. "La scuola non è il mio forte, sono stato bocciato tre volte, così i miei hanno preferito lasciar perdere, dopo le medie ho smesso."

Annuii, cercando di farla sembrare una cosa normale, anche se in realtà non lo era affatto, avevo sempre detestato chi non si impegnava nello studio, quelli che davanti ai professori facevano scena muta o cercavano di arrabattarsi confezionando risposte arrangiate sul momento, trascinavano sé stessi lungo l'anno scolastico senza mai mostrare un briciolo di interesse, mi ricordavano gli zombie di certi film horror, destinati alla morte eterna.

"Quindi come passi il tempo? Cioè, a parte dare una mano ai tuoi... e dipingere."

"Beh, dipende. La mattina faccio i lavori di casa, pulire, lavare, fare la spesa, cucinare. Così i miei quando tornano dal negozio trovano tutto pronto. Di pomeriggio guardo la TV."

Fosse stato chiunque altro l'avrei mandato a quel paese, quel modo apatico di affrontare la vita era talmente inconcepibile per me, ma in qualche modo mi sentivo attratto da lui, col passare dei minuti mi stavo rendendo conto che mi piacevano da matti il suo viso e il suo ciuffo di capelli ricci, inoltre avevo la sensazione che quel suo modo di porsi e di muoversi e forse il fatto stesso di essere una specie di perditempo fossero tutti elementi necessari di un insieme unico e meraviglioso, e che qualunque modifica o trasformazione dovesse inevitabilmente disgregare l'insieme.

"Ora è meglio se vado" disse allungando il passo verso l'uscita. "Aspetta, ma con chi sei venuto? Non devi avvertire nessuno?"

Neppure mi rispose, mulinò quelle gambe lunghe e sottili fino al cancello piccolo, premette il pulsante e lo aprì in un clangore metallico.

"Ehi" gridai, "quando vieni a dipingere? Tra un po' gli alberi cominceranno a perdere le foglie."

Sono certo che sentì, per una frazione di secondo rallentò il passo ma non si voltò mai. Continuò a camminare fino a quando la sua sagoma affilata non sparì dietro la curva disegnata dalla strada.

25

Amelia

Il mio avvicinamento a Leonardo avvenne in modo graduale. Non volevo destare sospetti, immaginavo che l'attrazione nei suoi confronti dovesse apparire spontanea e frutto di una frequentazione crescente, non sarebbe stato credibile se un bel giorno, all'improvviso, mi fossi gettata tra le sue braccia.

Inoltre, a quindici anni appena compiuti, non ero affatto preparata a sedurre un ragazzo, a dirla tutta non l'avevo mai fatto prima e non ero certa di esserne capace.

Con le ragazze avevo un certo ascendente che derivava, pensavo allora, dal fatto di possedere uno stile raffinato che molte cercavano di imitare, tentativo che io stessa ero ben disposta a sostenere elargendo consigli e pareri su accostamenti di vestiti, acconciature, scelta degli accessori. Oggi sono consapevole che si trattasse di una posizione di prestigio resa possibile dal semplice fatto di essere una Fioravanti e che tutte le moine e i complimenti che mi giungevano dalle compagne di classe (e anche da certi professori) scaturissero direttamente dal rispetto e dall'attrazione gravitazionale che la mia posizione era in grado di generare. Con i maschi era diverso, per lo più si limitavano a guardarmi di nascosto, mi rivolgevano saluti affrettati quando li incrociavo in corridoio e ogni volta percepivo una sorta di timore che, come una parete, si frapponeva tra noi impedendo ogni contatto. Io li ignoravo, per lo più, ma lo facevo per timidezza, finendo per apparire snob. C'erano relazioni in corso all'interno della scuola, ragazzi e ragazze che si baciavano appassionatamente nei corridoi o fuori dalle porte dei bagni, i loro volti arrossati rimanevano attaccati per lunghi secondi, tra un bacio e l'altro sussurravano parole segrete e poi, al suono della campanella, si allontanavano l'uno dall'altra tendendo le braccia per ritardare la separazione. Li guardavo con un misto di invidia e curiosità, avrei voluto essere io al posto di quelle ragazze, esseri luminosi che apparivano a tutte le altre come detentrici di una maturità che oltrepassava i limiti della sessualità e si estendeva oltre, come se il fatto di avere un moroso conferisse loro il dono della sapienza su ogni tema e argomento possibile. Mi incuriosiva constatare che non si trattasse delle più belle della scuola, erano ragazze normali, anche nell'aspetto, i loro seni non erano più sviluppati dei nostri, i loro fianchi non erano più rotondeggianti, ma per qualche motivo erano state scelte, forse perché più efficaci nel lanciare segnali di disponibilità? Erano cacciatrici travestite da prede? E tutte noi (il fatto di essere accomunata alle altre su queste questioni mi procurava un senso di nausea) avremmo dovuto imitarle? Chiedere consigli a loro? O limitarci a osservarle di nascosto, fingendo indifferenza, come appunto avevo deciso di fare io, cercando di carpirne i segreti? Ma più lo facevo e più mi rendevo conto che non c'era nulla da scoprire, si trattava di ragazze ordinarie, a volte fin troppo, senza particolari qualità. Che fosse proprio questo il motivo per cui venivano scelte? Era l'ordinarietà che i maschi cercavano? La tranquillità di stare con fidanzatine che, di certo, non avrebbero messo in discussione il loro ruolo di elemento dominante della coppia? O forse quelle come me, sofisticate, distinte, erano considerate fuori portata, il che presupponeva che, se avessi voluto un ragazzo, mi sarei dovuta abbassare al livello delle altre, ridere a battute di dubbio gusto, lodare qualità sportive di modesto livello, fingere di apprezzare musica scadente e chissà cos'altro. La mia vita amorosa doveva ancora iniziare e già mi sentivo frustrata.

In questo contesto si collocava il piano che prevedeva di sedurre Leo per scoprire cosa c'era dietro al cenno di intesa che aveva scambiato con mio padre. L'aspetto positivo della faccenda era che potevo giocare in casa, in senso letterale visto che lui trascorreva sempre più tempo in villa, una sera la mamma disse scherzando che, di fatto, era stato adottato dalla famiglia. Per contro dovevo stare attenta agli sguardi indiscreti di Tommy, oltreché a quelli di certe domestiche che, sospettavo, si sarebbero gettate a capofitto al cospetto di mia madre per spifferare segreti riguardanti la figlia ribelle. Non ero mai piaciuta al personale di servizio, fin da piccina ogni mia legittima richiesta veniva scambiata per capriccio e non di rado mi capitava di assistere a espressioni di insofferenza che tutti loro non si curavano affatto di nascondere. Dopotutto, pensavano, ero solo una bambina piagnucolosa e arrogante, tutt'altro che una minaccia. Crescendo avevo preteso il rispetto che mi spettava di diritto, le ultime resistenze erano state spazzate via da un licenziamento in tronco voluto da mio padre nei confronti di una giovane cameriera che, incautamente, aveva parlato di me a voce alta definendomi una *bambina viziata che non otterrà mai nulla dalla vita.* Beh, tanto per cominciare avevo ottenuto che quello stesso giorno lei e la sua incontenibile invidia lasciassero casa nostra per sempre. Il messaggio era stato recepito da tutti, lo si capiva dalle espressioni preoccupate e dai sorrisi tirati, palesemente artificiosi, con cui mi si rivolgevano e nei quali riuscivo a scorgere, unitamente alla rabbia repressa e al disprezzo per il torto subito dalla loro amica e collega, un'inconfondibile traccia di paura.

Non avevo dubbi che, qualora fossi stata vista in atteggiamenti compromettenti da chiunque di loro mia madre sarebbe stata informata all'istante. Invece non avevo idea della sua eventuale reazione. Può darsi che mi avrebbe convocata nello studio di papà che occasionalmente usava quando lui era assente (non avevo mai capito se ne fosse al corrente, una volta l'avevo vista riporre alcuni oggetti nella posizione originaria, come se dovesse nascondere ogni traccia del suo passaggio), e da dietro la grande scrivania di mogano, seduta sulla poltrone in pelle che, per qualche motivo, la faceva sembrare più minuta di quanto non fosse, mi avrebbe riservato uno dei suoi rimproveri *ufficiali,* quelli cioè che, per una sorta di ritualità consolidata, avrebbero travalicato le pareti dello studio e sarebbero stati diffusi a tutti i componenti della famiglia come a volerne ingigantire la portata e, possibilmente, gli effetti. Oppure chissà, magari si sarebbe compiaciuta di scoprire che almeno uno dei suoi figli aveva le carte in regole per quanto concerneva le preferenze sessuali e la sfuriata, che comunque avrei considerato inevitabile, sarebbe scaturita più che altro per disapprovazione nei confronti dell'oggetto dei miei desideri, quel Leonardo che, per quanto carino e simpatico, era pur sempre figlio di un povero ferroviere.

Queste probabili reazioni tuttavia non mi preoccupavano più di tanto. Certo, potevano rallentare il mio piano o farlo fallire se Leo fosse stato allontanato dalla villa come ospite indesiderato, ma ero certa di ciò che avevo visto e se quel ragazzo era in combutta con mio padre di sicuro saremmo stati allietati dalla sua presenza ancora per molto. Comunque, nonostante la curiosità mi stesse rodendo il fegato, non avevo fretta. Avrei agito con cautela, un passo per volta, lenta e implacabile come una goccia che scava nella roccia. Avrei scoperto lati di me stessa che mi erano ancora ignoti e che dovevo decidere come sviluppare, dopotutto il mio corpo e il mio cervello di ragazzina erano materia grezza, plasmabile. Immaginavo scene future dai dettagli non ben definiti, c'eravamo noi, Leonardo e io, ci stavamo baciando, erano i nostri primi baci, erano lunghi, appiccicosi, lui allungava le mani su di me, accennavo una debole reazione ma poi lo lasciavo continuare. Poiché ero mossa da un secondo fine pensavo che qualunque cosa gli avessi lasciato fare sarei stata giustificata, era come se a compiere quelle azioni, per il momento solo immaginarie, fosse una copia di me stessa, una specie di agente segreto in missione.

Mi crogiolai su questi pensieri per qualche giorno, prima di passare all'azione. Non avevo idea di quale atteggiamento Leonardo avrebbe avuto nei miei confronti, quale opinione avesse di me, il nostro era un rapporto piuttosto superficiale fatto di semplice condivisione di spazi in mezzo ad altri. Era capitato che fossimo rimasti soli e tra noi era calato un imbarazzato silenzio, certe volte avevo addirittura l'impressione che mi temesse.

Forse era quello il mio destino, di essere temuta dagli uomini.

A questo pensiero ebbi un sussulto, non saprei dire se di paura o di sardonica soddisfazione.

26

Tommaso

Alla fine, quando ormai avevo smesso di pensarci, me lo trovai davanti al cancello di ingresso, vestito con abiti macchiati e logori e vicino ai piedi, appoggiati per terra, una valigetta di plastica consunta e un treppiede ripiegato.

"Ehilà, sono venuto a dipingere" disse, e per poco non lo mandai al diavolo. Mi sentivo come un bambino a cui Babbo Natale fa visita ben oltre la fatidica data e si ritrova combattuto tra due sensazioni contrapposte, da un lato il risentimento per quell'imperdonabile ritardo, dall'altro il sollievo per non essere stato dimenticato.

"Ti aspettavo tipo un mese fa" dissi, le braccia incrociate e lo sguardo fisso, ancora indeciso se farlo entrare.

"Ho avuto da fare" bisbigliò, tentando di spingere contro la grata di metallo, come infastidito per quell'attesa, come se non avessi tutti i diritti di lasciarlo a penare lì, sul ciglio della strada, lui e le sue carabattole da pittore dilettante. "E poi mica lo posso decidere io, quando arriva."

"Quando arriva cosa?"

"L'ispirazione. Senza quella non ha neppure senso cominciare."

"Ah. E oggi è arrivata?"

"Beh, può darsi. Ma se non ci sbrighiamo finisce che se ne va, a cercare qualcun altro."

Ero tentato di dirgli che lui e la sua strafottenza non erano i benvenuti, che non me ne fregava nulla di quando e come l'ispirazione andava e veniva, lo guardavo dalla parte opposta del cancello e cercavo di trovare ulteriori pretesti per non aprirlo, ad esempio quel suo modo bizzarro di stare in piedi, le gambe incrociate come se avesse appena terminato di compiere una giravolta, per poi muoversi sul posto alla perenne ricerca di un equilibrio statico, ma finii con l'arrendermi alla parte di me che aveva desiderato per tanto, troppo tempo, di rivederlo.

Come gesto di stizza rifiutai di aiutarlo a portare l'attrezzatura così ci incamminammo verso il parco in fila indiana, io davanti con passo deciso, lui appena dietro che arrancava e trascinava il treppiede facendolo sobbalzare a ogni scanalatura del pavimento.

"Che vuoi dipingere?" chiesi a un certo punto, più per sapere da che parte andare che per un vero interesse. Appoggiò a terra il treppiede che si inclinò di lato e, dopo un istante di immobilità, cedette alle leggi della fisica e cadde a terra, un paio di viti vennero sbalzate poco lontano. Sembrò non farci troppo caso, continuò a guardarsi attorno alla ricerca del punto adatto e dopo qualche spostamento avanti e indietro, dopo essersi chinato e aver testato diverse angolazioni decise che lì poteva andare bene.

"Dipingerò quello scorcio di giardino" disse allungano la mano con le dita aperte a semicerchio, come a voler racchiudere la zona interessata. Raccolse la sua roba e armeggiò col treppiede, riavvitò le parti distaccate dalla caduta, posizionò la tela bianca nel supporto, estrasse i colori, i pennelli e la tavolozza macchiata dai precedenti utilizzi. Io lo guardavo in silenzio, incuriosito e impaziente di vedere cosa sarebbe uscito da quelle mani lunghe e affusolate, non avrei scommesso una cicca sulle sue capacità di pittore ma ero disposto a lasciarmi stupire, sarei stato felice di restare a bocca aperta nell'ammirare la sua opera, magari in seguito avrei potuto chiedere a mio padre di fargli pubblicità, il ricco imprenditore che sponsorizza il giovane artista a cui, certamente, avrei fatto da assistente.

Restò fermo a lungo con il pennello in mano, come in tranche, lo sguardo fisso in avanti. Quindi fece un sospiro profondo, poi iniziò a dipingere. Mi posizionai in modo da non riuscire a vedere la tela, volevo impedirmi di sbirciare prima che il quadro fosse finito, così restai in disparte, in piedi, incapace di restare fermo, quasi in tensione per l'attesa.

Notai che il suo modo di dipingere non si discostava affatto da quello di muoversi, gesti rapidi e incoerenti, con la mano che afferrava il pennello disposta in modo innaturale, le dita sovrapposte come a volerlo strizzare. Teneva lo sguardo fisso sugli alberi, quasi mai lo rivolgeva alla tela, come se dipingesse a memoria, con gli occhi e non con le mani. Pensai che non potevano esserci vie di mezzo, o si trattava di un genio della pittura oppure di un disastroso dilettante. Siccome propendevo più per il secondo cominciai a pensare a quali parole avrei usato per esprimere il mio parere sincero senza offenderlo. Da piccolo avevo dedicato un po' di tempo al disegno e sapevo quanto fosse difficile trasmettere al foglio l'idea che si aveva in testa di un soggetto qualsiasi e, sebbene i giudizi sui miei elaborati fossero piuttosto lusinghieri, ero talmente insoddisfatto da decidere di smettere. Non ho mai pensato, tuttavia, che si trattasse di un abbandono definitivo, immaginavo che presto o tardi avrei ripreso in mano le matite colorate che conservavo gelosamente nel cassetto della mia scrivania. Forse col progredire dell'età sarei riuscito a trasmettere ai miei disegni quella consapevolezza che di certo li avrebbe resi migliori. L'arrivo di Mattia poteva essere l'occasione giusta. Avremmo trascorso interi pomeriggi insieme, lui a dipingere io a disegnare, ci saremmo consigliati a vicenda, quella nostra passione comune sarebbe stata un collante straordinario per la nostra amicizia e magari, col passare dei mesi, ci avrebbe condotto verso qualcosa di più, qualcosa a cui in quel momento preferivo non dare un nome preciso.

"Che te ne pare?" chiese scuotendomi da questi pensieri.

Mi avvicinai titubante, provavo un'ansia esagerata, quasi che dalla riuscita di quel dipinto dovesse dipendere la realizzazione dei miei progetti mentali di qualche istante prima.

Bastò un'occhiata per capire. Il risultato di quei venti minuti di forsennata vigoria artistica era di un livello da quarta elementare. Si trattava di un miscuglio di colori messi lì senza un criterio preciso, nulla che potesse richiamare l'idea dello scorcio di giardino a cui aveva puntato gli occhi per tutto il tempo. I tratti erano grossolani e imprecisi, le proporzioni tra le varie parti degli alberi tutt'altro che rispettate, dalle chiome, ottenute attraverso la stesura di semicerchi di un verde troppo scuro, colavano gocce di colore che parevano lacrime di disperazione. Sarebbe stato bello potermi complimentare, riempirlo di lodi, commentare la nitidezza dei dettagli e la struggente malinconia dell'inesorabile appassire delle foglie, ma di quel dipinto, o tentativo di dipinto, non c'era nulla che si potesse salvare.

"Quindi? Che te ne pare?" chiese.

Tentennai, combattendo per un momento contro la mia dannata insofferenza verso le bugie. Non che fossi contrario a dirle, per carità, io stesso avevo ripetuto che mi piacevano le femmine mentendo spudoratamente ad Amelia in più occasioni, ma quelle erano menzogne *necessarie,* mentre il giudizio che mi stava chiedendo Mattia, gli occhi sbarrati seminascosti da un ciuffo di capelli, doveva per forza essere sincero.

"Fa schifo" dissi.

"Davvero?" chiese.

Annuii. "È orrendo, amico. Mi dispiace."

Lo guardò, come a voler sincerarsi che non stessi mentendo, come se rivederlo alla luce di quel parere così radicale e definitivo potesse aiutarlo a capirne gli errori, e mentre se ne stava lì immobile a fissare quello schifo di quadro io mi chiedevo come avrebbe reagito, ero pronto a subire la sua collera anche se a immaginarlo arrabbiato proprio non ci riuscivo.

"Hai ragione. È orrendo" disse. Non sembrava turbato, cominciò a sistemare le sue cose come se nulla fosse, io lo guardavo indeciso se dire qualcosa, magari qualche parola di incoraggiamento, qualche frase fatta sui risultati che in futuro avrebbe certamente potuto ottenere impegnandosi a migliorare, ma d'innanzi a quella totale mancanza di talento preferii rimanere zitto.

"Che si fa ora?" chiese dopo aver finito di sistemare.

Alzai le spalle. "Una passeggiata?"

Per tutta risposta si incamminò in una direzione a caso, lo seguii pensando a dove condurlo, mi venne in mente la serra di mia madre che certamente avrebbe apprezzato, anche se il rischio di venire beccati e rimproverati dal giardiniere era molto concreto.

"Da quella parte" dissi indicando col dito. Dopo qualche metro ci apparve in lontananza la struttura in ferro e vetro della serra, quando la vide allungò il passo, biascicai qualche parola sul fatto che in realtà non saremmo potuti entrare ma lui sembrò fregarsene, lo assecondai puntando diretto alla porta.

Osservò tutto con grande attenzione, c'erano moltissime piante grasse che sembravano fissarci dal basso, panciute e appuntite, Mattia si prodigò in una lezione di botanica, parlò di come quelle piante fossero riuscite a sviluppare tecniche di sopravvivenza incredibili in ambienti ostili, di tanto in tanto ne afferrava una e la sollevava per vederla meglio, sembrava incurante delle spine, se gli foravano le dita succhiava il sangue e procedeva oltre, le riponeva delicatamente come fossero pulcini. Io ero in allerta, temevo che sarebbe entrato il giardiniere e ci avrebbe fatto una piazzata delle sue, cercavo di velocizzare il giro per uscire prima possibile, guardavo fuori per capire se fosse nei dintorni.

"Posso prenderne uno?" chiese a un certo punto.

Stava guardando un gruppo di piantine disposte su un substrato nero e inframmezzate da sassi arrotondati, provai a dire che mia madre era molto gelosa delle sue piante e che di sicuro si sarebbe accorta della mancanza anche di un solo esemplare ma lui scosse la testa più volte impedendomi di terminare la frase.

"Non voglio le piante, voglio un sasso."

"Per farne che?" chiesi.

"Per dipingerlo, è ovvio."

"Ah. Giusto. Va bene. Credo di poterti dare un sasso."

Ne afferrò uno dopo averlo selezionato con cura, era grande come una mano aperta, a forma di trapezio, arrotondato ai bordi, tra il grigio e il rosa.

"È meglio se lo nascondi sotto la maglietta" dissi mentre ci apprestavamo a uscire dalla serra.

Tornammo al punto dove avevamo lasciato la sua attrezzatura, la raccolse con calma, ci incamminammo verso l'uscita.

"Sono contento che sei venuto" dissi.

"Anch'io. È stato un bel pomeriggio."

"Torna quando vuoi. Ci conto."

Annuì. In qualche modo riuscì a caricare tutto sulla sua bici, una vecchia bici da donna tutta arrugginita col cestello davanti e un portapacchi dietro che a ogni pedalata emetteva uno strano lamento. Nonostante tutto quel carico riuscì a sollevare una mano per salutarmi mentre imboccava la discesa subito fuori dal cancello di casa.

Ricambiai il saluto.

È stato un bel pomeriggio aveva detto.

Ripensai a quelle parole, a quali significati nascosti potessero avere, a quelli che io avrei potuto attribuire loro, nel segreto della mia fantasia.

Per la prima volta da tanto tempo ero felice.

27

Leonardo

A distanza di due mesi dal giorno dell'incarico non avevo trovato nulla da riferire all'Ingegnere. Poteva sembrare una buona notizia e probabilmente lo era, nessun pericolo incombeva sulla reputazione della famiglia, eppure, nell'immaginare la scena in cui avrei riferito ciò, provavo un vago senso di inquietudine, come se tale conclusione potesse derivare unicamente dalla mia inadeguatezza al compito affidatomi e dall'incapacità di scovare e reprimere le moltitudini minacce che, a ben vedere, si nascondevano negli anfratti della villa.

Non sapevo quando sarebbe successo, immaginavo che l'incontro si sarebbe svolto dentro la sua auto coi vetri oscurati, sarei stato affiancato mentre pedalavo e l'autista mi avrebbe fatto cenno di fermarmi. Avevo provato il discorso, cercato le parole giuste che potessero far trapelare l'impegno profuso, la rassicurazione che avrei continuato a vigilare, che nulla mi sarebbe sfuggito. Ogni volta che lo ripetevo nella mia testa appariva però sempre meno convincente e nonostante l'arricchissi di aggettivi e sinonimi tirati fuori dalle pagine consunte del mio vecchio dizionario, il fantasma dell'espressione delusa dell'Ingegnere non smetteva di perseguitarmi.

Hai fallito sembrava dirmi, nonostante le labbra serrate, erano parole che sgorgavano dagli occhi, fissi sui miei alla ricerca di una verità che forse neppure io conoscevo.

In questo contesto l'idea che avrei potuto rivelare il segreto di Tommy, scacciata con ribrezzo più e più volte, continuava a ritornare, un maledetto boomerang di cui non riuscivo a liberarmi. Finché non mi ritrovai a immaginare un modo per dirlo, a parole, anche se trovare quelle giuste non era certo facile, o forse per iscritto, poche frasi semplici e concise, buttate giù con la mia bella calligrafia dalle lettere piegate in avanti. Ci provai anche, alcune bozze pasticciate e arrotolate prima di finire nel cestino dei rifiuti, *egregio illustre ingegnere deve sapere che, purtroppo, suo figlio Tommy è omosessuale, l'ho scoperto nella mia qualità di suo uomo di fiducia all'interno della villa,* oppure *egregio illustre ingegnere, mi duole informarla della scoperta che, su suo ordine preciso, sono riuscito a fare: Tommy è omosessuale.* Nessun commento, solo la notizia, pura e semplice, calata come una lama nel burro. Ciò che pensavo della faccenda avrei potuto dirlo a voce alla prima occasione. Di certo l'Ingegnere avrebbe desiderato parlarne, chiedere ulteriori dettagli, come l'avessi scoperto, cosa di preciso gli avessi visto fare, magari anche un consiglio su come affrontare la cosa. E qui nasceva il problema, perché di sicuro non volevo raccontare l'episodio del bacio, né che suo figlio tempo addietro si era preso una cotta per me. Sarei potuto rimanere sul vago, impressioni, mezze parole sentite per caso, la totale assenza di commenti di apprezzamento nei confronti delle amiche di Amelia che frequentavano la villa e che spesso, d'estate, scorrazzavano avanti e indietro in costume da bagno. Oh, come avrei voluto evitarlo, di esporre Tommy alle probabili conseguenze di quella rivelazione. Chissà se lo sarebbe venuto a sapere, che ero stato io a spifferare tutto a suo padre. La nostra amicizia ne avrebbe risentito di certo, forse sarei stato bandito dalla villa per sempre. O magari sarei stato acclamato come il salvatore della famiglia, colui che ha scorto il pericolo da lontano e ha consentito loro di mettersi in salvo prima che fosse troppo tardi.

Supposizioni, ipotesi, scenari più o meno probabili. Dubbi, indecisioni. Pensai che dovevo prendermi una pausa di riflessione. Restai lontano dalla villa per un paio di settimane, anche per capire se potevo riuscirci, a staccarmi da tutti loro o se la forza di attrazione era diventata troppo intensa da impedirmi di uscire dall'orbita che stavo percorrendo ininterrottamente da quasi due anni.

"Ma che hai fatto a mia sorella?" chiese Tommy all'improvviso, un bisbiglio che ruppe, per un secondo, l'immutabile declamare di terzine della Divina Commedia a opera della professoressa di italiano.

"In che senso?"

"Da quando non ti fai più vedere è andata fuori di testa, mi supplica di chiederti di farti vivo. E guarda che quella non supplica mai..."

Avevo notato le crescenti attenzioni di Amelia nei miei confronti, ritenevo fossero dovute a una sorta di infatuazione passeggera, oppure che avesse scelto me per affinare certi atteggiamenti seduttivi in vista di un imminente futuro da *mangiauomini* al quale avevo sempre pensato fosse destinata.

"Che ti ha detto esattamente?" chiesi.

"Tutti i giorni mi chiede se vieni in villa. Io rispondo che non lo so, allora dice che devo dirtelo io, di venire. Mi guarda con quel suo modo di guardare la gente, hai presente, come se dovesse decidere se ammazzarti subito o torturarti prima... io dico che se non ti fai vedere avrai i tuoi motivi. Dico che hai una tua vita al di fuori di casa nostra, che magari ti sei rotto le scatole di passare i pomeriggi lì e lei va su tutte le furie, mi rinfaccia di essere un fratello inutile, che ogni volta che mi chiede lei di fare qualcosa mi rifiuto e bla bla bla. Io la lascio sbraitare e me ne vado da un'altra parte. Comunque se non hai niente di meglio da fare vedi di farti vivo, così magari si calma."

186

Il giorno seguente arrivai alla villa nel primo pomeriggio, mi ero accordato con Tommy per fare un giro in bici nei dintorni prima di chiuderci in camera sua per finire una tesina di storia che nessuno dei due aveva voglia di fare da solo. Amelia era seduta sotto il gazebo, stava leggendo, quando mi vide fece finta di nulla, anche se potei scorgere un paio di occhiate scoccate da sopra le pagine aperte.

"Ehi" dissi passandole davanti.

"Chi si rivede... ci onori della tua presenza finalmente."

"Ho avuto da fare. Sarei voluto venire prima. Scusa..."

Mi pentii subito di quelle parole, con Amelia non potevi mostrarti remissivo, lo sapevo bene.

"Scuse accettate. Che facciamo?" disse alzandosi e appoggiando il libro sul tavolo.

"Devo incontrare tuo fratello. Dobbiamo studiare."

"Non credo proprio. Vieni."

Si avviò verso il parco senza permettermi di ribattere. La guardai allontanarsi per un po', ogni due o tre passi si girava e mi faceva cenno di seguirla. Quando la raggiunsi mi disse di non parlare e di camminare senza fare rumore. Avanzammo affiancando una siepe fino a un punto preciso come se l'avesse individuato lei in precedenza, aprì un varco tra le foglie e mi fece cenno di guardare. Vidi Tommy in compagnia di un ragazzo, erano seduti sull'erba, sembrava non stessero facendo nulla di particolare.

"Chi è quello?" chiesi ad Amelia.

"Si chiama Mattia. È un amico di Tommy. Viene quasi tutti i giorni."

"Embè?"

Sorrise. "Hai capito benissimo, non far finta di niente."

"Cosa devo aver capito?"

"Io dico che si piacciono. Guardali lì, come stanno bene insieme."

"Cazzate..."

Si allontanò, muovendo le mani come se stesse eseguendo una danza o un rito propiziatorio, "non c'è niente di male sai, di amore in questo mondo di non ce n'è mai abbastanza."

La seguii, più per uscire da quella bolla di imbarazzato disagio che per un reale desiderio di farlo. Cambiò subito discorso, fece domande ordinarie su alcuni fatti di cronaca, chiese cosa ne pensassi di Tangentopoli, disse che finalmente in questo Paese c'era qualcuno capace di combattere il malaffare. Mi parvero frasi copiate da qualche dichiarazione da rotocalco, risposi che non ne sapevo nulla anche se in realtà mio padre non faceva che parlarne, passava ore davanti alla TV per veder sfilare politici e imprenditori in manette maledicendoli tutti. Poi accettai di farle compagnia, insistette per una partita a carte a cui ne seguì una seconda e una terza. Tommy e il suo amico non si fecero vedere, speravo che si unissero a noi, volevo cercare di capire meglio la natura del loro rapporto. Quella sera me ne andai dalla villa con la sensazione che qualcosa stesse per accadere. Qualcosa che avrei potuto riferire all'Ingegnere per conquistare la sua approvazione. Con Amelia come informatrice avrei avuto accesso a tutti i segreti della villa, sarei stato il ponte fra lei e suo padre, dovevo solo darle corda e fingere di ricambiare il suo interesse nei miei confronti.

L'obiettivo era a portata di mano.

28

Tommaso

Se mi avessero chiesto di descrivere il mio rapporto con Mattia avrei usato parole vaghe, avrei accennato alla nostra condivisione di interessi senza specificare quali fossero e al fatto che ci piaceva restare seduti sull'erba e contemplare i rumori del parco, a volte rimanendo in silenzio per parecchio tempo. Avrei avuto difficoltà a spiegare i motivi che mi spingevano a trascorrere tutto quel tempo con lui, di certo mi piaceva guardarlo, desideravo che la nostra amicizia si tramutasse in qualcosa di diverso, anche se il timore di perderlo nel tentativo di oltrepassare certi limiti mi costringeva a vivere in costante attesa che fosse lui a farlo, senza sapere se sarebbe mai accaduto. Mattia era impossibile da decifrare, peggio di un maledetto geroglifico egizio, sembrava che in quella sua testa piena di capelli fosse proibito a chiunque di entrare.

"Non riesco mai a capire cosa stai pensando" dicevo a volte senza guardarlo come se, più che una domanda, fosse una semplice constatazione, "perché, bisogna per forza pensare a qualcosa?" rispondeva lui, e pareva seriamente curioso di saperlo.

Mi spiazzava questo suo modo di lasciarsi trascinare dalla corrente, a volte mi irritava a tal punto che sentivo il bisogno di andarmene, trovavo una scusa e mi allontanavo per qualche minuto. Quando ritornavo lo ritrovavo lì, nella stessa posizione di prima, immobile e rilassato, pareva un monaco buddista. Eppure ero anche attratto da questo suo modo di approcciare la vita, forse mi sarebbe piaciuto essere come lui, indifferente a tutto, e la causa delle mie irritazioni andava ricercata nel fatto che non ci riuscivo, né mi sarebbe stato permesso farlo.

Cominciammo a dipingere insieme, mi procurai tutto l'occorrente, dedicavamo un paio di pomeriggi alla settimana a perfezionare lo stile seguendo le indicazioni di un libro illustrato che spiegava tutto ciò che c'era da sapere, le tecniche, i materiali, gli esempi da seguire. In breve riuscimmo ad acquisire una certa padronanza nell'uso dei pennelli e a forza di imbrattare tele finimmo col realizzare un paio di lavori decenti, se non altro nella combinazione dei colori e nel rispetto delle proporzioni.

Non ci accordavamo mai su quando incontrarci, c'erano giorni in cui non si faceva vedere e io restavo ad aspettarlo come una moglie in pena, giravo per il parco sperando di vederlo spuntare da dietro la siepe o di sentire il rumore della sua bicicletta scassata, una sorta di cigolio metallico che si innalzava e abbassava a ogni pedalata. Quando provavo a introdurre un minimo di organizzazione nel nostro rapporto, ad esempio chiedendo di fissare un orario o stabilire in anticipo cosa avremmo fatto il giorno seguente mi sentivo rispondere sempre nello stesso modo, "vedremo...". Non c'era verso di condurlo verso uno stile di vita più simile al mio, perciò finii con l'adattarmi io al suo, smisi di preoccuparmi per tutto e accettai di vivere alla giornata, per lo meno durante il tempo che trascorrevamo insieme.

Gli altri componenti della famiglia sembravano poco interessati a lui, mia madre lo liquidava con saluti di circostanza e di tanto in tanto mi chiedeva se avessi in programma di incontrare *quel tuo amico, com'è che si chiama?* Amelia sembrava schifata, lo apostrofava con appellativi come *cane randagio* o *mendicante,* chiedeva cosa ci trovassi in un tipo del genere. Io neanche rispondevo, al massimo la invitavo a non giudicare le persone da come si vestivano, senza peraltro sperare che lo facesse veramente.

"È il tuo ragazzo?" mi chiese un giorno.

"Vaffanculo" risposi.

"Lo prendo come un sì."

"Prendilo come vuoi."

"Chissà cosa penserebbe papà del fatto che stai insieme a un maschio."

Sapevamo entrambi che aveva esagerato. Un conto era prendermi in giro alludendo alle mie preferenze sessuali, un altro era citare nostro padre e ventilare la possibilità che venisse a saperlo.

"Beh, non sarò certo io a dirglielo, è ovvio..." disse abbassando lo sguardo.

"Non c'è niente da dire. Mattia è mio amico. E mi piacciono le ragazze, non i ragazzi. Mettitelo in testa."

Annuì. Forse per la prima volta da un sacco di tempo mi parve realmente pentita.

"Comunque preferisco Leo" disse.

"Ma va? Non l'avevo notato..."

Le attenzioni di Amelia nei confronti di Leo erano sempre più evidenti. Perfino la mamma se n'era accorta, "se tua sorella si è messa in testa di sedurre quel ragazzo, Dio lo salvi" aveva detto a denti stretti un giorno, guardandoli mentre Leo stava insegnando ad Amelia a usare lo skateboard lungo il piano inclinato che portava al garage. Per quanto mi riguardava non avevo nulla in contrario, l'infatuazione verso Leo mi era passata da un pezzo, ora lo vedevo come una presenza rassicurante nei nostri pomeriggi in villa e anche se capitava di non incrociarci per nulla sapere che l'avrei potuto trovare poco lontano mi faceva stare bene. Non gli presentai mai Mattia, per una sorta di pudore probabilmente immotivato non volevo trovarmi in presenza di entrambi. E poi c'erano le nostre mattinate come compagni di banco. Non è mai accaduto ma penso che se avessi deciso di rivelargli i miei sentimenti per quel ragazzo l'avrei fatto lì, a scuola, nei pochi minuti di passaggio tra una lezione e l'altra, forse perché l'arrivo dell'insegnante mi avrebbe protetto da eventuali domande o forse per concedere a lui, Leo, di aggrapparsi alla mancanza di tempo ed evitare di commentare la notizia, immaginando che non avrebbe saputo cosa dire. Eppure mi sarebbe piaciuto confidarmi con qualcuno, raccontare l'evolvere di quel sentimento che neppure io sapevo dove mi avrebbe portato. Invece dovevo guardarmi le spalle, le parole di Amelia mi allertarono, *chissà cosa penserebbe papà del fatto che stai insieme a un maschio.* Tra Mattia e me non c'era mai stato nulla di compromettente, fino a quando le cose stavano così avremmo potuto continuare a vederci in villa. Se, come speravo, fosse nato qualcosa di diverso, saremmo stati costretti a nasconderci.

29

Amelia

"Hai mai parlato con mio padre?"

La feci sembrare una domanda fatta per caso, una semplice curiosità, ma in realtà avevo progettato tutto per bene, scelto il momento con cura, valutato perfino la visuale che avrei avuto del suo viso, perfettamente illuminato dalla lampada a stelo che si innalzava dal pavimento per dividersi in tre punti luce, uno dei quali avevo appositamente girato verso la poltrona sulla quale Leo si trovava a sedere, dietro mio invito, per bere una Fanta dopo la partita di tennis che ci aveva visti trionfare (6/2 6/1) contro Tommy e mia madre. Sì, perché la volevo vedere bene la sua espressione quando avrei posto la domanda, poiché dall'espressione, più che dalla risposta, mi aspettavo di comprendere l'esistenza di un'intesa che sospettavo esistere tra loro.

"Come?"

"Mio padre. Ci hai mai parlato?"

"In che senso?"

Risi. "Come in che senso? Hai presente quella cosa che si fa con la bocca? Parlare... Lo stiamo facendo anche noi ora."

"No... cioè, non mi pare. Perché me lo chiedi?"

"Beh, tanto per cominciare, perché quasi tutti quelli che vengono qui chiedono di lui, visto che è... come diceva l'articolo dell'altra settimana? *Al sedicesimo posto della classifica dei personaggi più in vista del 1992.* Forse non era proprio quella la posizione ma chissenefrega. E poi come si fa a fare una classifica del genere? Comunque a te sembra che non t'importi di lui, quindi chiedevo se ci avevi parlato, così, per sapere."

Buttò giù un sorso di bibita, come se potesse aiutarlo a pensare meglio, scosse la testa, "no, direi di no. L'ho visto passare un paio di volte ma non ci siamo mai parlati. Immagino sia un uomo molto impegnato, non ha certo tempo per parlare con uno come me..."

"Se vuoi ci posso mettere una buona parola. Magari ti faccio invitare a cena una sera che c'è anche lui, così lo conosci."

"Sei gentile ma non voglio approfittare. E poi credo preferisca cenare solo con voi, in famiglia."

"Te l'ha detto lui?"

"Eh?"

"Questa cosa della cena in famiglia, te l'ha forse detta lui?" Perché è una frase che usa spesso, *che bello cenare in famiglia* dice, quando torna dopo molti giorni."

"No. L'ho immaginato. E poi come ti ho detto non ci siamo mai parlati..."

"Ah giusto. Che sciocca. Non vi siete mai parlati, è vero."

L'arrivo di Tommy fresco di doccia interruppe il dialogo, si accasciò sull'altra poltrona e riempì uno dei bicchieri vuoti con la Fanta rimasta, prima di bere disse qualcosa sul fatto che avevano perso per colpa della mamma, che giocava in maniera imbarazzante nonostante le innumerevoli lezioni di tennis.

"Chissà, magari lei e il bellimbusto fanno altro durante quelle lezioni..." dissi. Tommy alzò gli occhi verso di me, "ma che dici, sei matta?" sussurrò, "ti sembrano cose da dire?"

"Dico solo quello che, in questa casa, pensano tutti, dalle domestiche al giardiniere. L'unico che non sa nulla è nostro padre, perché non c'è mai."

Seguirono parecchi secondi di silenzio, come se volessimo far sedimentare quelle parole nella speranza che potessero acquisire un significato diverso, più leggero, di quello che era.

"Sono solo chiacchiere di pettegole, lo sai bene" disse Tommy, più che mai deciso, per una volta, a battersi per qualcuno.

Suppongo che se non fosse stato per la presenza di Leo avrebbe lasciato perdere, magari mi avrebbe assecondato, lanciandosi in battute a doppio senso sull'uso della racchetta e delle palle. Leo era in evidente imbarazzo, si muoveva sulla sedia come se scottasse, beveva piccoli sorsi e sembrava enormemente interessato all'arredamento della saletta a giudicare dagli sguardi larghi che sferrava ovunque pur di evitare i nostri.

L'arrivo della mamma fu preceduto dal rumore dei suoi passi affrettati che presagivano un saluto veloce, infatti si fiondò verso di noi declamando a gran voce le sue considerazioni su quanto ci fossimo divertiti e sulla *necessità* di giocare più spesso.

"Stavamo giusto dicendo, cara mamma, che nonostante le tante lezioni di tennis che prendi il livello del tuo gioco è così così. Senza offesa eh?"

Mi guardò con distaccato interesse, sorrise.

"Vedremo tu quando avrai la mia età, come giocherai."

Non aveva colto il doppio senso della mia frase, con sollievo di Tommy e delusione mia. Accennò al fatto che comunque il bello del gioco era divertirsi e stare insieme, poi disse che sarebbe andata in centro per incontrare un'amica, probabilmente avrebbe cenato fuori, invitò Leo a restare a mangiare lì, così ci avrebbe fatto compagnia, lui rifiutò prodigandosi in ringraziamenti, disse che i suoi genitori lo aspettavano a casa per cena.

"Magari potremmo combinare una sera che c'è anche papà" dissi, "Leo ci terrebbe tanto a conoscerlo."

"Certo, mi sembra un'ottima idea" disse lei mentre si allontanava. Probabilmente non aveva dato importanza alla cosa, pensando che sarebbe morta lì, uno dei tanti propositi destinati a non essere realizzati. Ci avrei pensato io a fare in modo che accadesse. Dalla reazione di Leo alla domanda di prima avevo capito che i miei sospetti erano fondati. Tra lui e mio padre c'era stato qualcosa, il fatto che avesse negato di avergli parlato presupponeva che quel qualcosa dovesse rimanere segreto. Forse gli faceva da informatore su ciò che accadeva in villa. L'idea mi stuzzicava alla grande. Avrei giocato su questa cosa per indirizzarla nella direzione che preferivo.

Chissà se fossero riusciti a capirlo, primo o poi, di essere tutti burattini destinati unicamente al mio divertimento.

30

Leonardo

Erano successe alcune cose, dovevo riordinare le idee, decidere come muovermi. Approfondire certe questioni. Si erano aperti due filoni di indagine che potevano rivelarsi molto promettenti, la nuova amicizia maschile di Tommy e la frequentazione ambigua del maestro di tennis da parte della signora Cecilia. Nei giorni seguenti cercai di seguire entrambe le piste senza dare nell'occhio, anche se muovermi all'interno della villa non era facile perché Amelia mi stava addosso più che mai, ci ritrovammo anche a passeggiare insieme mano nella mano lungo i sentieri del parco. Accennò più volte al fatto che saremmo stati una bella coppia, io la buttavo sul ridere, facevo battute sui disastri che avremmo provocato mettendoci insieme, una volta riesumai anche la classica scusa della differenza sociale e dissi che forse andavo bene come amico di famiglia ma non mi sarebbe stato concesso di corteggiarla.

"Se non ti piaccio puoi dirlo, non mi offendo mica" disse un giorno con aria contrita.

"Ma va, non è certo quello il problema. Mi piaci eccome. Solo che... che direbbe tuo padre?"

"Mio padre? Che bisogno c'è che lo venga a sapere? Io non glielo direi."

"Visto? Saremmo costretti a mantenere il segreto. Come Romeo e Giulietta."

"Che problema hai con i segreti? Io penso che le storie d'amore segrete siano le più belle. Guarda Tommy e il suo amico, come sono felici."

"Credi veramente che quei due stiano insieme? Secondo me sono solo amici."

Sorrise, girò il viso dall'altra parte, come se volesse nascondere qualcosa.

"Che c'è?"

"Niente. Hai ragione tu. Sono solo amici. Come noi due."

"Sai qualcosa che io non so?"

"So un sacco di cose che tu non sai."

"Per esempio?"

"Potrei aver visto qualcosa. Per esempio che Tommy e il suo *amico* qualche giorno fa si sono dati un bacio. Sulla bocca intendo."

"L'hai visto tu?"

"Ho detto che potrei..."

"Vabbè. Mi prendi per il culo."

"Libero di pensarlo."

"Che altro sai che io non so?"

Mi guardò stringendo gli occhi. "Cosa sei, un poliziotto?"

Capii che non dovevo espormi troppo, ma ero certo che Amelia desiderasse raccontarmi tutti segreti della sua famiglia, che bramasse di farlo, per poter assaporare quel brivido di piacere che l'atto in sé, la rivelazione di segreti che se fossero finiti nelle mani sbagliate avrebbero gettato il caos nelle loro vite, quel camminare sull'orlo di un precipizio, le procurava.

"Sono sempre stato un tipo curioso, ma sono anche riservato. Si tratta di tua madre e del suo maestro di tennis?"

"Quelle sono solo voci, come ha detto Tommy. Ma io credo che qualcosa sia successo. Soprattutto d'inverno, quando il campo viene coperto, chissà cosa combinano lì dentro. Ad esempio un paio di settimane fa volevo entrare per prendere una cosa e, indovina un po'? La porta del campo era chiusa a chiave dall'interno. Il giorno seguente ho chiesto alla mamma il motivo. Lei ha detto che chiuderla era l'unico modo per evitare che si aprisse col vento, visto che la serratura era rotta. Allora sono andata a controllare e non c'era alcun difetto, l'ho fatto presente alla mamma, lei ha alzato le spalle, ha supposto che Valeriano l'avesse riparata, poi mi ha detto che il mio tono non le piaceva e ha preteso delle scuse, io sono corsa da Valeriano che prontamente mi ha confermato di aver fatto la riparazione la sera precedente."

"Quindi è tutto a posto."

"Macché. Non conosci Valeriano. È l'uomo di fiducia della mamma, direbbe o farebbe qualsiasi cosa per lei. Rimango della mia idea, mia madre e il maestro se la intendono. Ma non posso dimostrarlo."

"E se potessi, che faresti? Lo diresti a tuo padre?"

"Certo che no. A mio padre non direi nulla, né di lei né di Tommy. Le sue reazioni sarebbero... imprevedibili. Diciamo che userei quell'informazione per ottenere dei benefici da mia madre."

"Cioè la ricatteresti?"

"No, farei uno scambio. Io do una cosa a te e tu dai una cosa a me. Anzi, potrei pure proporle di coprirla, se necessario. Chissà, magari accetterebbe."

"Ma non pensi che sarebbe giusto dirlo a tuo padre?"

"Non mi interessa cosa è giusto."

"Beh, dovrebbe."

"Credi che mio padre sia un santo?"

"Io non credo nulla."

"Lui ci ha trascinati a vivere qui. Eravamo felici a Milano. Sai una cosa? Se mia madre decide di trovarsi un amante non sarò certo io a impedirlo. E poi non sono affari miei. E ancor meno sono affari tuoi."

203

Alzai le mani, come se volessi arrendermi. "Ah perbacco, su questo non ci piove. Di certo non sono affari miei. Era solo per dire."

Lasciammo passare qualche istante come a voler riprendere da un imprecisato momento precedente, prima che la conversazione degenerasse.

"Dimentica tutto quello che ho detto, ok?

Annuii. "Certo, non ti preoccupare" dissi.

"È già tutto dimenticato."

31

Tommaso

Dopo tre mesi di frequentazione più o meno assidua e dopo aver constatato che il nostro rapporto sembrava destinato a galleggiare nell'acqua ferma dei nostri pomeriggi in villa, decisi che potevo almeno provarci, a dare una sterzata improvvisa, per vedere se dalla conseguente sbandata poteva uscire un riallineamento verso una nuova direzione. Approfittai di un suo commento poco lusinghiero su un piccolo quadro che avevo appena terminato. Si trattava di un disegno stilizzato a matita di casa nostra vista dall'alto, con tanto di ombreggiature e vegetazione circostante, glielo avevo mostrato pieno di orgoglio, lui aveva abbozzato uno sguardo e poi era tornato a dedicarsi al suo, di quadro, una natura morta che, a vederla riprodotta lì, con quei colori opachi e quei contorni indefiniti, sembrava ancora più morta.

"Che ne dici?" chiesi. Avevo deciso di dedicarmi al disegno tralasciando la pittura e quella prova doveva rappresentare una sorta di punto di svolta, il passaggio da scarabocchi destinati a venire accartocciati a qualcosa degno di essere mostrato.

"Brutto" disse senza voltarsi.

"Come brutto?"

"Sembra un disegno tecnico, come quelli che fanno i geometri."

"E allora?"

"E allora cosa c'entra con l'arte?"

Afferrai la tela sulla quale stava dipingendo, la sollevai dal cavalletto e la osservai. "E questo schifo, cosa c'entra con l'arte?"

Sembrò immobilizzato, non aveva distolto lo sguardo dal punto in cui, pochi istanti prima, c'era la tela, la mano col pennello sospesa a mezz'aria. Disse qualcosa a voce troppo bassa, non riuscii a sentire.

"Come hai detto?"

"Ho detto che almeno io ci provo."

"Perché, io non ci provo?"

"Quello non mi sembra provarci."

Lasciai cadere la tela sull'erba. "Chiedimi scusa" dissi.

Mi guardò, finalmente. Sembrava impaurito, un cucciolo indifeso che, improvvisamente, deve subire la rabbia immotivata del suo padrone.

"Scusa" disse, ma in un modo quasi automatico, come se fosse una parola di cui non conosceva il significato.

"Guarda, se l'avesse detto qualcun altro, che il mio disegno è brutto, me ne sarei fregato. Ma tu... Il tuo giudizio è troppo importante per me, lo capisci?"

Annuì, con la stessa espressione di poco prima. Suppongo che avrebbe annuito a qualunque cosa avessi chiesto.

"È solo che... noi siamo... più che amici, no?" bisbigliai, forse sperando che non sentisse.

"Come fratelli?" chiese.

Scossi la testa con forza, "no no no, macché fratelli!" gridai.

Osservai la scena, io in piedi con la rabbia che mi usciva dal volto, lui seduto col pennello in mano, lo sguardo rivolto all'erba dove riposava la sua tela, ormai inutilizzabile per le sbavature di colore che si erano formate al contatto col suolo. Improvvisamente si alzò, per un attimo temetti che volesse colpirmi, tanto che alzai un braccio in un timido tentativo di difesa. Forse avrei apprezzato anche quello, uno schiaffo o un pugno, se mi fossero arrivati da lui. Sarebbe comunque stato un contatto fisico del quale, mi resi conto in quel preciso momento, non potevo più fare a meno. L'abbraccio cominciò con un goffo accostamento dei nostri corpi, come fossimo due estranei che devono condividere uno spazio stretto, poi si ammorbidì e prese forma, fu tenero, necessario, silenzioso. Durò troppo poco, alcuni veloci istanti, poi lui si staccò con una grazia che non gli avevo mai visto prima, ma restammo vicini, come in attesa di qualcosa, forse del bacio che però non arrivò. Mi sentivo appagato, anche se si era trattato solo di un casto abbraccio e desideravo conservarlo così, il ricordo di quel momento, evitare che qualcuno o qualcosa potesse comprometterne la magia, pertanto dissi a Mattia che era meglio se andava via, lo invitai a ripensare a ciò che gli avevo chiesto e a tornare solo se avesse avuto una risposta da darmi. Poi lo guardai allontanarsi e fino a quando il cancello della villa non si fu richiuso alle sue spalle dovetti lottare contro la tentazione di raggiungerlo, abbracciarlo di nuovo e dirgli che lo amavo nonostante i suoi silenzi, nonostante quel suo modo disarticolato di muoversi, nonostante dipingesse come un vecchio col Parkinson, lo amavo nonostante fosse così difficile entrare in quella sua testa piena di riccioli ribelli, o forse proprio per tutti questi motivi messi insieme, lo amavo e lo desideravo e non sarei mai riuscito a vivere senza la certezza di poterlo guardare e toccare e abbracciare ancora e ancora e condividere con lui ogni giorno che ci sarebbe restato da vivere.

Ho sempre rimpianto di non averlo fatto.

32

Leonardo

Nonostante frequentassi la villa da così tanto tempo c'erano zone del parco in cui non avevo mai messo piede. Me ne resi conto durante gli appostamenti che facevo per spiare Tommy e il suo amico, dopo l'imbeccata di Amelia sul loro presunto rapporto amoroso. Quel giorno, in particolare, ero nascosto dietro una siepe di ligustro che si snodava fitta lungo un sentiero di terra battuta per poi distaccarsene e continuare il proprio percorso ondulato fino alla recinzione a ridosso del cancello ovest, abbassandosi progressivamente nell'ultimo tratto. Avevo sentito le voci provenire da quella parte e, dopo un avvicinamento silenzioso, me ne stavo quasi disteso alla ricerca di uno spiraglio da cui poterli osservare. Avevo gettato a terra, poco distante, un portachiavi di plastica raffigurante un piccolo elefante, per poter dire che mi era caduto e che lo stavo cercando qualora fossi stato visto da qualcuno mentre strisciavo sull'erba.

Si trattava del quarto tentativo, durante i primi tre non avevo rilevato nulla di compromettente. Stavo cominciando a pensare che quei due fossero solo amici, che forse Amelia aveva visto male, oppure che la storia del bacio fosse una sua invenzione. Se ne stavano sempre in angoli appartati, si portavano dietro l'attrezzatura per dipingere stipandola in un piccolo carrello con le ruote, parlavano poco e quasi tutto ciò che dicevano aveva a che fare con la pittura. Non sempre riuscivo a sentire le loro voci, capitava che il punto di appostamento fosse troppo lontano per riuscirci, ma avevo l'impressione che Mattia fosse un tipo silenzioso e che Tommy provasse in tutti i modi a scuoterlo introducendo dialoghi che però finivano quasi sempre col morire sulla sua bocca per una domanda a cui l'altro non concedeva risposta o per un'affermazione che non veniva condivisa.

Quel giorno da dietro la siepe i rumori mi arrivavano attutiti, fino a quando udii Tommy parlare a voce più alta, sembrava quasi un rimprovero rivolto all'amico, allargai lo spiraglio tra le foglie e li vidi, lui in piedi e l'altro seduto, sembravano un padre scontento che ha colto in fallo il figlio disobbediente e si appresta a decidere la punizione adeguata. Poi, quando sembrava che la questione dovesse degenerare in un litigio coi fiocchi, ci fu l'abbraccio. Sgranai gli occhi, pensavo che sarebbe arrivato il bacio che stavo aspettando, la prova definitiva della vera natura del loro rapporto. Un rumore proveniente dal basso, a pochi centimetri dalla mia testa, mi fece sobbalzare. Avvistai una lucertola che per un secondo si fermò a scrutarmi, la testa protesa in avanti e la coda a semicerchio, agitai la mano per scacciarla, sparì in un fruscio di foglie mosse. Quando tornai a guardare oltre la siepe i due ragazzi si erano staccati, stavano parlando a bassa voce, poi Mattia si allontanò. Mi parve un saluto malinconico, quasi un epilogo di qualcosa, ma non riuscii a immaginare nessuno scenario convincente. Ripensai a ciò che avevo visto, l'abbraccio e subito dopo... chissà... maledetta lucertola...

"È per domani sera" disse Amelia non appena fu a una distanza sufficiente per farsi sentire. Era appena rientrata insieme a sua madre da una sessione di shopping compulsivo, a giudicare dalle corpose buste che il maggiordomo stava portando dentro.

"Cosa?" chiesi.

"La cena. Con mio padre."

"Ah."

"Tutto qui. Un semplice ah?" Stai per incontrare per la prima volta uno degli uomini più potenti d'Italia e dici solo ah?"

"Se devo essere sincero tuo padre mi mette soggezione. Starò in apnea per tutta la cena."

"Ti sei fatto un'idea sbagliata. In realtà è un tipo affabile. Ti basta dargli sempre ragione e fare come vuole lui. Semplice no?"

Risi. "Semplice", confermai.

"Comunque non ti preoccupare, se serve ti difendo io. So come trattarlo, l'ho imparato a forza di capocciate."

"Ne parli come se fosse un tuo nemico, non tuo padre."

"Beh, nemico è una parola grossa... Diciamo che, quando si parla di lui, qualsiasi idea preconcetta di padre deve essere messa da parte. È abituato a comandare e pretende di farlo anche in casa, come se fossimo suoi dipendenti. Credo che i rapporti in famiglia debbano essere più equilibrati, non importa che porta a casa i soldi. Da te, per esempio, come funziona?"

Quella domanda mi spiazzò. Non si era mai parlato della mia famiglia, fatta eccezione per qualche rapido accenno al lavoro di mio padre, talmente ordinario da non suscitare alcun interesse.

"Anche mio padre vuole comandare, cosa credi? È un problema più comune di quanto pensi. Suppongo siano certi di sapere ciò che è meglio per noi, dimenticando di chiedere se siamo d'accordo."

"E tu obbedisci sempre?" chiese.

Ripensai a tutte le volte che mi ero sentito dire di non frequentare i Fioravanti, poiché *noi non c'entriamo nulla con quelli lì,* e a come me ne fossi sempre fregato.

"No. Faccio come mi pare" risposi.

Si avvicinò, mi accarezzò il viso con la mano. Quel gesto mi procurò uno strano piacere, per la prima volta provai una sorta di attrazione nei suoi confronti, come se avesse premuto un interruttore nascosto capace di innescare sensazioni a catena, tenerezza, curiosità, eccitazione, desiderio.

"Ne sono certa" disse, "Siamo fatti della stessa pasta."

Ci distrasse la vista di Tommy, le mani in tasca e lo sguardo basso, neppure ci salutò passandoci davanti.

"Ehi, che hai?" chiese Amelia, ma lui tirò dritto.

"Avrà litigato col fidanzato?" chiese a me, che alzai le spalle.

"Non ne ho idea" dissi, "e non mi interessa, io mi faccio gli affari miei."

Lei mi guardò fissa e per una frazione di secondo ebbi la sensazione che potesse leggermi dentro, che sapesse ciò che stavo facendo per conto di suo padre.

"Fai bene" disse, "farsi gli affari propri è il modo migliore per evitare guai."

Quella frase, insieme all'occhiata di poco prima, mi suonò come un avvertimento. Rimasi bloccato su quella percezione sgradevole, a metà strada tra l'essere stato scoperto e violato, con in più la consapevolezza che prima o poi avrei dovuto fare i conti con quel sentimento nuovo e pungente che avevo provato per lei al contatto della sua mano. Era solo un abbozzo di qualcosa, certo, ma già metteva paura.

33

Amelia

Leonardo si presentò alla cena molto più elegante del solito, giacca di velluto marrone chiaro, pantaloni blu, cravatta coordinata.

"Stai davvero bene" dissi facendolo entrare e dal sorriso che fece capii che aveva bisogno di sentirselo dire.

Lo accompagnai in sala da pranzo dove mia madre e Tommy, già seduti ai rispettivi posti, stavano disquisendo su una notizia di cronaca, a quanto pareva Bettino Craxi era stato duramente contestato all'uscita da un hotel di Roma, le immagini erano state trasmesse più volte in tutti i telegiornali. Tommy sosteneva che si trattasse di un punto di svolta positivo nella politica italiana, la mamma pareva disorientata e diceva che bisognava essere cauti e che per tutti, politici compresi, valeva la presunzione di innocenza.

"E poi tutti questi suicidi, mio Dio. Questa tangentopoli è diventata una barbarie..." aggiunse facendoci un gesto con la mano che allo stesso tempo voleva essere un saluto e un invito ad accomodarci.

Tommy non sembrava voler cedere, buttò lì un paio di considerazioni sulla necessità di ripulire il paese dai corrotti cercando con lo sguardo l'approvazione di Leo che però restava immobile, la schiena dritta, gli occhi rivolti a tutti noi in rapida successione, e poiché alla fine della sua predica mio fratello non chiese espressamente se fosse d'accordo, lui non disse nulla.

"E di quella povera ragazza, cosa ne pensate?" chiese la mamma non appena riuscì a trovare uno spiraglio tra le frasi a sfondo politico di Tommy.

"Quale ragazza?" chiesi io, totalmente d'accordo con lei nel cambiare argomento.

"Quella tennista famosa, Monica Seles. È stata accoltellata al cambio di campo, si pensa da un pazzoide."

In quel momento entrò mio padre, preceduto dalla sua voce roboante diretta al telefono cellulare che teneva in mano a una distanza tale dalle orecchie da obbligarlo quasi a gridare.

"Questi dannati attrezzi mi fanno venire il mal di testa" disse dopo aver riattaccato. Si sedette, sembrò valutare il livello di comodità della sedia con piccoli spostamenti laterali, poi ci squadrò tutti partendo dalla moglie, seduta alla sua sinistra. Dal momento della sua entrata nessuno aveva più fiatato, come se fossimo stati colti di sorpresa e non avessimo avuto il tempo necessario per prepararci, si percepiva un vago timore che ogni parola pronunciata potesse risultare inadatta.

"Di cosa stavate parlando?" chiese sistemandosi il tovagliolo sulle ginocchia. "Ho sentito la parola *tennis*. Adoro il tennis, ma non ho mai tempo per giocare, al contrario di mia moglie, che con tutte le lezioni che prende sarà di certo diventata bravissima...".

"Parlavamo dell'aggressione a Monica Seles al torneo di Amburgo. La mamma in particolare era dispiaciuta per lei, credo si tratti di solidarietà tra campionesse..." dissi sarcastica.

Papà apprezzò la battuta, lo capii da un leggero inarcamento delle sopracciglia, col passare degli anni avevo imparato bene a cogliere e comprendere ogni sua piccola espressione e questa abilità mi era tornata utile innumerevoli volte.

"Buonasera Leonardo" disse poi, senza guardarlo. Leo arrossì, "buonasera ingegnere."

"Stavo per presentarvi papà. O vi siete già conosciuti?" chiesi.

"Ci siamo parlati una volta, sì. Mi interessa conoscere gli amici più intimi dei miei figli."

Lo guardai con aria interrogativa. "E cosa vi siete detti?"

"Beh, ora non ricordo. Abbiamo parlato della sua famiglia, mi pare, del lavoro di suo padre, di cosa vorrebbe fare nella vita. Sai bene che ho argomenti piuttosto limitati."

Guardai Leo, volevo fargli capire che la sua bugia sul fatto che non aveva mai parlato con mio padre non era passata inosservata.

"E che lavoro fa suo padre?" chiesi rivolta a papà.

Leonardo stava per rispondere in sua vece ma lui lo precedette.

"Ferroviere, se non sbaglio. Ho conosciuto molti ferrovieri quando abbiamo vinto l'appalto per il rifacimento della tratta Bologna-Ancona, sono tutte brave persone."

"Allora Leo, c'è qualcosa che vuoi chiedere a papà? Non è da tutti riuscire ad avvicinarlo così." Mi piaceva mettere Leo in imbarazzo, guardarlo balbettare per poi toglierlo d'impaccio e guadagnarmi la sua gratitudine.

"Per esempio potresti chiedergli notizie di qualche personaggio famoso, ne incontra di continuo quando va in televisione a fare l'ospite nei vari programmi, chiedi pure, a lui piace parlarne."

"Questa è una fesseria" disse mio padre. "La maggior parte di quella gente non ha nulla a che vedere con me. Sono quasi tutti burattini da avanspettacolo messi lì da qualcuno in cambio di qualcosa. Guarda, lascia perdere" disse rivolto a Leo, anche se lui in realtà non aveva chiesto nulla. Era la risposta standard che dava di solito in nostra presenza per farci capire che di tutti loro, presentatori, attori, ballerine, non gli importava un fico secco.

"La verità è che sono costretto a frequentarli perché quando entri in un certo giro poi ne sei risucchiato dentro e non puoi più scegliere. La notorietà aiuta negli affari, ragazzo. È triste ma è così."

Eccola, la solita chiusa sulla notorietà. Di solito ci arrivava dopo un giro più ampio in cui concedeva qualche succoso aneddoto raccolto dietro le quinte di spettacoli da prima serata o nelle sale da festa di qualche riccone della TV durante i ricevimenti a cui veniva rigorosamente invitato.

"È proprio di questo che parlavo poco fa" saltò su Tommaso, "è di questa piccola Italia fatta di favori, di raccomandazioni, di spintarelle, che dobbiamo liberarci. Forza Di Pietro! Forza Pool di Milano!" disse alzando la mano in alto, pareva un ultrà invasato, quasi non lo riconoscevo. Ero curiosa di vedere la reazione di mio padre che di quel meccanismo che tanto si divertiva a bistrattare era pur sempre un ingranaggio.

Indicò Tommy col dito annuendo, "questi sono i giovani che servono all'Italia, c'è aria nuova finalmente, bravo figliolo" disse, e pareva insieme un incoraggiamento a Tommy e un sottinteso rimprovero a Leo e a me perché non ci eravamo mostrati altrettanto entusiasti. Mi apparve chiaro che loro due, mio fratello e mio padre, avevano già discusso dell'argomento e che quella presa di posizione di Tommy, solitamente così restio a schierarsi, era conseguente a quanto si erano detti in precedenza.

"Io credo che nell'Italia di domani non ci sarà posto per le mezze misure" continuò mio padre, "bisognerà decidere da che parte stare, gli onesti o i truffatori, i lavoratori o gli scansafatiche. E sarete voi, con le vostre scelte, a determinare il futuro di questo povero paese." Ora il dito era puntato su Leo, era finito lì dopo una piroetta in aria e una momentanea ritirata all'interno del pugno chiuso. L'entrata della cameriera con il vassoio degli antipasti impedì a chiunque di ribattere, qualora ce ne fosse stato bisogno.

La cena proseguì tra alti e bassi, con dialoghi più o meno forzati su temi di attualità che si alternarono a monologhi di mio padre finalizzati a farci conoscere la sua filosofia di vita, impegno, lavoro, risultati, e che a ogni parola parevano sottintendere un'autocelebrazione che personalmente reputavo insopportabile. Mi accorsi che Leo invece lo guardava affascinato, sembrava un discepolo al cospetto del predicatore, ascoltava e annuiva ogni qualvolta papà lo raggiungeva con lo sguardo, se chiamato in causa si limitava a dire *sono d'accordo* oppure *più che giusto,* e la cena finì per trasformarsi in una noiosa e ripetitiva lezione nella quale loro due, mio padre e Leo, ricoprivano i rispettivi ruoli di insegnate e allievo.

"Leo, ti va di fare due passi?" chiese a un certo punto alzandosi in piedi, un'indiretta proclamazione della fine della cena.

Leo mi guardò, spaesato, come se cercasse la conferma che quell'invito fosse rivolto proprio a lui.

"Volentieri" disse, alzandosi a sua volta.

Li guardai uscire di casa, immergersi nell'aria frizzante di quella bella serata di fine aprile, valutai se seguirli di nascosto per origliare ma poi li vidi imboccare il sentiero principale del parco che tagliava in trasversale l'ampio giardino e lungo il quale avrebbero avuto una visuale completa dell'area circostante. Così restai dentro, a osservali dalla finestra aperta del salotto, cercando di immaginare quali informazioni Leo avrebbe riferito a mio padre.

34

Leonardo

Non appena fummo a distanza di sicurezza dal resto della famiglia l'Ingegnere pose la domanda che mi aspettavo e lo fece con un tono di voce diverso da quello che aveva avuto per tutta la cena, sembrava più diretto, deciso, era sparito qualunque accenno di convivialità e anche quella nota di gentilezza che lo avevano reso così affabile e piacevole da ascoltare.

"Allora, hai notizie da darmi?"

Ci eravamo fermati, a riprova che la passeggiata era solo un pretesto per allontanarci dalla villa, teneva lo sguardo fisso su di me come se volesse valutare la mia risposta alla luce dell'espressione che avrei assunto nel darla.

"Ho notizie, sì" bisbigliai.

Restò in attesa che continuassi, immobile, proteso all'ascolto, pareva sospeso tra la curiosità e l'impazienza di sapere.

"Ecco... c'è questo ragazzo, un amico di suo figlio, si chiama Mattia. Frequenta la villa regolarmente da sei mesi, più o meno. Lui e Tommy se ne stanno per i fatti loro, passano quasi tutto il tempo a dipingere o a disegnare, cose così."

Lasciai passare qualche secondo di silenzio. Forse speravo che intuisse dove volevo arrivare, che magari mi precedesse nella conclusione e in quel modo potessi evitare di pronunciarla io, quella parola.

"Vede ingegnere, suo figlio è..."

"Ho capito, ho capito!" gridò, la mano alzata come a volersi difendere, "ma ne sei sicuro, li hai visti fare... qualcosa?"

Ripensai alle parole di Amelia, ripensai all'abbraccio e al bacio che *doveva* per forza esserci stato dopo, anche se non l'avevo visto con i miei occhi. Si poteva dire che l'avevo percepito, che *qualcosa* era rimasto nell'aria quando avevo rialzato lo sguardo, e anche quella specie di litigio, l'allontanamento di Mattia, mi era sembrato un bisticcio tra innamorati.

"Li ho visti baciarsi, ero nascosto dietro una siepe. Pochi giorni fa."

Annuì. "Chi altri ne è al corrente?"

"Nessun altro."

Annuì di nuovo. Mi parve di scorgere, dietro quel volto scuro, un lampo di riconoscenza. Non era espresso a parole e neppure a gesti, infatti l'Ingegnere in quel momento era fermo, assorto nei suoi pensieri, forse meditava sulle possibili cause alla base delle scelte sessuali di suo figlio oppure, da persona concreta qual era, stava già escogitando un modo per evitare che la questione potesse in qualche modo danneggiare lui e la sua famiglia, ma io quel lampo l'avevo percepito ed ero certo che, in cuor suo, sapeva che avevo fatto un buon lavoro e che presto o tardi me l'avrebbe confidato.

"Dimmi cosa sai di quel ragazzo. Voglio sapere tutto" furono le parole, glaciali, che mi rivolse dopo. Dissi quel poco che sapevo, lo descrissi fisicamente, parlai del negozio di fiori dei suoi genitori e rimpiansi di non aver chiesto più informazioni a Tommaso. Quando ebbi finito fece per allontanarsi, accennò un saluto quasi impercettibile con la mano. Pensai che forse il mio compito si esauriva lì, che non avrei più avuto a che fare con lui, vidi svanire ogni possibilità di fare carriera al suo fianco.

"C'è un'altra cosa, signore" dissi.

Si girò. Ora pareva assente, quasi distratto, come se l'avessi interrotto a metà di un pensiero che non voleva abbandonare del tutto per paura di non ritrovarlo più.

"Riguarda sua moglie. Credo abbia una... relazione."

Sgranò gli occhi. Capii in quel momento che di Tommaso non era rimasto sorpreso, poiché la reazione a quest'altra notizia fu molto più evidente. Lo vidi perdere quella sua eleganza naturale dei movimenti e avvicinarsi a me in modo quasi istintivo, rozzo.

"Con chi?"

Anche la voce pareva alterata, cavernosa e rauca, "dimmi con chi" ripeté.

"Il maestro di tennis."

Tremavo. Avevo gettato un'ancora senza sapere se fosse sufficientemente grande per fermare la nave. A quel punto se mi avesse chiesto maggiori dettagli avrei dovuto mentire, dirgli che avevo visto qualcosa, ma non sapevo se sarei stato in grado di farlo.

"Come lo sai?"

"Sono voci che girano per la villa, inizialmente non ci ho dato peso, ma poi sono diventate più insistenti. Ho cercato di trovare delle prove ma non ci sono ancora riuscito."

"Non serve" disse. "Mi basta il dubbio. Ci penso io."

Avrei voluto ribadire che non c'era nulla di certo, forse temendo che dietro quel *ci penso io* potesse celarsi l'intenzione di reagire alla notizia in maniera esagerata, una sorta di regolamento di conti, ma ipotizzai che lui non avrebbe apprezzato tutti quei tentennamenti e quelle indecisioni, così restai zitto.

"Grazie" sussurrò, prima di allontanarsi.

Fu a quel grazie che mi aggrappai con tutto me stesso per evitare di sprofondare nella paura di aver innescato un meccanismo troppo grande e potente, che non sapevo a quali conseguenze avrebbe portato.

35

Tommaso

Nei giorni che seguirono l'allontanamento di Mattia ero pervaso da una strana euforia che inizialmente non riuscivo a spiegarmi, poi capii che nasceva dalla consapevolezza che il nostro rapporto era arrivato a un punto di svolta e *sapevo* che ben presto lo avrei visto tornare con le idee chiare, ero certo che finalmente la nostra storia sarebbe potuta cominciare. Fu un'attesa piacevole, carica di aspettative e progetti, passavo il tempo a disegnare, mettevo da parte i lavori finiti in ordine cronologico affinché lui potesse, in seguito, valutare i progressi. L'impazienza cominciò a fare breccia nell'ottimismo dopo un paio di settimane, affiorarono i primi pensieri cupi ma l'idea che potesse non tornare ancora non mi sfiorava. Dopo un mese divenni malinconico e intrattabile, passavo tutto il tempo da solo, rifiutavo spesso il cibo e mi chiudevo nella mia stanza per interi pomeriggi, rispondevo sgarbatamente agli inviti di Amelia a uscire per incontrare gli amici che aveva invitato.

"È per via di quel tuo strano amico? Perché non si fa più vivo?" chiese un giorno da dietro la porta chiusa.

"Fatti gli affari tuoi!" gridai tirando un portapenne di plastica che andò a frantumarsi contro la maniglia.

"Sei pazzo" disse lei, e aggiunse qualcos'altro allontanandosi.

Col passare delle settimane la tristezza cominciò a scemare sebbene la sentissi, ripiegata in qualche angolo della coscienza, ma sempre ingombrante. Però mi feci forza e ricominciai a vivere, pensavo che di tempo ne avevo a sufficienza, che prima o poi avrei incontrato il ragazzo giusto, mi convinsi anche che Mattia, con tutte le sue stranezze, non lo fosse affatto. *Meglio così* pensai in un caldo pomeriggio di inizio giugno mentre col telo sotto braccio mi apprestavo a raggiungere tutti alla festa di apertura della piscina che Amelia aveva organizzato. Salutai facce note e altre che non avevo mai visto, l'età media era piuttosto bassa, a riprova che si trattava per lo più di amici di mia sorella. Scorsi Leo in un angolo, lo raggiunsi e mi sedetti vicino a lui.

"Sei riemerso?" chiese. Stava fumando, cercai di ricordare se fosse la prima volta che glielo vedevo fare.

"Già."

Presi la sigaretta dalla sua mano e aspirai avidamente, poi gliela porsi, "ne vuoi una?"

chiese, feci cenno di no con la mano, tentando di respingere il senso di nausea.

"Chi c'è di interessante?" chiesi.

Alzò le spalle, sconsolato. Amici di Amelia, per lo più. Del vecchio gruppo non è rimasto quasi nessuno.

"Sai che ti dico? Dobbiamo darci da fare, spargere la voce, dire di portare amici e amici di amici, quest'estate dobbiamo riempire questa villa di gente" dissi. Poi feci cenno di seguirmi, riempii un vassoio di bicchieri e raggiunsi un gruppo di ragazze a bordo piscina, offrii da bere, feci complimenti a tutte per i costumi, dissi che la loro presenza era un piacere per gli occhi e altre menate simili che mi vennero in mente sul momento. Volevo distrarmi, conoscere gente nuova, guardare avanti. Per farmi forza buttai giù un paio di birre, l'unica bevanda alcolica che ci era concessa da mia madre, mezz'ora dopo mi ritrovai a esibirmi in una serie di tuffi comici che, per quanto di comico avessero ben poco, suscitarono le risate dei presenti e qualche timido applauso. Attaccavo discorso con chiunque mi capitasse a tiro, parlavo a vanvera passando da un argomento all'altro come se temessi di ritrovarmi senza nulla da dire, di tanto in tanto gridavo qualcosa a Leo, come a volermi assicurare che fosse nei paraggi qualora avessi avuto bisogno di lui.

Fu Simona a calmarmi, mi prese sotto braccio e mi condusse al tavolo del buffet, mi costrinse a mangiare qualcosa di solido per attenuare l'effetto delle birre, mi colpì sul dorso della mano quando tentai di afferrarne un'altra. Simona era un'amica di Amelia di lunga data con cui avevo chiacchierato anche in passato, lunghe e piacevoli conversazioni sui libri che avevamo letto e su quelli che avremmo voluto leggere in futuro. Rispecchiava in pieno l'immagine della ragazza per bene, ordinata, calma, diligente, mi era capitato di pensare che Amelia la frequentasse per ricordare a sé stessa come sarebbe dovuta diventare per accontentare i nostri genitori, oltre che per accertarsi di mantenere da quel modello improbabile la maggior distanza possibile. Non perdeva occasione per contraddirla, sminuirla, denigrarla, ma lo faceva con una compostezza tale da dare comunque l'impressione di volerle bene, quasi che tutte quelle critiche scaturissero da un sincero tentativo di ricondurla sulla giusta rotta. D'altra parte Simona non sembrava offendersi, neppure quando Amelia, dopo un breve momento di concentrazione e dopo essersi volutamente spettinata, si lanciava nella sua imitazione gesticolando di continuo, lanciando gridolini di sorpresa per ogni nonnulla e ingigantendo di proposito un difetto di pronuncia della lettera s di cui l'amica si vergognava al punto da far pensare, a volte, di voler allungare o accorciare le frasi apposta per evitarla.

Di tutte le amiche di Amelia Simona era l'unica con cui mi trovavo a mio agio, in varie occasioni avevo chiesto di lei a mia sorella e per tutta risposta avevo ottenuto sguardi obliqui e allusioni maliziose, *sareste proprio una bella coppia, entrambi pallosi...*, oppure *la prossima volta che viene le dico che ti piace, così magari la smetterete di parlare di libri e farete qualcosa di più divertente...* Quel giorno, vedendola prendere l'iniziativa in mia difesa contro me stesso, pensai che dietro ci fosse lo zampino di mia sorella e sulle prime opposi resistenza.

"Ti manda lei?" devo aver chiesto a un certo punto.

"Lei chi?"

"Nessuno, non farci caso."

Mi lasciai accudire con piacere, acconsentii a fare tutto ciò che mi chiedeva, con la sua voce gentile e ferma allo stesso tempo, "asciugati che prendi freddo... mangia qualcosa... bevi un caffè... stenditi all'ombra..." Mi lasciò riposare in silenzio a debita distanza dalla festa per il tempo che ritenne necessario, rimanendomi seduta vicino qualora avessi avuto bisogno di qualcosa. Quando mi risvegliai da un breve sonno rimasi a guardarla, gli occhi socchiusi, fingendo di dormire. Mi domandai se sarei stato in grado di amare una ragazza così, se non fosse meglio lei, con la sua esasperante normalità, a un tipo bizzarro come Mattia, se non potessi riuscire a mettere da parte gli istinti che nascevano da una sessualità sbagliata e fingere di essere come gli altri si aspettavano che fossi, se magari partendo da questa finzione non sarei riuscito a modificare me stesso, plasmarmi come un vaso di terracotta.

Simulai un risveglio improvviso, allargai le braccia e dissi "ehi" all'indirizzo della mia infermiera improvvisata.

"Ti senti meglio?" chiese. Teneva in mano un libro, mentre mi parlava continuava a leggere, come se fosse a un punto cruciale e non riuscisse a smettere.

"Ho mal di testa" risposi. "Ho bevuto troppo."

"Ma va?" esclamò. Per un attimo pensai che fosse arrabbiata ma quando la sua bocca si aprì in un largo sorriso ebbi la sensazione che le fosse piaciuto prendersi cura di me. Aveva lunghi capelli lisci, neri, tenuti insieme da un cerchietto color rosa cipria che la faceva sembrare più giovane, i grandi occhi scuri e le ciglia lunghe conferivano al suo sguardo accenti di dolcezza e intensità in proporzioni variabili, come se potesse agire a piacimento su un interruttore invisibile e incrementare l'una o l'altra a seconda delle necessità. Indossava un costume intero color malva decisamente fuori moda che portava con evidente imbarazzo, tenendo costantemente le braccia incrociate a coprire il seno, l'atto stesso di leggere sembrava avesse in sé quella secondaria finalità.

"Cosa stai leggendo?" chiesi.

Alzò il libro a mostrarmi la copertina che raffigurava in primo piano un bacio tra un uomo e una donna, *Il paziente inglese,* dissi che non lo conoscevo, chiesi di parlarmene, lei lo rigirò tra le mani, disse che era soprattutto una storia d'amore e che comunque l'aveva appena iniziato.

"Potremmo leggerlo insieme" proposi.

"Davvero ne avresti voglia?"

"Perché no? Sai che facciamo? Lo leggiamo a turno, a voce alta. Uno legge e l'altro ascolta. Un capitolo a testa. Che ne dici?"

Per tutta risposta si schiarì la voce, sfogliò il libro per ritornare all'inizio, avvicinò la sedia al lettino e cominciò a leggere. Chiusi gli occhi, mi lasciai cullare dalla sua voce, senza far troppo caso alla vicenda narrata. Pensai che non desideravo essere in nessun altro posto.

36

Amelia

La mamma sembrava una leonessa a cui hanno sottratto i cuccioli, pronta a sbranare chiunque le capitasse a tiro. Il suo malumore era cominciato con una telefonata di qualche giorno prima proveniente dal circolo tennis in cui lavorava il suo maestro. Da ciò che avevo potuto capire l'avevano informata che il rapporto di collaborazione col signor Missiroli Daniele si era interrotto e che il circolo sarebbe stato ben lieto di inviare a casa nostra un nuovo maestro. La mamma aveva tentato di capire meglio, aveva fatto domande e ottenuto risposte vaghe, alla fine aveva dovuto acconsentire alla sostituzione, seppur a malincuore. Il nuovo maestro in realtà era una maestra, piuttosto grassoccia e con la faccia abbronzata, dallo spiccato accento romagnolo e dai modi rozzi e sbrigativi. Durante l'allenamento si potevano sentire le sue grida provenire dal campo, i rimproveri indirizzati a mia madre e alla sua scarsa propensione a piegare le gambe e a girarsi di fianco nell'esecuzione del diritto. La mamma usciva da quelle lezioni sudata e arrabbiata, se le chiedevo notizie della nuova maestra sibilava parole affilate, *è una vipera* oppure *uno di questi giorni le fracasso la racchetta in testa*. Data la scarsa propensione di mia madre a sopportare la vicinanza di persone a lei sgradite, la nuova maestra venne soppiantata nel giro di un mese. Al suo posto il circolo inviò un sessantenne con un passato da professionista e un'incontenibile propensione a raccontare i trionfi conseguiti da giocatore juniores, a cui tuttavia non era seguito quasi nulla di rilevante; ciò che più si ricordava di lui nell'ambiente tennistico era la sistematica disattesa delle aspettative che tanto faticosamente aveva costruito da ragazzo. Tra i due si instaurò un rapporto di reciproca sopportazione, lei non faceva nulla per nascondere l'insofferenza nei confronti dei suoi noiosi monologhi, lui non perdeva occasione per esprimere quanto detestasse dover dare lezioni private, come se il fatto stesso di trovarsi lì o in altri campi insieme ad allievi di scarso talento gli ricordasse quotidianamente di non essere riuscito a guadagnare abbastanza soldi in carriera.

Non avevo dubbi sul fatto che dietro l'allontanamento del maestro di tennis ci fosse lo zampino di mio padre e l'idea che a innescare tale reazione fosse stata qualche semplice battuta fatta in presenza di Leo, oltre che divertirmi, mi convinse della facilità con cui avrei potuto manovrare a mio piacimento i destini di tutti loro. Mi dispiaceva solo che sarei dovuta rimanere nell'ombra, come un burattinaio invisibile, godere delle conseguenze senza potermene vantare con nessuno. Tuttavia non avrei rinunciato a rigirare il dito nella piaga, facevo irruzioni in campo e a fine lezione chiedevo, fingendo costernazione, che fine avesse fatto il suo adorabile maestro e come fosse possibile ritenere quell'arpia e quel vecchio adatti alla sua sostituzione.

"Dovresti chiedere a papà di intervenire" dicevo trattenendo le risate, "se vuoi posso farlo io, non possono certo trattarti in questo modo."

Lei mi guardava curiosa, sembrava volesse chiedermi quale ruolo avessi avuto in quella faccenda, se fossi andata da papà a raccontare storie inventate su di lei e il maestro, poi si limitava a dire che lui, papà, era troppo occupato per dedicare tempo a queste stronzate e da come rimarcava quella parola, *stronzate*, appariva chiaro che fosse rivolta non tanto alla faccenda in sé bensì alle fandonie che presumibilmente l'avevano innescata.

Anche sul fronte di mio fratello le cose stavano andando bene. Quel suo strano amico non si faceva vedere da un sacco di tempo e lui, superato il lutto, era tornato a frequentare gli ospiti della villa e in particolare Simona, una sfigata con l'attitudine a gettarsi tra le braccia di tutti coloro che dovevano essere salvati da sé stessi. L'avevo pregata di aiutare Tommy a superare un brutto momento senza specificare quale ne fosse la causa e lei non si era fatta pregare. Li guardavo da lontano, ap-

234

partati dietro cespugli che non bastavano a nascondere le loro effusioni, fino a quando non uscirono allo scoperto, mano nella mano, i volti arrossati per l'emozione dell'annuncio, una nuova coppia si è formata a villa Cecilia, dev'essere la numero otto, disse qualcuno, facendo calcoli mentali che qualcun altro si affrettò a confutare citando nomi e date. In apparenza avevo fatto un enorme favore alla famiglia allontanando da mio fratello il ragazzo dei suoi sogni e sistemandolo con una femmina, finalmente. In realtà sapevo che Tommy non sarebbe mai stato felice con lei né con nessun'altra ragazza e che quando si costringe qualcuno a fare qualcosa di contrario alla propria natura le conseguenze possono essere devastanti. Pertanto, mentre mi congratulavo con loro per la bella notizia e mentre abbracciavo Simona chiamandola sorella, pensavo che si trattasse di una semina ben riuscita, e che presto o tardi ci sarebbe stato il raccolto.

Con Leo invece non facevo progressi, nonostante i miei tentativi non ero riuscita a intaccare la sua resistenza, era fermamente convinto che tra noi non dovesse esserci nulla. Diceva che sarebbe stato inopportuno, che avrei fatto meglio a cercarmi un ragazzo più adatto a me, della mia stessa classe sociale. Diceva che lui poteva andare bene come amico, ma nulla di più.

"Tra qualche anno ripenserai a questa infatuazione e ci riderai sopra" ripeteva sempre come se fosse un maledetto slogan. "Mi ringrazierai per averti salvato dal rimpianto di aver avuto una storia con me."

"Adoro i rimpianti" dicevo abbracciandolo da dietro e mordicchiandogli un orecchio. "Chi non ha rimpianti non ha vissuto."

"Questa è una frase da Bacio Perugina."

"Però è vera."

"È banale, più che altro."

"Tu sei banale, con le tue convinzioni inattaccabili e la tua suddivisione in classi sociali."

"Può essere."

"E la tua ossessione nei confronti di mio padre..."

"Che c'entra tuo padre?"

"Mio padre c'entra sempre. Anche quando non sembra."

"Se lo dici tu..."

"Sei terrorizzato dall'idea che potrebbe sapere di noi, ammettilo."

"Mettiamola così, se noi due stessimo insieme sarei preoccupato di cosa potrebbe pensare tuo padre."

"Potremmo provare a chiedere a lui cosa ne pensa."

"A tuo padre? Scherzi?"

"Secondo me ne sarebbe contento. Una volta mi ha parlato piuttosto bene di te."

"Davvero?"

"Sì, è stato dopo la cena a casa nostra. Ha detto che sei un ragazzo sveglio e che di sicuro farai strada. Ora che ci penso ha detto anche che avrei fatto bene a cercarmi un fidanzato come te in futuro."

Lo vidi arrossire, compiaciuto. Avevo fatto centro. Dovevo solo dar tempo a quella piccola bugia di far breccia nella sua resistenza per aprire un varco sufficientemente ampio da permettermi di entrare.

"Niente di più facile che ti chieda di entrare in una delle sue aziende, dopo il diploma. È sempre alla ricerca di giovani talenti."

"Beh, se ti capita di tornare sull'argomento devi dirgli che io lo stimo moltissimo e che sarei onorato di poterlo avere come mentore. Sei fortunata ad avere un padre così."

"Già. L'unico problema è che purtroppo tende a dimenticarsi. Se per esempio tu dovessi smettere di frequentare casa nostra, dico per ipotesi, tra qualche anno lui non ricorderebbe neppure chi sei. E questo succede perché ha veramente troppe cose a cui pensare e troppe persone da incontrare. Chi vuole avere rapporti con lui deve restare nel raggio d'azione del suo radar."

Lo vidi rimuginare, potevo immaginare le ipotesi che prendevano forma nella sua mente, gli scenari futuri e le scelte giuste da fare per consentirne la realizzazione.

Mi avvicinai, lo presi per mano, lasciai che quelle ipotesi e quegli scenari prendessero forma attraverso il suono della mia voce, un sussurro debole nel tono ma di una potenza devastante.

"Essere il ragazzo di sua figlia è un ottimo modo per restare nel raggio d'azione del suo radar."

Per la prima volta da quando avevo iniziato la caccia Leo non fece nulla per sfuggire a quel contatto. La preda era ferma, immobile, nel centro del mio mirino. Dovevo solo premere il grilletto.

37

Leonardo

Con Amelia ci siamo baciati.

Credo fosse inevitabile, a un certo punto, con lei che mi stava appiccicata e mi guardava sempre in quel suo modo così... ammiccante.

È stato bello. Un bacio semplice, di una semplicità gradevole, quasi essenziale, un assaporarsi a vicenda, forse per capire se, dopo quella lunga frequentazione, fossimo davvero pronti a trasformare il nostro rapporto.

"E adesso?" ho chiesto io subito dopo.

Rise. "Vuoi un libretto di istruzioni?"

Poi ci siamo baciati di nuovo, stavolta per davvero.

Non vedevo Tommy da diversi giorni quando mi apparve in lontananza, lo sguardo basso, il passo stranamente affrettato. Ero seduto sull'erba insieme ad Amelia, stavamo vivendo quell'inizio di relazione al riparo dalla vista degli abitanti della villa, in particolare sua madre e il personale di servizio. Non volevamo che si sapesse di noi, anche se nessuno dei due aveva mai esplicitato il motivo di questa decisione. Semplicemente, dopo quel primo bacio e gli altri a seguire uno dei due aveva detto "per ora rimane un segreto tra noi", e l'altro aveva risposto "va bene." Naturalmente Tommy faceva eccezione, a lui non avevamo nascosto nulla. D'altronde sarebbe stato impossibile farlo, anche perché aveva previsto da tempo che sarebbe finita così, come non mancò di farci notare dopo l'annuncio, fatto con tanto di brindisi a base di prosecco che Amelia aveva sottratto alla cantina della villa e che avevamo bevuto a piccoli sorsi in bicchieri di carta al riparo da sguardi indiscreti, noi tre soli.

"Devo parlarti" disse facendomi cenno di seguirlo.

Mi alzai in piedi e lo raggiunsi mentre si allontanava, quando fummo a una certa distanza si fermò, "guarda questo" disse mostrandomi un oggetto che teneva in mano.

"Cos'è?"

"È un sasso dipinto."

Lo osservai, raffigurava due coccinelle che si tenevano per mano, i corpi rossi con i puntini neri, le zampette sottili e le antenne lunghe.

"Carino" dissi, "l'hai fatto tu?"

"L'ha fatto Mattia. Questo è il sasso che gli ho regalato tempo fa."

"Ah. Quindi è tornato."

"No. L'ho trovato in giardino, vicino alla siepe perimetrale. Deve averlo lanciato da fuori. Non so da quanto fosse lì."

"E che significa?"

Lo guardò come per cercare di capirlo, come di certo aveva già fatto molte altre volte prima di decidersi a venire a cercarmi.

"Io credo che sia una specie di... messaggio."

"Cioè?"

"Forse vuole vedermi ma c'è qualcosa che glielo impedisce."

"Tipo i suoi genitori?"

"Non credo. I suoi, da quello che ho capito, lo lasciano abbastanza libero di fare quello che vuole. Dev'esserci qualcos'altro."

"E quindi questo sasso sarebbe una richiesta di aiuto?"

"Beh, potrebbe essere... forse vuole che sia io ad andare da lui."

Alzai le spalle. "Fallo allora."

"È una parola. Tanto per cominciare non ho idea di dove abita. Mica posso mettermi a girare a vanvera per la città."

"Guarda nell'elenco telefonico, come fa di cognome?"

"Non lo so. Non gliel'ho mai chiesto. Non mi sembrava importante."

"Allora... devi passarti i negozi di fiori. Mi sa che non ci sono altre possibilità."

"Sì. Sono d'accordo. In effetti ci avevo già pensato. È per questo che sono venuto a cercarti. Vorrei che lo facessi tu."

"Io? Perché?"

"Metti che mi sia sbagliato e che volesse solo restituirmi il sasso dopo averlo dipinto, che in realtà non voglia affatto incontrarmi. Sarebbe una delusione troppo grande, capisci? Se ci parli tu è meglio, magari rimani sul vago, insomma fai una specie di indagine. Chiedi perché non si è più fatto vivo."

Riflettei. Non avrei voluto essere coinvolto in quella storia, tuttavia in quel modo sarei stato informato in prima persona sugli sviluppi e, qualora avessi riscontrato dei problemi, avrei potuto informare l'Ingegnere.

"Va bene. Lo faccio io."

Mi abbracciò. "Sei un vero amico" disse.

Fu in quel momento che, per la prima volta, avvertii la sensazione acida del pentimento. Mi chiesi se l'incarico di cercare e parlare con Mattia mi fosse stato affidato da un destino burlone che voleva mettermi d'innanzi alle conseguenze delle mie azioni oppure se si trattasse di un'occasione, probabilmente unica e irripetibile, di trovare un rimedio e riuscire così a espiare, almeno in parte, i miei peccati.

38

Tommaso

Chiunque ci vedesse insieme finiva prima o poi per dirlo, quasi fosse di un'evidenza tale da sentire il bisogno di farlo, rivolgendosi direttamente a noi, *che bella coppia che siete,* oppure a qualcun altro nei paraggi, *che bella coppia che sono.*

A forza di sentirlo ripetere mi ero convinto che fosse vero e capitava che, di tanto in tanto, mi soffermassi a pensare a noi e alla fortuna che avevamo avuto nell'incontrarci. Ci eravamo messi insieme quasi subito, tra un capitolo e l'altro del *Paziente inglese,* c'erano stati baci sulle guance che avevano aperto la strada a quelli veri, con le labbra e le lingue aggrovigliate, eravamo diventati una coppia senza che nessuno dei due l'avesse chiesto all'altro, non ce n'era stato bisogno, i fatti avevano preceduto le intenzioni.

Mi piacevano quei baci, mi piacevano le carezze che ci scambiavamo all'ombra degli alberi, mi piacevano i nostri pomeriggi insieme e anche quell'aura di normalità che mi aveva avvolto e che per nessuna ragione al mondo avrei mai abbandonato. Niente più sensi di colpa, finalmente ero come mi volevano, mia madre mi riservava sorrisi compiaciuti e si prodigava in mille modi per assecondare ogni presunto desiderio di Simona; quando ci veniva a salutare in giardino era *lei* che avvicinava e baciava, due baci in successione sulle guance che accompagnava con un *tesoro, come stai?*

Del vecchio me stesso, quello che bramava l'amore di altri maschi, di Leo, di Mattia, non era rimasto nulla. Certo, per quanto desiderassi Simona dovevo ammettere che si trattava di un desiderio diverso, più orientato alla tenerezza dei gesti che non alla sessualità vera e propria, d'altronde non ci eravamo ancora spinti troppo in là nei nostri rapporti carnali, né presumevo che l'avremmo fatto nell'immediato futuro. Ero quindi consapevole che una differenza c'era, magari difficile da descrivere, sfuggente a ogni tentativo di definizione, ma innegabile, legata non tanto a ciò che provavo quanto piuttosto a ciò che *non* provavo, mentre le mie mani palpavano timidamente i suoi seni e le sue sfioravano l'interno delle mie cosce in titubanti tentativi di esplorazione reciproca.

Non avevo strumenti di misurazione del battito cardiaco o della temperatura corporea né una conoscenza adeguata della biologia umana per descrivere in maniera oggettiva quelle differenze, inoltre non mi era mai capitato di compiere quegli stessi gesti con un ragazzo, ma sapevo che anche solo pensarli mi provocava sensazioni diverse, più vivide, potenti, reali, a dispetto della dimensione immaginaria in cui erano collocati. Tuttavia ero convinto che, col passare del tempo, queste differenze sarebbero scemate e che tutti i sentimenti sbagliati e innaturali di cui ero stato vittima in passato avrebbero smesso per sempre di perseguitarmi.

Non avrei mai immaginato che fosse sufficiente la vista di un sasso per riaccendere quel fuoco che tanto faticosamente avevo cercato di spegnere, né che potessero, le fiamme, riprendere vigore con tale intensità da indurmi a chiedere a Simona di andarsene adducendo una scusa qualsiasi e poi chiudermi in camera a guardarlo, come fosse una reliquia di inestimabile valore.

L'avevo riconosciuto subito quel sasso, seminascosto nell'erba, l'avevo raccolto e osservato a lungo, e avevo guardato oltre la siepe come se lui potesse essere ancora lì, immobile nella posizione successiva al lancio, barcollante sul piede destro e con la mano penzolante all'indietro, perennemente in bilico su sé stesso come lo ricordavo. Avevo accarezzato il sasso, sentito sotto i polpastrelli il leggero rilievo della pittura, avevo cercato il significato del disegno, due coccinelle in posizione eretta che si tenevano per mano, eravamo forse noi due che finalmente stavamo camminando, insieme, verso il nostro futuro? Era forse una risposta a quella domanda, *noi siamo... più che amici, no?*

In mezzo a tante supposizioni l'unica certezza era che non sarei rimasto con le mani in mano a cullarmi nei dubbi, avrei cercato di scoprire il significato di quel sasso e con esso il motivo della scomparsa di Mattia.

Ma per farlo avevo bisogno dell'aiuto di un amico fidato.

"Va bene. Lo faccio io" aveva detto Leo.

Poi la caccia era iniziata.

39

Amelia

Aveva rifiutato di dirmi di cosa avevano parlato. Feci finta di niente ma questa cosa mi era scocciata parecchio. Sospettavo che avesse a che fare con Mattia, quello strano tipo di cui credevo ci fossimo liberati per sempre. Solo lui era in grado di scatenare reazioni scomposte in mio fratello e quella sua irruzione nella nostra intimità di freschi fidanzatini era certamente tale.

"Vabbè, se non vuoi dirmi nulla allora io non ti dirò un segreto che conosco" dissi alzandomi in piedi. Mi guardava dal basso, incuriosito, un mezzo sorriso gli pendeva dalla bocca, come indeciso se aprirsi del tutto o lasciar spazio a un'espressione più neutra.

"Che segreto?"

Alzai le spalle e mimai la chiusura di un'immaginaria cerniera da una parte all'altra della bocca.

"Dimmi almeno chi riguarda, questo segreto."

"Mio padre."

"Addirittura..."

"Che c'è, pensavi forse che lui non avesse segreti?"

"No, affatto. Pensavo piuttosto che non li rivelasse."

"Infatti non mi ha rivelato un bel niente. L'ho scoperto io."

"Allora non dev'essere un gran segreto."

"Ho molte qualità sai. Se voglio posso scoprire tutto. Ad esempio, quella cosa che ti ha detto poco fa mio fratello sono certa riguardi quel Mattia."

"Non era poi così difficile..."

"Che c'è... è tornato da lui?"

"Non posso dirtelo. Chiedi a Tommy."

"Peccato. Quella cosa su mio padre era veramente succosa."

"Stronzate..."

Mi alzai in piedi, mi sgranchii le gambe, ero certa che sarebbe crollato, dovevo solo tenerlo sulle spine per un po'.

"Ho voglia di correre" dissi. Non avevo l'abbigliamento adatto quindi mi avviai verso casa a cambiarmi, Leo mi seguì borbottando qualcosa sul fatto che correre lo annoiava, io non replicai, neppure a me divertiva ma avevo bisogno di stare da sola per riflettere sulle prossime mosse da fare, decidere se rivelare a lui quella cosa su mio padre, tenuto conto che fino a quel momento io era l'unica a saperla, perlomeno all'interno della famiglia.

"Ti aspetto qui" disse sedendosi sotto il gazebo.

Quando tornai poco dopo non era solo, con lui c'era Tommy e stavano parlottando e scrivendo su un foglio di carta. Mi avvicinai ma appena mi videro nascosero tutto.

"State progettando una rapina?" chiesi mentre facevo allungamenti per prepararmi alla corsa.

Nessuno dei due rispose, restarono in silenzio ad aspettare che mi decidessi ad andare.

"Qualunque cosa stiate facendo sappiate che *io* potrei esservi utile. Senza offesa ma ho più cervello di voi due maschietti messi insieme."

Tommy borbottò che in effetti era vero e che il problema era proprio che usavo il mio super cervello per scopi maligni. Leo fece un cenno di disapprovazione, come se volesse prendere le distanze da lui senza però intervenire nella nostra discussione.

Li mandai al diavolo e cominciai a correre.

Più tardi Leo mi disse che aveva delle cose da fare e che non sarebbe venuto in villa per qualche giorno. Capii subito che c'era una correlazione tra quelle *cose da fare* e il parlottio di prima con Tommy.

Mi mostrai delusa, lo allontanai con un gesto della mano, "fa quello che vuoi" dissi.

Sembrò valutare se valesse la pena litigare con me per quella cosa, poi dovette optare per un no.

"Mi ha chiesto di cercare quel tipo, Mattia. Tommy ha trovato un sasso dipinto per terra, dice che l'ha lanciato lui e che potrebbe essere una specie di messaggio. Però non vuole incontrarlo prima che io abbia, per così dire, sondato il terreno."

"Quindi ti dai alla caccia al tesoro?"

"Devo passare in tutti i fioristi della città finché non lo trovo. Prima stavamo facendo un elenco prendendo i nomi dalle Pagine Gialle."

"Ma è una follia. Credevo che fosse una storia vecchia ormai."

"Evidentemente no. Comunque lo faccio volentieri. Glielo devo, a Tommy."

"Perché?"

Sorrise, "perché è grazie a lui se ci siamo incontrati."

Così dicendo mi afferrò da dietro e mi baciò sul collo. Lo scacciai ridendo, dissi che Tommy andava difeso da sé stesso, "se trovi Mattia e ci parli faresti meglio a consultarti con me prima di riferire a lui."

"Non posso farlo" rispose.

"Non sei obbligato. È solo un consiglio."

"Ci penserò. Magari non lo trovo neppure, forse ha cambiato città, o nazione."

"Può essere. In fondo ci dev'essere stato un motivo se non è più tornato."

"Le coppie si formano e si disfano. Magari si era stufato di Tommy. Una volta li ho visti litigare."

"Cosa? E bravo... li hai spiati."

"No macché. È successo per caso. E poi senti chi parla..."

"Comunque sia devi essere cauto. Mio fratello ha un lato oscuro. Sono certa che sarebbe capace di qualsiasi cosa se questa sua parte dovesse prendere il sopravvento."

"Sei preoccupata per Mattia? O per me?"

"Per chiunque gli faccia un torto."

"Secondo me invece non farebbe male a una mosca."

"Pensala come vuoi, e vedi di tornare prima possibile."

"Sì, certo. Lo so che senza di me non vivi."

"No, non è per questo. È che devo mantenere i patti e svelarti il segreto di mio padre."

"Dimmelo ora."

"Non è possibile. Devo mostrartelo. Non è così semplice."

Mi baciò. Dovevo ammettere che, pur nella finzione, mi piaceva essere baciata da lui.

"A presto" disse allontanandosi.

40

Leonardo

L'elenco comprendeva trenta negozi di fiori. Da un veloce calcolo, passandone cinque al giorno, nella peggiore delle ipotesi ne sarebbero occorsi sei. Trovai Mattia al terzo giorno, seduto dietro un bancone color caramello, dentro un piccolo negozio saturo di profumi mescolati e indistinguibili, con vasi e vasetti distribuiti sul pavimento e sopra mensole disposte ovunque.

Fui sollevato di vederlo, anche per non dover più ripetere la manfrina che ripetevo ogni volta a pappagallo, *scusi il disturbo, sto cercando un ragazzo della mia età di nome Mattia, so solo che i suoi genitori hanno un negozio di fiori, per caso è suo figlio?*

A villa Cecilia ci eravamo incrociati poche volte quindi non mi stupì che non si ricordasse di me; mi accolse come avrebbe fatto con un cliente qualsiasi, chiedendomi di cosa avessi bisogno.

"Ciao Mattia, sono Leonardo, un amico di Tommaso Fioravanti."

Nessuna reazione apparente, fece fare mezzo giro in senso orario alla sedia, dalla nuova posizione che assunse mi guardava di sbieco, dava quasi l'impressione che la sedia avesse una sua volontà e lui non potesse opporsi.

"Hai presente? Tommy..."

Annuì. Ma non disse nulla.

"Ecco... lui mi ha mandato a cercarti perché vorrebbe sapere... insomma ha trovato il sasso con le coccinelle e... si chiedeva per quale motivo l'hai gettato dentro la villa..."

Mi resi conto che non avevo preparato uno straccio di discorso, forse pensavo che non ce ne fosse stato bisogno, che tanto non sarei riuscito a trovarlo, o forse me n'ero semplicemente dimenticato.

"Ho rispettato il patto. Non sono entrato dentro. Ho solo gettato il sasso."

"Che patto? Di cosa stai parlando?"

"Il patto che ho fatto con quelle persone. Non dirgli niente del sasso, mi raccomando. Volevo solo che Tommy lo avesse."

"Quali persone?"

Non rispose, ora la sedia era in perenne movimento, a ogni cambio di direzione il corpo di Mattia sobbalzava per poi riallinearsi.

"Mattia, quali persone?"

"Quelle che sono venute qui."

"Cosa ti hanno detto esattamente?"

"Hanno detto che dovevo stare alla larga da Tommy. Hanno detto che era stato lui a mandarli ma io non ci ho creduto. Il mio amico Tommy non l'avrebbe mai fatto. Quelli erano carogne..."

"Ti hanno minacciato?"

Annuì. "Ho ancora qualche segno, ma li nascondo. Non voglio che i miei lo sappiano. Abbiamo fatto un patto, io sparivo e loro non tornavano."

"Stai dicendo... ti hanno picchiato?"

Distolse lo sguardo. Era in evidente disagio, probabilmente gli pesava parecchio dover ricordare la scena. D'altronde il quadro era abbastanza chiaro, l'Ingegnere aveva pensato bene di risolvere la questione mandando due scagnozzi a picchiare un ragazzo per tenerlo lontano da suo figlio. Non avrei mai pensato che fosse capace di tanto.

"Mi dispiace Mattia. Spero che tu stia bene" dissi. Feci per andarmene, quando lui si alzò in piedi.

"Aspetta" esclamò.

Per la prima volta da quando ero entrato lo vedevo a figura interna e immobile, per un attimo riuscii a percepire l'attrazione che Tommy poteva avere nei suoi confronti, un'immagine fulminea che mi affrettai a scacciare, come infastidito.

"Gli è piaciuto il sasso?" chiese.

Provai pena per quel ragazzo, e insieme un senso di nausea per aver contribuito a fargli del male.

"Moltissimo" risposi.

Ero talmente sconvolto che lasciai passare qualche altro giorno prima di tornare alla villa. Forse temevo che avrei potuto incontrare l'Ingegnere e non ero certo che sarei riuscito a nascondere il mio sdegno per ciò che aveva fatto, mi immaginavo mentre lo affrontavo faccia a faccia e, rosso in viso per la rabbia, lo mettevo d'innanzi alle sue responsabilità. Utilizzai quel tempo anche per decidere se raccontare l'accaduto ad Amelia, l'istinto mi diceva di non farlo ma forse lei mi avrebbe aiutato a trovare le parole giuste per riferire a Tommy ciò che avevo scoperto. Alla fine mi ritrovai a parlare con lei, nascosti come ladri in un angolo del parco per timore di essere visti da Tommy che, come disse sua sorella, stava aspettando con ansia il mio ritorno. Raccontai tutto, lei non si mostrò affatto sorpresa, disse che aveva sospettato che ci fosse lo zampino di suo padre in quella faccenda.

"Mi chiedo solo come abbia fatto a sapere di loro."

"Sarà stata vostra madre a dirglielo" ipotizzai, senza guardarla per paura di lasciar trasparire il senso di vergogna che mi opprimeva.

Scosse la testa, "no, mia madre ha tanti difetti ma non è stupida, non l'avrebbe mai fatto, adora Tommy e, fosse per lei, la sua omosessualità non sarebbe un problema."

Alzai le spalle, "allora forse li ha visti lui, tuo padre."

Rise. "Forse non ci hai fatto caso ma Tommy si guardava bene dal frequentare Mattia ogni volta che nostro padre era a casa."

"Allora chi?" dissi, e parevo davvero ansioso di scoprirlo.

"Secondo me un dipendente. Qualcuno del personale di servizio. Sono tutti impiccioni."

Mi rilassai. "Sì, può darsi."

"Comunque sia faremo così. Dirai a Tommy che hai incontrato Mattia e che ti ha riferito di aver smesso di frequentarlo perché si è innamorato di una ragazza. Dirai che il sasso è stato il suo regalo d'addio e che ti ha pregato di lasciarlo in pace. Te la senti?"

Annuii. Sentivo un rimescolamento nello stomaco simile al mal d'auto che provavo quando mi capitava di percorrere strade di montagna seduto sul sedile posteriore della vecchia Fiat Uno di mio padre.

"Sì" dissi, "certo che me la sento. Ma non sono sicuro che sia la cosa giusta da fare."

"Ah no? E quale sarebbe, secondo te, la cosa giusta da fare?"

"Ad esempio dire a Tommy la verità."

Mimò un applauso al rallentatore. "Bravo. Davvero furbo. E quali immagini sarebbero le conseguenze di questa rivelazione?"

"Non so. Dimmelo tu, visto che sai tutto."

"Non ne ho la più pallida idea. È proprio questo il problema. Non sappiamo come Tommy reagirebbe. Possiamo fare delle ipotesi. Ipotesi a: si arrabbia, affronta nostro padre e scoppia una guerra in famiglia. Davide contro Golia, hai presente? Tommy ne esce distrutto e la sua storia con Mattia è comunque finita. Ipotesi b: Tommy manda giù e subisce passivamente perché non ha il coraggio di reagire. Stesso risultato di prima."

Aveva ragione. Non ribattei. Non c'era molto altro da dire.

"Quindi gli devo mentire per il suo bene?"

"Esatto, a volte è la cosa migliore da fare."

"Non sono abituato a mentire. Non ne sono capace."

"Oh, non ti preoccupare per questo" disse buttandomi le braccia al collo, "posso insegnarti io."

41

Tommaso

Restai zitto per un tempo lunghissimo in attesa che continuasse, non potevo credere che fosse tutto lì, due frasi intervallate da una breve pausa, nient'altro da aggiungere.

Ha detto che non si è più fatto vivo perché ha incontrato una ragazza, una certa Paola, si sono innamorati...

Ha detto di lasciarlo stare.

"E poi?" chiesi dopo quella lunga attesa, come spazientito.

"E poi me ne sono andato" rispose Leo. Sembrava intimorito, come se volessi incolparlo del fallimento della missione. In realtà non ce l'avevo con lui, tutt'altro, gli ero grato per avermi sottratto all'umiliazione di sentire quelle due frasi direttamente da Mattia, per essere stato il ponte attraverso il quale quella notizia mi era giunta, in qualche modo depotenziata.

"Ma ti sembrava felice?" chiesi poi.

Mi guardò con aria compassionevole. "Ti conviene dimenticarlo. Così ti fai del male."

"Parlami del negozio" insistetti. Era come se sapessi che, una volta terminata quella conversazione, non avrei più sentito parlare di lui e rifiutassi ostinatamente di accettarlo; oppure volevo solo prolungare l'arrivo, inesorabile, di quel momento.

Mi descrisse il negozio, ascoltai ogni parola con attenzione e intanto lo immaginavo, collocandoci dentro Mattia. A un certo punto mi chiesi come facesse, goffo com'era nei movimenti, a non urtare di continuo i vasi e le piante che, da come raccontava Leo, erano disseminati dappertutto. A quel pensiero sorrisi, e dovette sembrare strano a Leo che smise di colpo di parlare.

"Tutto bene?" chiese.

Feci cenno di sì. In realtà mi sentivo morire dentro.

Dal giorno del ritrovamento del sasso avevo interrotto ogni rapporto con Simona, fingendo problemi di salute non meglio precisati che mi avevano costretto a rimanere in casa e, dato che l'estate era agli sgoccioli, l'avevo invitata a godersi la piscina senza di me. Avevo atteso di ricevere notizie da Leo chiuso nella mia stanza chiedendomi fino a che punto il mio rapporto con quella ragazza fosse finto, visto che era bastato così poco per indurmi ad allontanarla. A questa, come ad altre domande che mi ronzarono in testa in quei giorni, non diedi una vera risposta. Lasciai che l'ozio dell'attesa anestetizzasse la ricerca della verità e mi lasciai cullare dalla musica jazz che ascoltavo disteso sul letto alimentando con l'immaginazione quella speranza di rivedere Mattia che da flebile divenne sempre più consistente col passare delle ore. Quando poi ricevetti le tristi notizie da Leo e mi decisi a tornare all'aperto, la vista di Simona fu come gettare sale su una ferita ancora aperta e tutte le domande che avevo accantonato tornarono a ronzarmi in testa come sciami di vespe fameliche.

Che qualcosa fosse cambiato anche per lei mi apparve subito chiaro dalla distanza, sia fisica che mentale, che mantenne tra noi per il resto dell'estate. Quella separazione aveva segnato un prima e un dopo, della nostra intesa precedente non era rimasto nulla, l'avevamo smarrita e nessuno dei due fece nulla per cercare di ritrovarla. Per certi versi fu un sollievo poiché la parte autentica di quel rapporto, predominante all'inizio, stava lasciando sempre più spazio a quella finta, e di certo avrebbe finito per scomparire del tutto sopraffatta dalle dinamiche di coppia che, per quanto mi sforzassi di assecondare, avrei finito per subire passivamente.

Non fu necessario dire nulla, lasciammo che il nostro rapporto tornasse sui binari dell'amicizia fino a quando, finita l'estate, lei smise di frequentare la villa. Non rivederla più mi permise di chiudere i conti con quella breve relazione eterosessuale, calcificarla nella memoria e conservarla così, statica e preziosa nella sua unicità, sempre disponibile per essere ricordata con una punta di rimpianto.

42

Amelia

Alla fine dovetti dirglielo. Non la smetteva di asfissiarmi con le sue paranoie, me la trovavo davanti di continuo con quell'aria afflitta e quelle mani intrecciate, sempre a chiedere la stessa cosa, "come sta Tommy? Posso salire a trovarlo?"

La presi da parte, tirandola per il lembo di quella sua maglietta fuori moda, parve spaventarsi, forse temeva che dovessi darle una brutta notizia circa le condizioni di salute di Tommy, invece dissi che lui stava benissimo, che non era affatto malato.

"Ma che dici?" mormorò. Quella sua vocina pareva il cinguettio di un canarino appena caduto dentro il recinto di un gattile.

"Odio dovertelo dire ma me lo ha chiesto lui. Ho rimandato anche troppo. È giunto il momento."

Si incurvò verso di me, "cosa devi dirmi?"

"Tommy è gay."

Lasciai che assorbisse la cosa, lo fece rimanendo ferma in quella strana posizione, leggermente china in avanti con le braccia distanziate, come se si apprestasse a fare un inchino.

"Credeva di potersi innamorare di te ma ora ha capito che non accadrà mai. Sarebbe contento di averti come amica, se tu sei d'accordo."

Corse via, la guardai allontanarsi lungo il sentiero che si inoltrava nel parco, singhiozzante. In seguito, quello stesso giorno, ebbi modo di parlarle nuovamente, convenimmo che la cosa migliore da fare fosse che continuasse a frequentare la villa, la sua relazione con Tommy sarebbe apparsa a tutti come semplicemente finita. Sottolineai più volte l'importanza del fatto che nessuno doveva sapere ciò che le avevo rivelato.

"Tommy ne soffrirebbe troppo, se accadesse" dissi. "E non dovrai mai parlare di questa cosa con lui."

Giurò che non l'avrebbe fatto. Quando se ne andò, gli occhi gonfi di pianto e le unghie mangiucchiate, pensai che non l'avrei sopportata un minuto di più.

"Sei pronto?" chiesi a Leo.

Mi guardò come per cercare di capire se fosse tutto uno scherzo, "sono pronto."

Gli feci cenno di seguirmi. Erano giorni che aspettavo il momento giusto, finalmente era arrivato. Mia madre non sarebbe tornata prima di sera, il personale di servizio, a quell'ora del pomeriggio, era ridotto al minimo e impegnato in attività esterne alla casa, mio fratello se ne stava chiuso in camera ad ascoltare quella sua strana musica a base di trombe e sassofoni.

Salimmo le scale principali, attraversammo un corridoio che conduceva alla parte della villa riservata ai miei genitori, quattro stanze in tutto, la camera da letto, lo studio, la libreria, il salottino, oltre ai due bagni identici e speculari separati da una porta a soffietto. Entrammo nello studio, "ci siamo" dissi rivolta a Leo che mi guardò stupito. "Sarebbe questo il segreto di tuo padre?" Indicai la parete opposta alla porta di entrata, realizzata con mattoni a vista, mi avvicinai e cercai un punto preciso, feci pressione con entrambe le mani e, dopo aver ottenuto un primo quasi impercettibile spostamento, mi fermai.

"Devi giurare su tua madre che non dirai mai a nessuno ciò che stai per vedere" dissi.

"Giuro."

"Allora vieni qui e aiutami a spingere."

Pochi istanti dopo la porta mimetizzata nella parete era stata mossa a sufficienza per consentirci di entrare.

"Benvenuto nel nascondiglio segreto di mio padre" dissi.

Leo teneva la bocca spalancata per la meraviglia, si guardava intorno come se fosse un archeologo che ha appena scoperto la tomba di un faraone. In realtà non c'era molto da vedere, l'arredamento di quella piccola stanza era infatti piuttosto scarno, un tavolo di legno, una cassettiera, qualche scaffale appeso al muro, un armadio.

"A che gli serve una stanza segreta?" chiese.

"A conservare segreti" risposi.

"Non fa una piega."

Dentro l'armadio c'erano diversi fascicoli impilati, ne presi uno e cominciai a sfogliarlo, era pieno zeppo di nomi, numeri e date scritti a mano, in bella calligrafia.

"Sarebbero questi i segreti?" chiese Leo prendendone uno a sua volta, mostrando, dalle smorfie che faceva, di non capirne affatto il senso.

"Mai sentito parlare di tangenti?" chiesi.

Tornò a sfogliare il fascicolo come se, alla luce di quella domanda, fosse tutto chiaro.

"Porca boia... Tutti questi numeri sono... soldi?"

"Soldi dati per ottenere lavori. A prezzo gonfiato, s'intende."

Avvertimmo un rumore provenire da fuori.

"Metti a posto, andiamocene" sussurrai.

Richiudemmo la porta segreta, uscimmo dallo studio facendo finta di nulla, avvistammo Tommy poco distante, camminava col walkman in mano e le cuffie alle orecchie. Passandoci davanti accennò un saluto ma non si fermò.

Pochi minuti dopo eravamo in cucina, seduti al tavolo a penisola a sorseggiare coca cola ghiacciata.

"Incredibile" disse Leo.

"Cosa è incredibile?"

"Tuo padre. Mi ero fatto un'opinione diversa. È un farabutto."

Annuii. "Sì, lo penso anch'io. Ma guarda che questa cosa di pagare tangenti la fanno tutti. Non guardi la TV?"

"E se lo arrestano?"

Alzai le spalle. "Credo che sappia come fare per evitarlo."

"Come hai scoperto la stanza?"

"Un giorno, sarà stato un anno fa, sono entrata nello studio. Mi capita di andarci, di tanto in tanto, a curiosare. Mi piace l'odore che c'è, non so spiegarti... Comunque, non sapevo che lui fosse in casa, non l'avevo sentito arrivare, quando sono entrata ho visto la porta segreta socchiusa. Figurati che per un istante ho pensato che ci fossero i ladri, che avessero fatto un buco nella parete. Però non sono scappata, ho sentito nell'aria il profumo della colonia di papà e ho capito che non c'era nessun ladro. Qualche giorno dopo sono entrata dentro. Era più o meno tutto come oggi, c'erano solo meno fascicoli."

"E come sei sicura che non lo sappia nessun altro?"

"Nessun altro della famiglia. Di certo lo sanno gli operai che hanno fatto i lavori, ma quelli sono suoi dipendenti, non lo direbbero a nessuno. Mia madre non credo lo sappia ma non posso esserne certa, ovviamente. Finito con le domande?"

Sorrise. "Solo un'altra. L'ultima."

"Spara."

"Perché hai deciso di dirlo a me?"

"Avevamo fatto un patto, ricordi?"

"Non mi sembri la persona che si preoccupa di rispettare i patti."

"Così mi offendi..."

"Non sei neppure la persona che si offende facilmente."

"Cosa ti fa pensare di conoscermi così bene?"

"Ti conosco abbastanza."

"Se mi conosci dovresti averlo capito da solo, perché ho deciso di dirtelo."

Sembrò incuriosito da quell'affermazione, lo vidi esplorare varie ipotesi mentali senza successo.

"Non ci arrivo. Dimmelo tu."

"Diciamo che voglio condividere con te le cose importanti che mi riguardano. Il fatto che mio padre abbia una stanza segreta dove nasconde i registri delle tangenti pagate può essere considerata una cosa importante che mi riguarda, anche se indirettamente. E poi sapevo che saresti rimasto colpito. Una ragazza deve cercare di stupire il proprio ragazzo, non credi?”

“Immagino di sì. La cosa dovrebbe essere reciproca. Se vuoi posso mostrarti un segreto di mio padre, tipo la sua collezione di tappini dei succhi di frutta.”

“Io non desidero essere stupita. Il fatto che tu appartenga a una famiglia normale è molto importante per me. Non sopporterei di mettermi con un figlio di papà.”

“Beh, allora andiamo alla grande...”

Mi avvicinai, mi sedetti sopra di lui, lo baciai.

“Secondo me siamo pronti per il prossimo passo” sussurrai all’orecchio dopo averlo mordicchiato.

Sentii la sua eccitazione crescere sotto di me, fu inebriante. Mi chiesi se, a quel punto della nostra storia, stessi ancora fingendo.

43

Leonardo

A un certo punto dovetti ammettere con me stesso che la relazione segreta con Amelia mi stava coinvolgendo oltre le mie aspettative e pensai che avremmo dovuto valutare le conseguenze nel caso fossimo stati scoperti. In varie occasioni provai ad affrontare l'argomento ma lei mi ricacciava in bocca le parole a suon di baci, che via via divennero sempre più appassionati fino a lasciar presagire che potessero, una di quelle volte, dar seguito a qualcosa di più. Desideravo che accadesse ma allo stesso tempo lo consideravo un punto di non ritorno, ero da sempre intimorito da tutto ciò che è irreversibile, quindi ci trovammo per settimane a percorrere un sentiero tortuoso con Amelia che premeva sull'acceleratore e io che, pur con sempre minor convinzione, mi ostinavo a frenare.

Alla fine cedetti, una sera di ottobre, complice un cielo stellato che pareva dovesse prendere vita da un momento all'altro, ci ritrovammo nudi nel nostro posto, quello scorcio di giardino tra il boschetto di betulle e la vigna dove il terreno si innalzava in una piccola montagnola erbosa nascondendo alla vista la parte dietro, dove trovammo ad attenderci il sacco a pelo di Amelia. Avevamo deciso di lasciarlo lì da giorni nel caso ci fosse servito, senza specificare per cosa. Nessuno dei due aveva mai usato le parole *sesso* o *fare l'amore*, qualunque allusione era stata fatta riferendoci a *quello* come se fosse qualcosa di impronunciabile, come se definirlo potesse sminuirne la magia o, peggio, renderne impossibile l'avverarsi.

Era la sera della festa d'autunno, un evento che la signora Cecilia organizzava ogni anno e che richiamava in villa oltre duecento invitati, accuratamente selezionati da lei che redigeva una lista con tanto di annotazioni da sottoporre all'approvazione dall'Ingegnere. La mia presenza non era prevista, Amelia mi disse di andare comunque, che in quella bolgia nessuno ci avrebbe fatto caso.

"Sarà uno strazio, se non ci sei almeno tu finisce che faccio una pazzia" disse pregandomi, i palmi delle mani appoggiati uno sull'altro.

"Che pazzia?" chiesi.

"Vediamo... potrei gridare a ognuno degli invitati ciò che penso di lui... Però dopo i primi tre finirei per ripetermi... Potrei spogliarmi nuda e mettermi a suonare il pianoforte."

Così dicendo cominciò a sbottonarsi la camicetta. La guardavo divertito, quando però rimase in reggiseno mi allarmai, "sei matta, ma se viene qualcuno..." dissi raccogliendo la camicia da terra. Eravamo nel salone principale, c'erano domestici che andavano e venivano, alle prese con i preparativi per la festa. Per tutta risposta si alzò in piedi e cominciò a ballare, era davvero provocante fasciata in quei jeans stretti con l'ombelico in bella vista e i piccoli seni che trasparivano da sotto la stoffa. "Ti piaccio?" chiese.

"Rivestiti subito!" esclamai.

"Prima devi rispondere alla mia domanda."

"Sì sì mi piaci."

"Quanto?"

"Un casino, va bene?"

"Giura."

"Ma allora sei proprio matta. Non capisci che se passa tua madre siamo fregati?"

"Giura sulla tua vita che ti piaccio un casino."

"Giuro!"

"Sulla tua vita."

"Sulla mia cazzo di vita, va bene?"

Fece un'ultima piroetta poi afferrò la camicetta e si rivestì.

"Sei una pazzoide" dissi ridendo.

Un sorriso malizioso le comparve sul volto. Mentre si riabbottonava ripensai a quel suo balletto e mi chiesi cosa avessi fatto se, anziché nel salone della villa, fossimo stati da soli in un luogo appartato. Credo che il seme di ciò che accadde quella stessa sera sul retro della colli-

netta, con la musica dell'orchestra e il chiacchiericcio degli invitati appena percettibili in
lontananza, fu gettato durante quei tre o quattro minuti di pazzia, durante i quali, pur nella
trepidazione del pericolo, Amelia era riuscita a
intaccare ogni mia resistenza fin nelle fonda-
menta.

A quel punto la desideravo più di quanto
temessi le conseguenze di ciò che avremmo
fatto.

44

Amelia

Mi ritenevo soddisfatta.

Avevo perso la verginità dentro un sacco a pelo nel giardino di casa col figlio di un ferroviere mentre i miei genitori, poco distanti, erano impegnati a stringere mani e scambiare battute idiote insieme ad altri esemplari della loro classe sociale.

L'atto in sé non fu granché, forse per colpa mia, irrigidita dall'emozione e dal freddo o forse per colpa di Leo che, quasi altrettanto inesperto, mi parve piuttosto frettoloso e confuso. Però fu gentile, premuroso anche, mi chiese più volte se andasse tutto bene e subito prima si soffermò a guardarmi, nuda com'ero, e avvicinandosi mi baciò un orecchio e sussurrò *sei sbalorditiva*.

Il dolore fu intenso ma breve, di piacere neanche a parlarne. Subito dopo l'imbarazzo era palpabile, ce ne restammo qualche minuto seduti sulla collinetta a guardare in lontananza l'evolvere della festa, gruppi di invitati che ballavano davanti al gazebo al ritmo della musica anni 70, ci parevano alieni invasori coi loro ve-

stiti da sera super costosi e i loro lifting defor-
manti. Il mio, di vestito, era pieno di macchie
d'erba verdastre, probabilmente leso in più
punti, lo consideravo una specie di trofeo di
quella magnifica serata. A mia madre avrei
detto di essere caduta e di non aver voluto informarla subito per non distrarla
dall'organizzazione della festa.

"Dunque, ora che succede?" chiesi per rom-
pere il silenzio.

"Che deve succedere?"

"Siamo qualcosa di più di morosi?"

"Immagino di sì."

"Siamo amanti, direi."

"Direi."

"Voglio che si sappia di noi" azzardai.

La sua reazione fu meno evidente di quanto
pensassi, forse attenuata dalla stanchezza o dal
rilassamento del dopo sesso.

"Non mi sembra una buona idea."

"Sono stanca di trattenermi. Voglio essere
libera di abbracciarti, se mi va."

"Ti capisco. Vale anche per me. Ma pensa a
tuo padre, a quello che ha fatto a Mattia. Credi
che con me si comporterebbe in modo diverso?"

"Ti ho già detto che ha una buona opinione
di te. Il caso di Mattia è diverso."

"Si dicono tante cose finché non ci sono di
mezzo i propri interessi."

"Quindi io sarei un *interesse* per mio padre? Cavolo, pensavo di essere io ad avere una brutta opinione su di lui..."

"Mi sono espresso male, volevo dire che ci tiene molto a te, a tutti voi, e non credo che sarebbe felice di vederti insieme a un poveraccio come me."

"Proviamo, che ci costa?"

"Beh, tanto per cominciare ci costa il mio allontanamento a vita dalla villa."

"In quel caso ci vedremo fuori da qui."

"Credi che sarebbe la stessa cosa?"

"Sarebbe anche meglio forse. Che ne sappiamo?"

Sembrò rifletterci su. Era palesemente combattuto, anche risentito per il prolungarsi di quella conversazione.

"Ci penseremo, dai. Ora non è il momento."

"Devo tornare alla festa, o penseranno che mi hanno rapita."

"Io me ne vado. Ci vediamo domani?"

"Sì. Prepara il discorso."

"Che discorso?"

"Quello che dovrai fare a mio padre, per chiedergli il permesso di... frequentarmi."

"Io? Devo chiederglielo io?"

"E chi sennò? Sei tu che mi hai scopata, ricordi?"

A quel termine, *scopata*, fece una smorfia, come se avessi imbrattato l'immagine di noi due avvinghiati dentro il sacco a pelo rovinandola per sempre.

"Non ci penso proprio."

"Allora vaffanculo" dissi, "sei un cagasotto."

Feci per alzarmi, ma lui mi trattenne per un braccio.

"Aspetta. Lo faccio. Ma devi darmi tempo, devo prepararmi."

"Lui passerà qualche giorno a casa. È questo il momento buono."

Altra smorfia. "Poi non dirmi che non te l'avevo detto. Finirà male..."

Risi.

"Che hai da ridere?"

"È che bisticciamo proprio come una vera coppia."

"Potremmo anche fare pace come una vera coppia allora."

"Mi piacerebbe. Ma devo proprio andare."

Ci baciammo. Nel tornare verso casa pensai che probabilmente Leo aveva ragione, dirlo a mio padre non era affatto una buona idea. Tuttavia, tenuto conto del loro rapporto particolare, visto che Leo gli faceva da informatore, non avevo resistito all'idea di immaginarlo alle prese con una rivelazione che riguardava sé stesso. Sarebbe stata la fine della nostra relazione? Pazienza. Ciò che volevo da lui l'avevo già ottenuto quella sera.

45

Leonardo

L'idea di affrontare l'Ingegnere e dirgli di me e Amelia mi disturbava. E non solo perché avrei dovuto ammettere, seppur implicitamente, che tra me e sua figlia c'era già stato qualcosa (ovviamente non *quella* cosa, ma effusioni di minor portata certamente sì), ma anche perché, di fatto, non ci eravamo più parlati dalla sera della cena quando gli avevo fatto il mio primo e unico rapporto sugli accadimenti della villa. Gli elementi disturbanti di quel prossimo incontro erano sostanzialmente tre: primo, la mia opinione su di lui era cambiata dopo aver visto i lividi sulle braccia di Mattia e non sapevo se tale mutamento avrebbe influito sul mio modo di rapportarmi; secondo, il mio ruolo di informatore per quanto ne sapevo non era mai stato revocato, perciò temevo che mi avrebbe chiesto notizie fresche e, a parte la mia relazione con sua figlia, non avevo null'altro da riferire; terzo, non sapevo come avrebbe reagito sapendo di noi e, se da un lato temevo che mi avrebbe cacciato di casa, dovevo pur ammettere che, col passare delle ore, la curiosità di scoprire le carte aumentava sempre più. *O la va o la spacca* pensavo tra me e me percorrendo l'ultimo tratto di strada che mi separava dalla villa. Vi giunsi piuttosto trafelato per via della giacca sportiva che avevo scelto per fare bella figura e che durante il tragitto in bici mi aveva ingoffato nei movimenti e accalorato oltre misura. Mentre cercavo di ricompormi vidi Amelia uscire di casa, indossava un completo da tennis e teneva in mano la racchetta e un tubo di palline.

"Ehi, cambiati che facciamo una partita" gridò.

Subito dietro di lei c'erano entrambi i suoi genitori, la signora Cecilia elegantissima in una tuta color salmone e l'Ingegnere, pantaloni corti e maglietta coordinati, teneva la racchetta sotto braccio e parlava gesticolando alla moglie, nessuno dei due fece caso a me e tutti e tre si avviarono al campo, era sottinteso che mi avrebbero atteso lì prima possibile.

Corsi allo spogliatoio dov'era parcheggiata la mia borsa con l'occorrente, mi cambiai in fretta e furia, quando entrai nel campo stavano palleggiando, Amelia e sua madre da una parte, l'Ingegnere dall'altra. Capii che ero stato designato in coppia con lui, la cosa mi diede un brivido lungo la schiena, provai una sensazione di inadeguatezza, temevo che io e il mio rovescio a fionda non saremmo stati all'altezza della situazione.

L'Ingegnere giocava in modo ordinato, eseguiva i colpi con accortezza e regolarità, faceva pensare che avrebbe potuto giocare per ore senza sbagliare mai, a ogni colpo gli usciva di bocca un breve suono, quasi una smorfia, e commentava ogni punto giocato facendo i complimenti agli avversari o a sé stesso o a me a seconda di chi era riuscito a ottenerlo. Di tanto in tanto mi prendeva da parte per aggiornarmi sulla strategia da seguire, mi dava pacche sulle spalle e mi incitava a continuare così nonostante il mio gioco fosse nettamente il peggiore dei quattro e la principale causa della sconfitta che si andava profilando. Amelia chiuse l'incontro con una smorzata da applausi, ci stringemmo le mani e l'Ingegnere si complimentò con moglie e figlia per la *bella partita,* disse che nonostante la sconfitta si era divertito molto.

"Fra un mese facciamo la rivincita" disse, "durante questo periodo voglio che prendi lezioni dal maestro di tennis di mia moglie" continuò rivolgendosi a me, pur senza guardarmi. "Cecilia pensaci tu a organizzare la cosa, voglio che il ragazzo sistemi quel rovescio indecente."

Eccola, la bacchettata. Due frasi striminzite per dire che col cavolo accettava la sconfitta, era pronto a rifarsi in una prossima partita che si sarebbe svolta solo dopo che il sottoscritto, evidente causa dello smacco subito, avrebbe *sistemato quel rovescio indecente.* Non potei far altro che ringraziare per l'opportunità concessami.

"La prossima volta vinciamo" disse poi, e non riuscii a capire se si trattasse di un auspicio o di una velata minaccia.

279

"Papà, quasi dimenticavo..." disse Amelia uscendo dal campo, "Leonardo avrebbe necessità di parlarti, vero Leo?"

"Beh... sì... ma solo se non è un problema per lei, signore."

"Perbacco, nessun problema!" esclamò.

Pensai che saremmo andati insieme nello spogliatoio ma lo vidi cambiare direzione e puntare alla villa.

"Lui si cambia sempre dentro casa" mi informò Amelia, "non gli piacciono gli spogliatoi. Puoi raggiungerlo nello studio tra una mezz'ora." Mi strizzò l'occhio e mi salutò. Non dissi nulla, ero arrabbiato con lei per avermi messo in quella situazione e forse anche perché lei, in particolare, aveva contribuito a farmi fare brutta figura sul campo martellandomi sul rovescio.

La doccia servì a rigenerarmi, indossai la mia bella giacca e mi ripromisi che avrei parlato all'Ingegnere senza tentennamenti, l'avrei guardato dritto negli occhi mostrandogli che non avevo paura di lui e di ciò che rappresentava. Bussai alla porta dello studio ma non ottenni risposta. Qualche secondo dopo mi sentii chiamare dalla stanza da letto.

"Sono qui, entra."

La porta della stanza era semiaperta, la spinsi dicendo permesso, lo vidi di schiena, era davanti allo specchio intento a fare il nodo alla cravatta, "posso aspettare qui in corridoio" esclamai, ma lui fece cenno di entrare con la mano senza girarsi.

Mi guardai attorno, i mobili erano tutti in stile classico, c'era il letto, reso imponente da una grande testiera in ferro battuto, due comodini di legno coordinati col comò, un grande armadio incastonato alla parete con le ante decorate da disegni stilizzati e simmetrici, un paio di tappeti posizionati ad arte sul pavimento di legno lucentissimo.

"Ti piace?" chiese.

"Sì. Moltissimo."

"È l'unica stanza della villa che sono riuscito a scegliere. Tutto il resto è farina del sacco di mia moglie. Su questa non ho voluto sentire ragioni, niente mobili ipermoderni come quelli che piacciono tanto a lei. Non riuscirei a dormire su un letto sospeso o addirittura rotondo."

Stavo per dire che ero d'accordo con lui, visto che non mi veniva in mente altro, ma all'improvviso decise che quell'indomabile nodo poteva andare bene e scattò verso l'uscita della stanza. "Andiamo a parlare nello studio" disse.

Mi accomodai sulla sedia di fronte alla scrivania, d'impulso guardai verso la parete che nascondeva la stanza segreta poi, quasi temendo di essere scoperto, distolsi lo sguardo e lo lasciai vagare per la stanza in attesa che l'Ingegnere finisse di esaminare un documento.

"Avrei chiesto io di parlarti, sai? Allora, ci sono novità?" chiese senza guardarmi.

"No, non direi, no. Tutto regolare" risposi dando per scontato che la sua richiesta riguardasse le vicende accadute all'interno della villa.

"Ne sei proprio sicuro?"

Quella domanda mi turbò, "certamente", confermai.

"Allora ti chiedo: il nostro accordo prevedeva che tu mi raccontassi ogni cosa degna di nota, o sbaglio?"

"Nossignore. Non sbaglia."

"Quindi la tua relazione con mia figlia non la ritieni una cosa degna di nota?"

"Non... ingegnere... scusi ma... era proprio di questo che volevo parlare oggi."

"Ah, bene. Il signorino si degnava di mettermi al corrente, finalmente. Ma questa storia va avanti da un po', o no? Non immaginare cose strane, non ho altri informatori oltre a te. È stata mia moglie a dirmelo, a quanto pare non siete così bravi a nascondervi se siete riusciti a farvi beccare da lei. Comunque, caro Leo, io lo so benissimo che è solo una infatuazione tra adolescenti e non ho nulla in contrario, davvero. Il problema è lei, Cecilia. Non è disposta ad accettare che la sua piccolina stia uscendo dal nido. Quindi mi ha chiesto di parlarti per mettere le cose in chiaro. Mi stai seguendo? Hai bisogno di un bicchier d'acqua?"

"No... grazie..."

"Allora posso continuare. Avrai un mese di tempo per distaccarti da Amelia, poi smetterai di frequentare la villa. Fissiamo come ultimo giorno quello in cui giocheremo il doppio di rivincita. Durante questo mese il tuo interesse nei suoi confronti dovrà scemare progressivamente per non destare sospetti, non vogliamo che Amy scopra che siamo stati noi, sua madre e io, a provocare la vostra rottura. In quell'ultimo giorno le dirai che la vostra storia è finita e che per il bene di entrambi non tornerai alla villa mai più. Se durante questo mese avrai agito bene per lei non sarà una sorpresa. È importante che non sospetti nulla, chiaro? Guarda che non ti sto chiedendo di farlo, te lo sto ordinando. Se non sarai abbastanza convincente le conseguenze saranno terribili, puoi starne certo."

"Che conseguenze?"

"Farei in modo che tuo padre venisse licenziato, tanto per cominciare. E potrei anche mandare qualcuno dei ragazzi a casa vostra, quando tua madre è sola..."

"Ma lei è pazzo..." bisbigliai. Ero paonazzo in volto per la rabbia, avrei voluto alzarmi e prenderlo per il collo, strozzarlo con la cravatta.

"Il pazzo sei tu, ragazzo, se pensavi di venire qui e fare i comodi tuoi con mia figlia. Ora vattene, ho perso già troppo tempo dietro a te."

Sentivo un formicolio alle dita, mi mancava l'aria, mi avventai verso la porta.

"Ehi, aspetta" disse alzandosi.

Teneva in mano del denaro. Me lo porse. "Non ti ho mai ricompensato per le informazioni sul maestro di tennis e sull'amichetto di Tommy. Ecco, prendi questi, te li sei meritati."

D'istinto afferrai le banconote. Ci guardammo un'ultima volta, nel suo sguardo non vidi neppure l'ombra della rabbia o del risentimento, ebbi l'impressione che quella fosse per lui una semplice formalità, uno dei tanti impegni della giornata da sbrigare nel minor tempo possibile, tra una partita di tennis e qualche telefonata di lavoro.

"Se spifferi a qualcuno anche solo un piccolo particolare che riguardi me o la mia famiglia ti faccio scuoiare vivo" bisbigliò tornando a sedere.

Fuori dalla porta mi accorsi che stavo tremando e non sapevo se per rabbia o per paura. Forse entrambe, la rabbia per quell'aggressione verbale da cui non ero riuscito a difendermi, la paura perché avevo la sensazione, nitida, che se non facevo quanto mi era stato ordinato sarebbe stata la fine, ero certo che quel farabutto non avrebbe esitato a uccidermi.

46

Amelia

Dal giorno dell'incontro con mio padre Leonardo non fu più lo stesso. All'inizio si sforzava di replicare i suoi precedenti modi di porsi ma in realtà pareva un'altra persona, perennemente distratto, malinconico, a volte perfino ansioso. Chiesi cosa si fossero detti e lui riferì di un dialogo sincero e cordiale durante il quale mio padre aveva accennato a sospetti sul nostro conto che gli erano stati riportati dalla mamma e che sul momento lo avevano lasciato stupito e un po' preoccupato, ma il fatto che lui, Leo, si fosse proposto di parlargli per informarlo, beh, questo cambiava tutto. Lo aveva definito un gesto signorile. Aveva concluso dicendosi lieto di consentire la nostra frequentazione. Poi avevano parlato d'altro.

"Ma davvero ha detto così?" chiesi.

"Sì, certo."

"Ottimo. Ora possiamo uscire allo scoperto finalmente."

"Finalmente."

Però allo scoperto non eravamo mai usciti del tutto visto che in pubblico il nostro atteggiamento non cambiò rispetto a prima, chiunque ci vedesse insieme poteva pensare fossimo solo amici e ogni volta che, in presenza di altri, lo invitavo a una maggior intimità attraverso piccoli gesti innocui come tendergli la mano, lui svicolava o accettava di buon grado mostrando irritazione.

Quando eravamo soli le cose andavano meglio, ritrovavo nei suoi baci quel desiderio che tanto mi piaceva anche se non riuscivamo ad andare oltre per mancanza di occasioni e per una sorta di riluttanza da parte sua che, seppur non espressa chiaramente, era percepibile dietro frasi di rinuncia come *non c'è abbastanza tempo*, oppure *c'è troppa gente in giro* o ancora *capiterà di sicuro prossimamente, non dobbiamo avere fretta.*

Che fosse intenzionato a lasciarmi lo capii dopo un paio di settimane. Non ci fu un episodio in particolare, semplicemente a un certo punto riuscii ad avere una visione d'insieme, come se in un puzzle informe avessi attaccato un particolare tassello capace di svelarmi l'immagine complessiva. Quella scoperta mi infastidì, non tanto per la cosa in sé quanto piuttosto perché non ero stata in grado di prevederlo e un'unica domanda, martellante, cominciò a ronzarmi in testa. *Perché?* Fui tentata più volte di chiederlo direttamente a lui, *ho capito che hai intenzione di lasciami, ma perché?* Mi tornarono in mente le parole con cui aveva descritto l'incontro con mio padre, mi chiesi cosa ci fosse di vero in quel *dialogo sincero e cordiale* e quanto dello zampino di papà si nascondesse dietro il suo nuovo atteggiamento e la sua decisione di porre fine alla nostra storia.

Osservavo Leo alla luce di quell'intuizione e capivo che stava facendo tutto di proposito, ogni suo gesto, ogni sua parola, era finalizzata a traghettare la nostra relazione verso il mare aperto, dove sarebbe inevitabilmente affogata. Da lì nascevano le sue risposte affilate e pungenti, i malumori, le mezze parole borbottate e non ripetute, ma anche le carezze riparatrici, i saluti appiccicosi della sera, tutto era ingranaggio di un meccanismo di tira e molla che appariva intenzionale se non addirittura progettato a tavolino. E tutto ciò era incredibilmente lontano dal suo modo essere, da quella spontaneità che a volte mi sorprendevo a invidiare, quel nuovo Leo era artificioso, lunatico, volubile, a volte ridondante nel mettere in luce una mia frase o un mio atteggiamento che, a suo dire, lo avevano disturbato. Il vecchio Leo d'innanzi a quelle frasi e a quegli atteggiamenti si sarebbe fatto una risata.

"Sei diverso" dissi un giorno, dopo un bisticcio.

"Ah sì? La gente cambia, non lo sapevi?"

"È stato mio padre a dirti di fare così?"

"Cosa? Lascia perdere tuo padre..."

"Se è stato lui devi dirmelo. Possiamo affrontarlo insieme, io è da tutta la vita che ci combatto."

"Senti, non so come andrà a finire tra noi, siamo solo due ragazzi, magari restiamo insieme, magari no. Ma dipenderà solo da noi, non da altri."

"Così dovrebbe essere. Ho l'impressione che non lo sia."

"La tua impressione è sbagliata."

"Ti ha minacciato vero?"

Sorrise. Ma era un sorriso amaro. "Hai visto troppi film."

"Possibile che io sia la sola ad avere il coraggio di ribellarsi a quello stronzo?"

"Ma che dici?"

"Mia madre, mio fratello, tu... Siete tutti in balia dei suoi capricci. Non capite una cosa fondamentale. E palese."

"Sentiamola, questa cosa."

"Insieme possiamo batterlo. Se restiamo uniti e ci diciamo la verità, possiamo vincere."

"Non voglio entrarci nelle vostre beghe di famiglia. Forse dovrei smettere di venire qui una volta per tutte."

"Ma non capisci? È proprio questo il punto. Ci vuole divisi, non accetta che io, Tommy e la mamma possiamo avere rapporti umani con altre persone al di fuori della famiglia, ci vuole soli e deboli."

"Ma cosa dici? La villa è sempre piena di gente..."

"Sono tutti rapporti superficiali. Di quelli non ha paura. Ma quando qualcuno di noi si lega veramente a un'altra persona...zac! Arriva lui e taglia il filo di netto."

"Va bene, non vede di buon occhio la nostra storia. Ma mi ha detto che è soprattutto tua madre a essere contraria."

"Mia madre ti adora. Dovresti averlo capito ormai."

Quella frase lo colpì. Capii che non aveva dubitato neppure per un istante delle parole di mio padre, lui aveva questo dono, quello di apparire sincero anche se aveva passato la vita a mentire.

"Possiamo chiederlo a lei, se vuoi."

"Però gli ha raccontato di noi."

"Sì, ma non sai che parole ha usato. Magari ha detto che era felice che ci frequentassimo."

"E quindi? Che vorresti fare?"

"Ce ne freghiamo di quello che vuole lui e facciamo quello che vogliamo noi, tanto per cominciare."

"Non sai come stanno le cose... è uno che mette paura."

"Anche noi possiamo mettere paura a lui. Sappiamo cose che potrebbero inchiodarlo."

"Parli della stanza segreta? Mi sembra che stai giocando col fuoco."

"Ci puoi scommettere. Sono brava a giocare col fuoco. Fammici pensare, devo elaborare un piano. Vedrai che alla fine vinciamo noi."

Non mi parve troppo convinto ma decise di darmi corda. Quel pomeriggio facemmo l'amore per la seconda volta, chiusi nel ripostiglio degli attrezzi, sopra un materassino da mare che avevamo gonfiato usando una pompa a pedale. Fu molto meglio della prima, anche se fummo costretti a bisbigliare per tutto il tempo. Mentre lo facevamo capii che era di nuovo mio. Mi concessi a lui con tutta me stessa come per volerlo ringraziare, avevamo superato un ostacolo e ora eravamo complici, oltre che amanti. Non ero più sola nella guerra contro mio padre e sentivo che la prima grande vittoria era vicina.

In quei giorni, con Leo che pareva sempre più vicino a porre fine alla nostra storia, avevo capito anche un'altra cosa. All'inizio era solo una sensazione, calata su di me alle prime avvisaglie di quella minaccia, era rimasta paziente in attesa dell'evolvere degli eventi, come una sentinella a riposo, poi era sparita mentre eravamo stesi uno sull'altra, seminudi, dentro il ripostiglio. Di quella presenza eterea era comunque rimasto qualcosa di indecifrabile che solo in seguito compresi appieno, quasi sorprendendomi, pur essendo stata io stessa a concepirla. Si trattava della convinzione, assoluta, incondizionata, che mai e poi mai avrei permesso a qualcuno di lasciarmi.

47

Leonardo

Nei giorni seguenti all'incontro con l'Ingegnere sentii montare un odio profondo nei suoi confronti. Desideravo che morisse nei modi peggiori possibili, mi scoprivo intento a immaginarne sempre di nuovi, sempre più cruenti, le sue morti erano lente, agonizzanti, arrivavano dopo lunghe suppliche inascoltate, dopo torture indicibili e lancinanti dolori e quest'odio si rinnovava ogni volta che mi trovavo insieme ad Amelia e mettevo in scena la recita che lui mi aveva imposto.

Trasferivo parte di questa rabbia su di lei poi mi sentivo in colpa e cercavo di rimediare attraverso piccoli gesti affettuosi, fino a quando non tornavo a essere insofferente, desideroso solo di porre fine a quella straziante finzione. Col passare dei giorni la situazione peggiorò, Amelia non capiva cosa mi spingesse a comportarmi così, litigavamo, capitò varie volte che me ne andassi dalla villa senza degnarla di un saluto. Desideravo liberarmi del peso che mi portavo dentro ma avevo paura finché non fu lei, con pazienza, a guidarmi verso la confessione. Fu sempre lei a inventare un piano per neutralizzare suo padre, me lo espose la sera prima della partita di rivincita a tennis, quella che, nelle intenzioni dell'Ingegnere, avrebbe dovuto segnato la fine della mia frequentazione della villa.

"Rubiamo i fascicoli dalla stanza segreta" disse.

"E poi?"

"E poi lo ricattiamo."

"Mi sembra una follia."

"E probabilmente lo è. Ma può funzionare."

"Non so. Forse è meglio se la chiudiamo qui. Game over. Lui ha vinto e noi abbiamo perso."

"Non se ne parla. Se non mi aiuti lo faccio da sola."

"E come pensi di fare?"

"Usiamo una carriola per portarli fuori dalla villa. Poi li carichiamo sull'Ape parcheggiato sul retro, di solito lo usa il giardiniere ma ovviamente lo faremo quando lui non c'è. Quindi li portiamo in un posto sicuro."

"E quale sarebbe?"

"La casa diroccata."

Si trattava di un rudere pericolante poco distante dalla villa, sul proseguo della strada che salendo portava alla sommità della collina. Da bambini c'eravamo stati diverse volte a curiosare, di nascosto da tutti, poi aveva perso ogni attrattiva. Sapevamo però che la casa era sempre lì, uguale all'ultima volta che c'eravamo stati, solo più vecchia e più pericolante. Dovetti ammettere che era un posto perfetto per nascondere i fascicoli.

"Quando sarebbe da fare?" chiesi.

Usavo il condizionale perché non credevo davvero che l'avremmo fatto. Probabilmente non ci avrei creduto neppure mentre mi fossi trovato intento a impilare i fascicoli dentro uno scatolone, mentre li avrei trasportati fuori manovrando la carriola attraverso i corridoi e la scalinata della villa, e neppure mentre avrei guidato l'Ape lungo la strada, col rumore sguaiato del motore a denunciare lo sforzo della salita.

"L'ho sentito dire che domani, dopo la partita di tennis, deve andare a Palermo e siccome l'autista è malato ha chiesto a mia madre di accompagnarlo all'aeroporto. A quell'ora, saranno più o meno le sei del pomeriggio, Clelia sarà impegnata in cucina e il giardiniere avrà staccato da un po'. Tommy me lo immagino come sempre chiuso in camera sua. Potrebbe esserci qualche altro dipendente in giro per casa ma coprendo tutto con un telo credo che potremmo farcela senza destare sospetti."

"Quanto tempo avremmo?"

"Circa quaranta minuti prima che la mamma torni. Se non decide di fermarsi da qualche parte."

L'idea che quella cosa si potesse fare, che ci fossero le condizioni adatte di lì a qualche ora, mi generò un senso di nausea.

"Sei con me? Te la senti?"

"No, col cazzo che me la sento" risposi.

"Andrà tutto bene, vedrai. Dopo sarà tutto diverso, lo avremo in pugno finalmente."

"Lo pensi sul serio?"

"Ne sono certa."

"E a parte obbligarlo ad accettare me come tuo moroso, cos'altro pensavi di ottenere?"

Si fece una risatina. "Quella è solo la prima cosa. Poi verrà il bello. Potremmo chiedere soldi, ad esempio. Tanti soldi."

"Non si farà ricattare."

"Che vuoi che faccia? Mica può far pestare sua figlia. O il ragazzo di sua figlia."

"Non ci scommetterei."

"Comunque non si può sempre prevedere tutto, sai? Occorre essere flessibili e sapersi adattare alle circostanze. Altrimenti non c'è gusto."

Pensai che dal suo punto di vista aveva ragione. In fondo ero io quello che rischiava l'osso del collo, di certo suo padre se la sarebbe presa con me e avrebbe finito col perdonare lei. Avevo grossi dubbi che saremmo riusciti a ricattarlo, forse l'unico obiettivo alla nostra portata, in cambio della restituzione dei fascicoli, era di poter continuare a frequentarci. Ma tutto ciò non lo dissi ad Amelia. Mi piaceva sentirla parlare di quello che avremmo fatto con la montagna di soldi estorti a suo padre. Pensai che in fondo sognare non costava nulla.

48

Amelia

Il primo rumore che avvertii fu uno stridore di pneumatici, in lontananza, ma forse si trattava di un sogno. Di certo dovevano aver suonato il campanello ma dalla mia stanza non era inusuale non sentirlo, quel suono ritmato era chiaramente avvertibile solo nell'ala opposta. A svegliarmi furono i passi affrettati sulle scale, le porte aperte e richiuse di scatto, poi l'eco di una voce autoritaria all'ingresso. Mi resi conto che era l'alba ancor prima di guardare l'orologio, lo percepivo dal sonno che ancora mi impediva di muovermi nonostante avvertissi che qualcosa di strano stava accadendo.

"Non possono farlo!"

Il grido di mia madre irruppe a trafiggere ciò che restava della notte, quell'esclamazione disperata, a metà strada tra una pretesa e una richiesta, mi costrinse a vincere le ultime resistenze e ad aprire gli occhi. Altre frasi, altre voci concitate, al di là della porta chiusa, mi fecero capire. Stavano arrestando mio padre.

Socchiusi la porta e mi affacciai. Erano tutti di sotto, li sentivo ma non potevo vederli, le parole mi giungevano a frammenti come schegge impazzite di lava che schizzano ovunque dopo un'imprevista eruzione, incandescenti, violente, distruttive. Ne afferravo alcune, *carcere, avvocati, perquisizione, diritti*, a pronunciarle erano voci diverse, quella di mia madre, acuta e irriconoscibile, quella di una persona ignota, affilata e calma, quasi rassicurante nella sua freddezza, quella di mio padre, un sussurro incomprensibile, come se fosse stato svuotato di ogni energia e si apprestasse a spegnersi da un momento all'altro. Mi ci volle qualche minuto per entrare in contatto con quella nuova realtà poi il mio cervello si mise in moto, mi ritrovai seduta sul letto, in pigiama, a fare ipotesi e previsioni, anche se in realtà non avevo elementi sufficienti ed era come volersi orientare di notte su una strada sconosciuta. Ciò che feci dopo fu conseguenza di un impulso, era come se qualcuno mi guidasse e io non potessi oppormi. *Occorre essere flessibili e sapersi adattare alle circostanze* avevo detto a Leo qualche ora prima. Beh, non sapevo se quella regola valesse sempre e comunque ma di certo, mentre camminavo a piccoli passi verso lo studio di papà, la stavo applicando alla grande. Valutai che un piccolo spostamento della porta segreta, appena mezzo centimetro, fosse sufficiente per far sembrare che fosse stata richiusa male. Poi lasciai che il destino decidesse per tutti. Se gli agenti si fossero accorti di quel passaggio sarebbe stata la fine di mio padre, in caso contrario chissà, magari se la sarebbe cavata.

Tornai svelta nella mia camera, mi rimisi sotto le coperte e assunsi l'aria affranta con cui volevo essere trovata, di lì a poco, quando qualcuno della famiglia o del personale di servizio fosse venuto a informarmi dell'accaduto. Trascorsero pochi minuti e fu Clelia a entrare, ansimante, le guance arrossate dall'emozione, disse che dovevo vestirmi subito e scendere giù perché la mamma voleva parlarmi. Immaginai che pochi istanti prima avesse usato quelle stesse parole per informare Tommy. Uscimmo dalle nostre stanze quasi in contemporanea, guardandoci senza dire nulla, gli sguardi stralunati. Tommy era pallido e tremava, quando vide la mamma allungò il passo lasciandomi indietro, si abbracciarono poi lei fece cenno a me di unirmi a loro, un abbraccio a tre, o forse un artificio per poter comunicarci a bassa voce ciò che stava succedendo senza farsi sentire da altri.

"L'hanno arrestato, quei maledetti giudici. Lo dicevo io, che era diventata una barbarie. Ma vostro padre non ha nulla da nascondere, non vi preoccupate. Vincerà anche questa battaglia."

Tommy fece un paio di domande, voleva sapere di cosa lo avevano accusato, la mamma rispose che non dovevamo preoccuparci di questo, che ci avrebbero pensato gli avvocati a smontare le accuse, qualunque fossero, e che di certo si trattava di falsità belle e buone. "Tornerà a casa nel giro di qualche giorno, statene certi" concluse prima di sciogliere l'abbraccio.

Nel frattempo, tutto intorno a noi, una squadra di finanzieri stava frugando dappertutto, la mamma li guardava con un misto di rabbia e preoccupazione, fino a quando non decise che ne aveva abbastanza, si avviò verso l'uscita imprecando contro tutti, una volta fuori si accasciò sul divanetto sotto il gazebo, esausta. Tommy la imitò, le si sedette accanto, in silenzio. Io restai lì, in piedi, in apparenza come unica roccaforte della famiglia in difesa dall'orda di barbari invasori. In realtà ero solo curiosa di scoprire cosa il destino avesse deciso in merito alla stanza segreta. Quando uno degli agenti, dall'alto della scalinata, fece cenno di salire all'ufficiale a capo della perquisizione, ebbi la risposta che cercavo.

49

Leonardo

La notizia occupò le aperture dei telegiornali fin dal mattino, con collegamenti dall'esterno della villa dove frotte di cronisti riferivano dell'arresto dell'ingegner Fioravanti e di una perquisizione ancora in corso. Dalle prime indiscrezioni l'arresto era riconducibile al filone degli appalti truccati su cui la magistratura milanese stava lavorando da mesi, il nome dell'Ingegnere era stato fatto da alcuni personaggi che a vario titolo avevano partecipato alla spartizione dei lavori per il rifacimento di tratte ferroviarie nel nord Italia. La Guardia di Finanza aveva sequestrato parecchio materiale dall'interno della villa, si parlava di pile di documenti anche se al momento non si avevano notizie precise al riguardo. Seguivano inquadrature della villa, gli operatori zumavano nella speranza di riuscire a inquadrare qualche membro della famiglia, sui monitor dei televisori apparvero però solo gli agenti nelle loro divise grigie. Quando, di lì a poco, le operazioni terminarono e se ne furono andati, la villa apparve come deserta, gli occupanti asserragliati all'interno. Mio padre era al lavoro fin dall'alba, la mamma come al solito si disinteressava delle notizie, troppo presa a mandare avanti la casa, e non si accorse di nulla. Finsi di prepararmi per andare a scuola ma, una volta salito sulla bici, mi diressi verso la villa. Non provai neppure ad avvicinarmi al cancello principale, puntai direttamente a quello posteriore, seminascosto dalla siepe e in pratica inutilizzato da sempre. Ci si arrivava da una stradina sterrata troppo stretta e scoscesa per le auto, percorribile solo in bici o a piedi; provai a suonare il campanello ma non ottenni risposta. Il cancello era troppo alto per essere scavalcato, feci un timido tentativo che non portò a nulla. Restai per un po' in attesa di vedere qualcuno, ogni tanto sentivo rumori che poi si rivelavano essere provocati da uccelli; stavo per rinunciare quando vidi in lontananza la sagoma di Valeriano, il giardiniere. Stava potando degli arbusti, chino su di loro col suo cappello di paglia in testa e un paio di cesoie nella mano guantata, era piuttosto distante, difficilmente mi avrebbe visto se non avessi attirato la sua attenzione. Cominciai a gridare, lo chiamavo e mi sbracciavo ma lui continuava a tagliare rametti che poi accumulava in punti precisi per la successiva raccolta. Afferrai un sasso e lo lanciai nella sua direzione, lo vidi sparire nella chioma di un albero e subito dopo ricadere a terra, il rumore lo indusse ad alzare lo sguardo, lo chiamai a gran voce, parve udire qualcosa perché si immobilizzò, alla fine mi vide, mi venne incontro.

"Salve, sono Leonardo, un amico di Tommy e di Amelia" dissi, pensando che forse, nonostante gli anni di frequentazione della villa, potesse non riconoscermi.

"So chi sei. Che vuoi?"

"Vorrei entrare. Ho saputo... Vorrei vedere i ragazzi."

Scosse la testa. "La signora ha detto che non deve entrare nessuno. Vattene via."

Fece per allontanarsi. "Aspetti, signor Valeriano, per favore."

Si fermò senza girarsi. "Dica ad Amelia che sono qui. Aspetterò fuori. Se non verrà me ne andrò via."

Si allontanò. Non avevo idea se avrebbe riferito il mio messaggio, a quanto ne sapevo quell'uomo ubbidiva solo alla signora Cecilia. Mi sedetti per terra, tanto valeva provare ad aspettare.

Amelia arrivò di corsa poco dopo, mentre apriva mi chiese come mai non fossi a scuola, risposi che date le circostanze avevo pensato di passare per vedere se potevo essere utile in qualcosa.

"Hanno trovato la stanza segreta" disse.

"Porca troia... quindi?"

"Quindi credo proprio che mio padre sia nella merda."

Ci incamminammo verso la villa, mentre Amelia mi riassumeva i fatti accaduti poco prima, la sveglia all'alba, l'arresto, la perquisizione.

"Sei sicura che posso entrare? Non voglio essere di troppo."

"Mia madre è praticamente sotto shock, non farebbe caso a un elefante, se lo portassimo in salotto. A Tommy e a me fa piacere un po' di compagnia. La mamma ha detto che non torneremo a scuola prima di lunedì."

All'interno della villa regnava un disordine innaturale, come se fosse stata razziata da una banda di ladri in cerca della cassaforte, alcuni domestici correvano affaccendati da una parte all'altra, la signora Cecilia, seduta in un angolo, i capelli in disordine, pareva la sopravvissuta di uno tsunami che osserva la distruzione intorno a sé. Le feci un cenno di saluto a cui rispose con un lieve sorriso e un impercettibile movimento della mano. Tommy si muoveva di continuo, sembrava impaziente, vedendomi mi salutò ma non sembrava particolarmente interessato alla mia presenza, ogni tanto si fermava a controllare la posizione di uno scaffale o di un tavolino, magari la aggiustava di poco, come a volersi accertare che fosse corretta, come se stesse aspettando il ripristino della situazione precedente al *fatto* per poter ritornare alla vita di prima. Vedendolo lì in piedi mi resi conto che non gli parlavo da settimane, preso com'ero stato dalla mia storia con Amelia prima e dalle minacce di loro padre poi. A scuola era sempre silenzioso e imbronciato, i nostri dialoghi per lo più limitati a questioni di studio e di pomeriggio, quando andavo in villa, lui di solito se ne stava chiuso nella sua stanza e siccome io trascorrevo tutto il tempo insieme a sua sorella non mi ero mai preso la briga di invitarlo a uscire. Mi dispiaceva vederlo così, trasandato e ansioso, avrei voluto fare qualcosa per aiutarlo ma poiché non sapevo cosa fare finii per continuare a non parlargli, mi limitai a passargli una mano sulla spalla dopo essermi avvicinato in modo quasi timoroso, come se potesse avere una reazione inaspettata.

L'idea mi venne in quel momento, la covai per tutto il resto della giornata, poi quella stessa sera, mentre tornavo a casa dopo un'intera giornata passata in villa a prefigurare scenari futuri insieme ad Amelia, decisi che l'avrei fatto. Il lunedì seguente, a scuola, avrei chiesto a Tommy di uscire insieme, quel pomeriggio, con la scusa di volerlo portare in una sala giochi molto bella che avevo visto in centro. In realtà l'avrei condotto al negozio di fiori dove avevo incontrato Mattia.

50

Tommaso

L'arresto di mio padre ebbe il merito di scuotermi dal mio torpore. Certo, avessi avuto il potere di cambiare gli eventi passati avrei fatto in modo che non accadesse, però fu grazie a quel fatto che dopo parecchio tempo emersi dalla mia solitudine e tornai a osservare il mondo. Fu come essere scagliato con forza dentro una nuova prospettiva dalla quale riuscii a vedere tutto con occhi diversi e all'improvviso anche la causa del mio malessere, quella consapevolezza che probabilmente non sarei mai stato felice, si contrasse sensibilmente all'interno dello spazio residuo cui gli eventi di quella giornata avevano conferito tutto il resto.

La mamma diceva che non aveva fatto nulla di male, che di certo si trattava di un errore giudiziario. Se la prendeva con i giudici e preannunciava ritorni imminenti, ordinava ai domestici di riservare un posto a tavola ogni sera, poi trascorreva la cena a spiluccare il cibo e a guardare quel piatto vuoto con espressione stupita, come se non riuscisse a spiegarsi il motivo di quell'incredibile ritardo. Io cercavo dentro di me la forza per crederle anche se diventava sempre più difficile. I notiziari parlavano dei suoi presunti coinvolgimenti in un famelico giro di appalti truccati, dicevano che i documenti trovati a casa nostra avevano confermato le accuse mosse da diversi funzionari pubblici e aperto nuovi filoni di indagine con conseguente raffica di avvisi di garanzia. Un noto giornalista aveva paragonato la stanza segreta alla tomba di Tutankamon facendo una doppia allusione all'importanza della scoperta e al fatto che i fascicoli trovati lì dentro sarebbero stati la pietra funeraria di mio padre. Quando chiesi alla mamma di spiegare l'esistenza di quella stanza lei disse che era stata concepita come una sorta di panic room, ossia sarebbe dovuta servire da nascondiglio per tutti noi qualora bande di malintenzionati avessero fatto irruzione dentro la villa.

"Probabilmente vostro padre ha poi deciso, visto che c'era, di usarla come deposito per i suoi incartamenti" disse un giorno, e pareva crederci davvero, era perfino riuscita a pronunciare quella parola, *incartamenti*, senza la minima inclinazione della voce, come se si trattasse di scartoffie qualsiasi.

Quotidianamente ci giungevano le telefonate degli avvocati, la mamma afferrava la cornetta e poi rimaneva in silenzio ad ascoltare lunghi resoconti che interrompeva con sporadiche domande, poi rispondeva alle nostre, di domande, su cosa avessero detto, limitandosi a brevi accenni, "tutto bene, lo faranno uscire prestissimo", oppure "stanno chiarendo la sua posizione, la situazione è sotto controllo."

Aveva vietato ad Amelia e a me di guardare i telegiornali perché diceva che distorcevano le notizie per fare ascolti, così lo facevamo di nascosto, quando lei era chiusa nella sua stanza a combattere contro lancinanti mal di testa, e ciò che sentivamo era molto diverso, la situazione giudiziaria di papà peggiorava di giorno in giorno, i magistrati lo ritenevano il fulcro del malaffare di tutto il nord est, a quanto pareva non c'era appalto importante che non venisse aggiudicato senza la sua approvazione, ultimamente poi stava tentando di stringere alleanze con esponenti della mafia siciliana per ottenere capitali freschi da impiegare nei suoi traffici illeciti, anche se le accuse di riciclaggio e di concorso esterno in associazione mafiosa non erano state ancora formalizzate.

A parte i dipendenti Leonardo era l'unica persona a cui era concesso l'accesso alla villa. Il giorno dell'arresto e quelli successivi fu sempre presente, mi portava gli aggiornamenti dalla scuola e i compiti da fare, ci faceva compagnia e contribuì a rendere meno opprimenti quelle strazianti giornate. Quando tornai a scuola, il lunedì successivo, mi chiese di vederci quel pomeriggio, ma non alla villa, disse che dovevo cambiare aria, propose di andare in una sala giochi che aveva visto da qualche parte in città. L'idea non mi dispiaceva, dissi che andava bene, ci incontrammo nella ciclabile vicino all'ospedale, da lì proseguimmo verso il centro fino a quando, giunti in un piccolo posteggio, non fece cenno di fermarmi. Per un attimo pensai che avesse forato, poi disse "ti devo parlare."

"Che c'è?"

"Dobbiamo tornare indietro nel tempo di un po'. Diciamo un paio di mesi. Mi hai chiesto di cercare il tuo amico Mattia e di scoprire il motivo per cui non si è più fatto vivo e perché ti ha lasciato quel sasso..."

"Embè?"

"Ti ho raccontato bugie sul nostro incontro. Ti ho mentito."

Un vento freddo stava spazzando la strada, mi aggiustai il bavero del giubbotto, però sentii comunque un brivido corrermi lungo la schiena.

"Non l'hai trovato?" chiesi.

"Sì, l'ho trovato. Ma ciò che ti ho riferito di quell'incontro è falso."

"Mi hai detto che ha conosciuto una ragazza, una certa Paola..."

"È una cazzata. Ho inventato quella storia perché... non ho avuto il coraggio di dirti la verità."

"E quale sarebbe la verità?"

"È questo il problema. La verità è parecchio brutta. Ho pensato che raccontarti quella storiella avrebbe risolto parecchi problemi. Ma ora ho capito di aver sbagliato. Quindi eccoci qui."

"Qui dove?"

Indicò col dito verso la parte opposta della strada, "quello è il negozio di fiori dei suoi genitori. Dovresti andare da lui e parlarci. Io posso aspettarti qui, se vuoi, oppure possiamo salutarci."

Non risposi, mi avviai verso il punto indicato, avevo la testa che pulsava, forse erano i mille pensieri che si stavano accavallando facendo a gara per emergere uno sull'altro, forse era la paura di scoprirla, quella verità parecchio brutta che mi era stata negata. Guardai dentro il negozio, c'era una donna che spolverava, ritrovai nei suoi lineamenti dolci quelli del mio amico, era chiaramente la madre, finsi di essere interessato alla vetrina per guardare meglio, di lui non c'era traccia. Tornai da Leo, "c'è sua madre" dissi, lui mi suggerì di provare ad aspettare, magari sarebbe arrivato. Così facemmo, seduti sul marciapiede, le bici appoggiate al palo dell'illuminazione, fino a quando non fece buio. Poi il negozio chiuse, la donna abbassò la serranda e si avviò a piedi. Senza dire nulla ci alzammo e cominciammo a seguirla a distanza, trecento metri dopo svoltò in una strada laterale, un vicolo stretto e lungo, e sparì dentro un portone.

Alzai lo sguardo, i muri dei palazzi ai due lati dello stradello si ergevano paralleli e frontali, coi loro intonaci scrostati che mettevano a vista i mattoni rossi sottostanti, da alcune finestre aperte, in alto, uscivano rumori di vita domestica, piatti che sbattevano, sciacquoni tirati, televisori accesi su una partita di calcio.

Leo mi fece cenno di andare toccandomi una spalla, quando fummo tornati alle bici mi disse che dovevo riprovare a incontrarlo nei giorni successivi, al negozio oppure a casa, e parlare con lui.

"Più di questo non posso fare, mi dispiace" aggiunse, per prevenire eventuali richieste.

"Dimmi solo una cosa" dissi, "in questa faccenda c'entra mio padre?"

Leo abbassò lo sguardo e poi disse qualcosa, ma talmente piano che non sentii. Neppure riuscii a percepire la sua espressione, debolmente illuminata dalla luce fioca del lampione. Mi parve una via di mezzo tra un gesto di stizza e una smorfia di dolore, come se quella domanda l'avesse ferito, una lama conficcata nel petto che stava provando a estrarre, a fatica.

"Promettimi una cosa" disse poi, "qualunque cosa scoprirai, devi guardare oltre i fatti, devi cercare i motivi che li hanno scatenati."

Poi si allontanò, tre, quattro pedalate veloci per prendere velocità, fino a sparire lungo la strada. Io restai lì ancora un po', a contemplare quel piccolo negozio dalla serranda abbassata. Sentivo dentro di me un'energia nuova e potente generata dai fatti che avevo appena appreso, Mattia non era innamorato di una ragazza, Mattia non si era allontanato da me di sua volontà. Perché ancora non lo sapevo, il motivo di quel distacco, ma dalle parole di Leo pareva piuttosto chiaro che qualcuno o qualcosa lo aveva costretto. Si trattava di capire se quello spiraglio di luce mi avrebbe condotto a una nuova speranza di felicità o se, al di là del muro che mi apprestavo a scardinare, avrei trovato una notte ancor più tetra e desolante.

51

Amelia

Pensavo spesso a mio padre rinchiuso in una cella del carcere di Forlì. Lo immaginavo contemplare le pareti chiedendosi come avessero fatto i finanzieri a trovare il suo nascondiglio. C'erano state indiscrezioni secondo cui la porta di accesso non fosse perfettamente chiusa ma erano state classificate come false, anche per l'insistenza con cui i vertici della Guardia di Finanza si prodigarono per sottolineare come gli agenti fossero addestrati per cercare anfratti e nascondigli di ogni genere. La mamma si ostinava a negare e a minimizzare, negava che lui fosse responsabile di qualcosa e minimizzava la gravità della sua situazione giudiziaria a dispetto dell'enormità di articoli che venivano scritti su di lui ogni giorno e che, quasi unanimemente, lo davano per colpevole. Intanto quelle che avrebbero dovute essere poche ore di carcere divennero giorni e i giorni divennero settimane. L'idea era chiara, per uscire dalla carcerazione preventiva dovevi confessare, ammettere di aver commesso i fatti che ti venivano contestati e fare nomi e cognomi dei tuoi complici. E così accadeva, di solito. Ma con mio padre era diverso, quel sospetto che avesse rapporti con la mafia lo metteva in una situazione particolare, uno o due gradini sopra nella scala del malaffare rispetto gli altri inquisiti di tangentopoli, e confessare ciò significava diventare un collaboratore di giustizia con annessi e connessi.

"Se trovano le prove che se la intende con la mafia passerà molti anni in galera" dissi una sera a cena, stufa marcia com'ero di tutti quei silenzi che nostra madre si autoinfliggeva.

"Sei pazza? Come osi dire una cosa del genere?"

Alzai le spalle, "non sono stata io a incontrare i boss, giù in Sicilia."

"Tuo padre non c'entra niente con quella gente, come fai anche solo a pensarlo? Aspetta... tu sei contenta di questa situazione, vero? Confessa... Sei felice che lui sia in carcere. L'hai sempre odiato, vero?"

"È lui che deve confessare, non io. Ha commesso le peggiori porcherie, è giusto che paghi!" gridai.

La mamma si alzò, mi venne incontro come una furia, "sei solo una piccola sciocca ingrata, non meriti niente" disse afferrandomi i capelli e cominciando a tirarli, mi trascinò fino alla porta della sala da pranzo.

"Finalmente hai trovato il modo di sfogarti, era ora" dissi uscendo, "solo che te la prendi con la persona sbagliata, è lui che ti tradisce da anni, non io. È lui che ti umilia facendosi vedere con donne più giovani e più belle di te, capito?"

Da dietro la porta chiusa potei sentire i suoi singhiozzi, dapprima trattenuti e poi lasciati andare in un pianto liberatorio che, ero certa, le avrebbe fatto bene. Poco dopo anche Tommaso uscì dalla stanza, passandomi davanti mi insultò, disse che ero una carogna, che non avevo pietà per nessuno e che di certo sarei diventata una terrorista o una dittatrice. Gli urlai dietro che sarei stata felice di diventare la prima dittatrice femmina della storia, e che non appena fosse successo avrei messo a morte tutti i gay. Si bloccò, tornò indietro e alzò la mano pronto a colpirmi. Ma non lo fece. Come prevedevo non era capace di reagire, sapeva solo incassare.

La mia relazione con Leo continuò durante quel periodo tormentato, probabilmente fu grazie a lui se non fui travolta dalla noia. Il nostro appetito sessuale non risentì dell'atmosfera funebre che regnava nella villa, c'erano giorni in cui appena arrivava ci imboscavamo in uno dei nostri nascondigli e ne uscivamo ore dopo, stanchi e arrossati. Dopo aver fatto l'amore ce ne stavamo distesi uno sull'altra, mangiavamo patatine e pop corn, parlavamo di mio padre al passato come se fosse morto o già condannato all'ergastolo, condividevamo l'opinione che meritasse tutto il male che gli era piovuto addosso e ridevamo delle vignette che lo ritraevano con la casacca da detenuto e con la palla nera agganciata alla caviglia.

Un giorno Leo disse che si stava innamorando di me, fu emozionante sentirlo, un'altra prima volta della mia vita amorosa. Però non ricambiai, mi limitai a baciarlo, come se volessi baciare quelle stesse parole attraverso la bocca che le aveva pronunciate.

In seguito mi resi conto che fu quella breve, bellissima frase, a convincermi che fosse ormai giunto il momento di lasciarlo.

52

Tommaso

Andai al negozio di fiori tre giorni consecutivi, verso metà pomeriggio e vi restai fino alla chiusura senza che Mattia si presentasse. Una volta fui tentato di entrare per comprare qualcosa, poi rinunciai. Forse volevo osservare meglio l'interno, alla ricerca di tracce della sua presenza passata, magari avrei scorto qualche oggetto che gli apparteneva, con un po' di fortuna sarei riuscito a sottrarlo e portarlo con me.

Al quarto giorno finalmente lo vidi, camminava lungo il marciapiede, goffo come lo ricordavo, il viso basso e le mani a penzoloni.

"Mattia!"

Non avevo resistito, pronunciare il suo nome, a quel punto, era divenuto indispensabile. Alzò lo sguardo, mi vide, sembrò sorpreso, si guardò intorno come se avesse paura di qualcosa, come se fosse in procinto di scattare verso una direzione qualsiasi, ma poi rimase fermo mentre mi avvicinavo.

"Come stai?"

Non rispose. Gli porsi la mano, lui la afferrò senza stringerla.

"Ti va di fare una passeggiata?" chiesi.

"Veramente dovrei andare in negozio. Scusa ma mi stanno aspettando."

Fece per superarmi, lo bloccai tenendolo per un braccio.

"Ti prego, dobbiamo parlare."

Fece una smorfia, "cinque minuti" disse.

Ci sedemmo su una panchina di un giardinetto poco distante, a tenerci distanti c'era una macchia di gelato proprio nel mezzo.

"Dipingi?" chiesi.

"A volte."

"Devi mostrarmi qualcosa di recente, sono proprio curioso di vedere i progressi."

Annuì. Pareva distante anni luce, smanioso di porre fine a quell'incontro, quasi impaurito.

"Ascolta, il mio amico, quello che è venuto da te un po' di tempo fa, mi ha detto che dovevo venire a parlarti, perché devi spiegarmi il motivo per cui non sei più venuto a casa mia."

"L'ho già detto a lui, il motivo."

"Sì, ma lui non me l'ha riferito. Dice che è meglio se lo sento da te. Però io non sono sicuro di volerlo sapere, di qualunque cosa si tratti, ci dev'essere una soluzione. C'è sempre una soluzione."

Mi guardò. "Una soluzione? Quelli mi ammazzano. Altro che soluzione."

"Quelli chi?"

"Due tizi, alti, grossi, cattivi. Ho avuto i lividi per un mese. Un giorno si sono presentati a casa cinque minuti dopo che i miei erano usciti. Mi hanno fatto delle domande. Sei Mattia? I tuoi genitori hanno un negozio di fiori? Sei amico di Tommaso Fioravanti? Io ho risposto sempre sì. Allora mi hanno detto che dovevo smettere di importunarti, che non dovevo più tornare a casa vostra e che se l'avessi fatto mi avrebbero menato di brutto. Poi per essere certi che avessi capito mi hanno dato un antipasto delle botte, così hanno detto, e giù schiaffi a mano aperta, giù pugni nello stomaco, giù calci negli stinchi. Io l'ho capito subito che tu non c'entravi con quelli, ti conosco, so che non faresti del male a una mosca. Però il coraggio di tornare a casa vostra non l'ho mai più avuto."

Mi mancava l'aria, le mani mi tremavano, sarei voluto tornare indietro nel tempo e proteggerlo da tutto ciò, fargli scudo col mio corpo, trasferire su di me i lividi e il dolore che aveva provato lui.

"È stato mio padre a mandarli, io non ne avevo idea. Non sai quanto sono dispiaciuto. Ma ora non può più farti del male, è in prigione. Possiamo vederci senza problemi."

Non sembrava convinto. Potevo capirlo, l'immagine della paura, nei suoi gradi occhi marroni, era quella dei due tizi che mio padre aveva mandato per minacciarlo, e quelli non erano affatto in carcere.

"Ora devo andare. Ciao."

Lo guardai allontanarsi verso il negozio. "Aspetta" dissi, "posso venire con te?"

Ci pensò un attimo, poi annuì. "Puoi aiutarmi, se vuoi. Oggi sono solo."

"Ma certo. Ottima idea."

Passai il resto del pomeriggio al negozio seduto al suo fianco dietro il bancone, aiutandolo in piccole cose, iniziando conversazioni che venivano puntualmente interrotte dall'entrata dei clienti o da telefonate di sua madre che voleva informarsi sull'andamento del pomeriggio.

"È stato divertente" dissi mentre chiudeva la serranda, "posso tornare domani?"

"Domani non lavoro. Dopodomani."

"Va bene. Dopodomani. Ci si vede qui davanti."

Alzò una mano come se volesse, con un unico gesto, confermare l'appuntamento e salutarmi. Io feci lo stesso.

Due giorni dopo mi presentai al negozio all'orario di apertura, lo trovai già dentro, intento a preparare un mazzetto di rose rosse, davanti a lui c'era un ragazzo sui vent'anni, ben vestito, stava parlando della sua fidanzata, la destinataria del mazzetto, diceva che di sicuro sarebbe stata felice di riceverlo, Mattia chiese quale fosse l'occasione, lui rispose che stavano insieme da un anno esatto, quella sera avrebbero festeggiato con una cenetta romantica. Poi pagò e se ne andò, lasciando nell'aria il profumo delle rose che aveva portato con sé.

"Beato lui che è così innamorato" dissi sedendomi.

Mattia non disse nulla, era intento a ripulire il bancone dai pezzetti di stelo tagliati.

"Ti sei mai innamorato?" chiesi.

Scosse la testa.

"Io sì. Una volta. Ma non ho mai capito se ero ricambiato o no."

Mattia finalmente mi guardò. "E lei come si chiamava?" chiese.

E lei...

Quella domanda mi spiazzò. "Stefania" dissi, il primo nome di donna che mi venne in mente.

Sentii l'irritazione crescere, quel suo dare per scontato che fossi stato innamorato di una femmina mi scosse, eppure di segnali gliene avevo dati parecchi, durante la nostra frequentazione in villa.

"Perché hai detto *lei?*" chiesi. "Non poteva essere un *lui?*"

Alzò le spalle. "Mi è venuto così, senza pensarci."

"E se ti avessi risposto, che so, Luigi?"

In quel momento suonò il campanello della porta, entrò una signora piuttosto anziana che salutò Mattia con calore, chiese come andasse, si informò circa la salute del suo gatto che evidentemente non era buona, poi ordinò dei ciclamini per la tomba del suo *caro* Ettore.

Dopo che se ne fu andata della mia domanda non era rimasto che un residuo di eco lontana, decisamente troppo poco per riuscire a recuperarla.

53

Leonardo

Il fatto di essere uno dei pochi ad avere accesso alla villa durante il periodo di detenzione dell'Ingegnere mi faceva sentire importante. Quando all'ingresso c'era qualche giornalista e mi vedeva passare mi sentivo rivolgere domande sulla famiglia, su chi fossi io, qualcuno mi offrì denaro se avessi convinto la signora Cecilia a farsi intervistare. Io neanche rispondevo, tenevo lo sguardo basso e attraversavo il cancello semiaperto, quel tanto che bastava per farmi passare. Una volta dentro riferivo alla signora quanti fossero, lei sbuffava e imprecava, si diceva stufa di quell'assedio. Poi, col passare dei giorni, lo stallo della situazione giudiziaria dell'Ingegnere fece sgonfiare l'interesse e, salvo qualche sporadico tentativo da parte di singoli cronisti, il presidio davanti alla villa terminò.

Dopo l'incontro con Mattia Tommaso passava quasi tutti i pomeriggi fuori casa. Supponevo che uscisse per incontrarlo, anche se lui non confermò mai, si limitò a dire che voleva respirare altra aria e alle domande su come fosse andato l'incontro col suo amico rispose che erano affari suoi. Capii che era arrabbiato perché gli avevo mentito, provai anche a scusarmi, dissi che l'avevo fatto in buona fede pensando di aiutarlo ma lui si limitò a scuotere la testa, lo sguardo triste e le labbra sigillate in un silenzio sdegnato.

A un certo punto anche Amelia divenne sfuggente. Fu quando pensavo che la nostra storia fosse giunta a un punto di non ritorno, quello che l'avrebbe consacrata come relazione amorosa vera e propria. Con ciò non intendo dire che eravamo destinati a sposarci o a chissà cos'altro, ma avevo sempre più la sensazione che tra noi ci fosse un legame vero e che quand'anche la nostra storia fosse destinata a finire sentivo che avrei colto in anticipo i segnali premonitori così com'era successo con Francesca anni prima. Invece con Amelia tutto accadde in modo repentino, inaspettato, un giorno facevamo l'amore dentro il ripostiglio degli attrezzi e il giorno dopo lei mi guardava come fossi un estraneo a cui qualcuno aveva impunemente concesso di entrare.

Mi evitava, senza neppure sforzarsi di trovare una scusa. Diceva "oggi non ho voglia di fare nulla, lasciami perdere" e poi si chiudeva in camera, accendeva lo stereo a tutto volume rendendo inutili i miei tentativi di parlare da dietro la porta.

"Sua figlia è strana" dissi uno di quei giorni alla signora Cecilia, unica componente della famiglia che ancora si degnava di parlarmi.

"Vuoi un consiglio? Lasciala perdere. Ti farà soffrire. Far soffrire gli altri è l'unica cosa che le riesce bene. In questo non è diversa da suo padre."

Non ribattei. Non lo faccio per abitudine ogni volta che mi trovo d'innanzi a un giudizio così definitivo da risultare spiazzante.

"Hai voglia di fare due tiri?" chiese poi alzandosi in piedi, come se volesse anticipare la mia risposta o come se non fosse affatto necessario attenderla. "Ma certo" dissi comunque.

Era la prima volta che giocavamo senza i suoi figli, mi parve un innalzamento dell'asticella della nostra confidenza reciproca, sebbene mi guardassi dal rivolgermi a lei come avrei fatto con una normale compagna di gioco. Mi sentivo più uno sparring occasionale che le stava consentendo di sfogare su innocenti palline gialle le frustrazioni delle ultime settimane, un ruolo che tutto sommato non mi dispiaceva poiché, in alternativa, avrei dovuto lasciare la villa e tornarmene a casa.

Trascorremmo un'ora e mezza dentro il tendone che ricopriva il campo per il periodo invernale, col rumore dei colpi che rimbombava e quello della pioggia che, nel frattempo, era cominciata a cadere.

"Ci voleva proprio" disse lei alla fine, sudata e stanca. Io non lo ero certo di meno, il mio scarso livello tecnico mi faceva correre e muovere oltre il necessario. Nell'uscire dissi che avrei fatto una doccia veloce e poi sarei corso a casa, sperando nella clemenza della pioggia. Le chiesi di salutare Amelia da parte mia. Lei annuì, ma non credetti l'avrebbe fatto. Probabilmente non aveva neppure sentito, ora che alla stanchezza mentale si era aggiunta quella fisica pareva svuotata di ogni energia.

Fu durante la doccia, dentro lo spogliatoio, che avvertii la sensazione di aver notato qualcosa di strano. Sul momento non riuscii a metterla a fuoco, quell'immagine indefinita che mi si era insinuata nella mente, ne percepivo l'importanza senza però vederla, provai anche a scacciarla, fastidiosa e impertinente com'era.

Poi capii.

Mi vestii, tornai al campo da tennis, la pioggia continuava a cadere persistente, finissime gocce che sembravano uscire da un nebulizzatore per irrigazione. Il campo aveva un ingresso a tunnel con doppia porta di decompressione, ne aprii una, la richiusi, aprii la seconda, entrai. Tornai di nuovo fuori, mi avviai verso la villa, salii le scale fino alla stanza di Amelia, bussai.

"Chi è?"

"Sono io. Ho bisogno di parlarti. Apri per favore."

"Ti ho detto che oggi non ne ho voglia. Va a casa."

"Solo un minuto. Poi me ne vado, promesso."

Sentii la serratura girare. Mi guardò da dietro la porta socchiusa, lo sguardo annoiato.

"Mi hai mentito" dissi entrando.

"Ché?"

"Tempo fa hai detto che tua madre e il maestro di tennis si erano chiusi dentro il campo. Mi hai fatto intendere che quella fosse la prova della loro relazione. Ma non c'è nessuna serratura. Due porte di entrata e nessuna serratura. Quindi mi hai mentito."

Si stropicciò gli occhi, forse l'avevo svegliata. Non sembrava particolarmente turbata dalla mia scoperta.

"Beh, accidenti... ce ne hai messo di tempo per capirlo. Ti facevo più sveglio."

"Perché hai detto quella bugia? E quante altre frottole mi hai raccontato, eh?"

Sbadigliò, si sedette sul letto, per un attimo pensai che stesse facendo un conteggio mentale delle bugie e che si apprestasse a rispondere alla mia domanda, come se gli avessi chiesto la più banale delle informazioni.

"Sei tu che hai mentito, o meglio hai omesso di dirci, a Tommy e a me, di aver fatto accordi sottobanco con nostro padre. O credi che non me ne fossi accorta che gli facevi da informatore? Bramavi dalla voglia di riferire qualcosa di succoso, io ti ho dato ciò che volevi."

Mi spiazzò. Sentii la collera dileguarsi, in meno di un minuto era passato dal ruolo di accusatore a quello di imputato.

"Sì. Sì, è vero. Ho sbagliato, ma l'ho fatto in buona fede. Credevo veramente che dargli informazioni potesse servire a proteggervi. Lui è stato così... convincente."

Mi guardava, solo leggermente più sveglia di quando aveva aperto la porta.

"Hai mentito anche sul bacio tra Tommy e Mattia, vero?" chiesi.

Alzò le spalle. "È storia vecchia. A chi interessa più?"

"A me. È colpa mia se tuo fratello ha perso il suo amico."

"È colpa di nostro padre semmai."

"*Io* gli ho raccontato di loro. Se avessi detto che erano solo amici non sarebbe successo niente."

"Può darsi. Chissenefrega."

"Frega a me. Comunque ho rimediato, almeno credo."

"Cioè?"

"L'ho portato da lui. Al negozio. Si sono parlati e credo si stiano frequentando di nuovo. Tommy non mi racconta niente. Ha perso ogni fiducia."

"Hai fatto male. Dovevi consultarmi prima."

Risi. "Dovevo cosa? Sono libero di fare ciò che voglio. Chi credi di essere? Mia madre?"

"Sei solo un povero sfigato a cui abbiamo concesso troppo, in tutti questi anni. Sai che ti dico? Non devi più farti vedere. Vattene e non tornare più. Torna nei bassifondi da cui sei venuto."

"Ma vaffanculo, piccola stronza viziata."

Sbattei la porta, scesi le scale di corsa, uscii fuori. Ora la pioggia era più densa, gocce corpose che cadevano dritte e fredde, inforcai la bici e cominciai a pedalare, gli occhi semichiusi e i capelli già fradici.

Appena fuori dal cancello mi fermai, non seppi resistere alla tentazione di guardare dietro, la sagoma nebulosa della villa in lontananza. Sapevo che non sarei più tornato. Attesi che il cancello si chiudesse del tutto, come se quell'ultimo clangore metallico dovesse suggellare la fine di un tempo, oppure forse nella speranza che accadesse qualcosa, qualunque cosa capace di cambiare il corso degli eventi. Ma non accadde nulla, cominciai la discesa lungo la strada deserta con la pioggia battente che pareva mandata apposta per lavare e cancellare tutto, gli anni felici trascorsi in villa, le feste in piscina, le partite di tennis, le chiacchierate sotto il gazebo, gli amori, i tradimenti, le bugie, le cose non dette, tutto destinato all'oblio del rimpianto e all'amarezza del desiderio irrealizzabile che potesse finire diversamente, o non finire affatto.

54

Amelia

Il giorno della scarcerazione fu mantenuto segreto perfino a Tommy e a me. Solo la mamma ne era al corrente da una settimana ed era riuscita a nasconderlo, giustificando i suoi repentini cambi di umore in quei giorni con l'assunzione di un nuovo integratore alimentare che, a suo dire, la stimolava troppo. Tornammo a casa da scuola e lo trovammo lì, pallido e smagrito, gli occhi gonfi e le guance rosse, come in preda a una dermatite allergica.

Lo abbracciammo, prima io e poi Tommy, lui cedette a un pianto liberatorio che mi parve avesse cercato di trattenere per troppo tempo. Fu comunque un incontro breve e scarno di parole, la mamma intervenne come per dar corso a un loro accordo precedente, disse che papà aveva bisogno di riposo, ci sarebbe stato tempo per parlare in seguito.

Restò chiuso in camera da letto per una settimana con la mamma a fare da tramite tra lui e il resto del mondo. Lei si calò nei panni della cameriera premurosa senza battere ciglio, ogni tanto ci informava delle sue condizioni, diceva che preferiva riprendersi in totale riservatezza perché odiava mostrarsi così... debole. Però stava già molto meglio e di lì a poco sarebbe uscito. Cosa che avvenne infatti pochi giorni dopo, una mattina lo trovammo seduto al tavolo della colazione, pareva un'altra persona, aveva ripreso il suo peso normale e mostrava il tipico vigore che l'aveva sempre contraddistinto, efficiente e determinato anche nelle piccole cose come spalmare burro su una fetta biscottata. La mamma aveva fissato delle regole, quali argomenti trattare e quali no, limitare le domande sulla detenzione al minimo indispensabile e non citare mai la sua vicenda processuale. Se avesse voluto metterci al corrente di qualcosa l'avrebbe fatto di sua volontà. Così i dialoghi furono incentrati solo su di noi, cosa avevamo fatto in quel periodo, la scuola, i pomeriggi in villa; tutte le domande e le questioni importanti furono appallottolate e chiuse in un baule e ogni speranza che si decidesse, presto o tardi, a metterci al corrente della situazione risultò vana.

"Era meglio se restava in carcere" disse Tommy una sera, mentre li aspettavamo per cenare.

La sua freddezza nei confronti di nostro padre non era passata inosservata. Ne conoscevo il motivo, ovviamente. Aveva scoperto cos'era successo al suo amico Mattia. Continuava a uscire ogni pomeriggio e a rincasare di sera, diceva di andare in biblioteca per incontrare dei compagni di scuola e ripassare in vista dell'esame di maturità, un lavoro di gruppo sollecitato dai professori. Poi, per risultare più convincente, aggiunse che nel gruppo c'era una ragazza che gli piaceva e capitava, di tanto in tanto, che loro due, da soli, prendessero qualcosa al bar di fronte.

"Faccela conoscere" diceva la mamma raggiante, "portala qui, no?"

"Va bene" rispondeva lui, "lo farò di certo."

Una volta mi venne chiesto di Leo, che fine avesse fatto, risposi che avevamo litigato e che non stavamo più insieme, invitai tutti a dimenticarlo. A quelle parole mio padre non mostrò alcuna emozione in particolare, ebbi l'impressione che non ricordasse neppure chi fosse.

"È solo questione di tempo, ci tornerà di certo, in carcere" dissi assecondando mio fratello.

"Hai informazioni riservate che ti senti di condividere?"

"Sì e no."

"Cioè?"

"Sì, ho informazioni riservate e no, non mi sento di condividerle."

"Buon per te. E come le hai avute?"

"È un segreto."

"Quindi devo crederti sulla parola. Conoscendoti non ho dubbi che finirà così. Spero che ci marcirà, in carcere."

"Tutto quest'odio non ti si addice."

"Neppure io credevo di poterlo provare. Me lo ha estirpato da dentro."

Finsi costernazione. "Ma che ti ha fatto?"

Mi guardò. Fino a quel momento aveva tenuto lo sguardo basso, fisso sul piatto vuoto.

"Chiedilo a Leo se ti capita di rivederlo. O forse te lo ha già raccontato?"

"No e no. No, non mi capiterà certo di rivederlo e no, non mi ha raccontato niente che ti riguardi. Ho la sensazione che ci sia di mezzo il tuo amico Mattia..."

"Ho chiesto a Leo di cercarlo e ha scoperto delle cose. Me la sono presa anche con lui perché non me l'ha detto subito, ha preferito preconfezionare una bugia che, secondo lui, avrei digerito meglio. Forse però ho esagerato, in fondo Leo non c'entra."

"E poi ti ha detto la verità?"

"Sì. Recentemente."

"E quindi hai ripreso a frequentare Mattia..."

"No, no. Macché. Come ti salta in mente? Non vedo Mattia dall'ultima volta che è stato qui, un sacco di tempo fa. Capitolo chiuso."

La porta della sala da pranzo si aprì, la mamma e papà entrarono insieme, lei appoggiata al braccio di lui, parlottavano fitti e continuarono a farlo anche dopo che si furono seduti. Li osservai, con i loro sorrisi e le loro espressioni beate, sembravano due nobili che si ostinavano a credere nell'immutabilità del loro mondo perfetto, infischiandosene delle masse che si accalcavano alle porte del palazzo con ghigliottina al seguito.

"Allora ragazzi, dobbiamo parlare di una cosa importante" disse la mamma, poi si rivolse verso papà per capire chi dei due dovesse continuare. Lui fece un cenno quasi impercettibile col mento.

"È piuttosto evidente che vostro padre sia stato scelto da un gruppo di malfattori come capro espiatorio, hanno deciso di accusarlo di tutti i mali del mondo per salvarsi facendo ricadere su di lui la responsabilità di fatti gravi. È una vera e propria congiura e i magistrati sembrano crederci, oppure fanno finta perché vostro padre è un personaggio in vista e una sua condanna sarebbe certamente più utile per le loro carriere rispetto a quella di un qualunque anonimo funzionario pubblico. Gli avvocati combatteranno per smontare questo cumulo di fandonie ma purtroppo in Italia è molto difficile ottenere giustizia. E poi il clima che si è creato in questo paese è di quelli che non ammette assoluzioni, tutti colpevoli, tutti processati sulle prime pagine prima ancora che nei tribunali."

Fece una pausa, come se volesse accertarsi che fosse tutto chiaro, forse concedere a papà l'occasione di proseguire lui, qualora avesse voluto.

"Ci abbiamo riflettuto parecchio, vostro padre e io. Siamo giunti alla conclusione che l'unica soluzione possibile potrebbe essere quella di... trasferirci all'estero."

Aveva calato la mina ma non ci fu nessuna esplosione. Tommaso e io eravamo troppo frastornati per parlare. Restammo in silenzio forse in attesa che la mamma si alzasse in piedi, tirasse fuori una trombetta e dopo averla suonata si mettesse a gridare: scherzetto!

"E dove dovremmo andare?" chiese Tommy.

"Lo stiamo ancora decidendo. Abbiamo contatti in vari paesi, ci sono persone che se ne stanno occupando. Naturalmente, ovunque sarà, staremo bene, avremo una casa stupenda e tutti i lussi a cui siamo abituati."

"E quando sarebbe?" chiesi.

I nostri genitori si guardarono, come se dovessero deciderlo in quel preciso momento, quando partire. Per un attimo temetti che ci dicessero di correre di sopra a fare le valigie mettendo dentro solo lo stretto indispensabile.

"Dipende. Tra qualche giorno è previsto un incontro coi magistrati. Se andrà bene potremmo decidere di restare, viceversa dovremo mettere in moto il meccanismo e da quel momento in avanti non dipenderà più da noi. Come ho detto ci sono persone che ci stanno lavorando, sarebbero loro a dirci quando e potrebbero farlo con un brevissimo preavviso."

"E non potremo più tornare in Italia?"

Altro sguardo. "Noi tre sì, passato un po' di tempo. Vostro padre probabilmente no."

"E allora perché non se ne va da solo... che c'entriamo noi con questa storia? Io non mi muovo da qui, sia chiaro."

Da che ricordassi quella era la prima volta che Tommy si ribellava a nostro padre. Dopo quella frase, sparata fuori come un colpo di tosse, si era come accasciato su sé stesso, inerme, quasi in passiva attesa di una reazione di cui ignoravamo tutti la portata. Ma papà si limitò a un leggero scuotimento della testa, si alzò e uscì dalla stanza.

"Ingrato!" gridò la mamma quando fummo rimasti soli, noi tre.

"Beh, mamma, Tommy ha ragione. Che senso ha trasferirci tutti? E poi, visto che si tratta di una fuga, non è più facile se è da solo? Magari poi lo andiamo a trovare tra un po' di tempo, no?"

"Ma che vi credete, che sia una specie di gioco? C'è il rischio che debba passare molti anni in carcere. Voi almeno lo sapete cos'è, un carcere? Vostro padre non sarà un santo ma se ha fatto delle cose, se ha... oliato dei meccanismi, l'ha fatto per poterci dare tutto questo... E ora per tutti è il diavolo incarnato, quello che ha portato la corruzione in questo paese, come se prima di lui fossero stati tutti belli e bravi, e come se potessero tornare a esserlo dopo che l'avranno crocifisso."

Nel corso della tirata si era alzata in piedi, aveva preso a gesticolare, alternato lo sguardo su di noi, ci aveva indicati come se fossimo

quelli di cui parlava, i perbenisti che conside-
ravano nostro padre il diavolo incarnato oppure gli anonimi funzionari pubblici che volevano salvarsi il culo a spese sue.

"Lo ripeto. Io non mi muovo da qui. Andate
voi se volete. Starò benissimo anche da solo."

La mamma restò in piedi, in silenzio, per
qualche secondo. Guardava Tommy come per
volersi sincerare che fosse davvero lui, varie
volte fu sul punto di dire qualcosa ma quelle
parole non uscirono mai dalla sua bocca, furono mutate in sospiri e lasciate morire così, un
soffio d'aria e un paio di polmoni svuotati.

"Va bene. Ne riparleremo. Vi invito solo a
guardare la cosa da una prospettiva più ampia.
E vi ricordo che siamo una famiglia,
sant'Iddio."

Uscì dalla sala da pranzo lasciandoci soli.
Nessuno dei due disse nulla fino a quando non
sopraggiunse la cameriera con la cena. Fummo
informati da lei che i nostri genitori avrebbero
cenato di sopra.

"Terremo duro, vedrai che non ci muove-
remo da qui" dissi a Tommy. Lui annuì, ma
non sembrava particolarmente desideroso di
avere il mio appoggio. Probabilmente era disposto a combattere anche da solo, se necessario. Mi chiesi cosa ci fosse di tanto prezioso qui
da indurlo a quella ribellione. Poi feci due più
due, e ottenni la risposta che cercavo.

55

Tommaso

Mattia mi confidò che non dipingeva da mesi, praticamente dall'ultima volta che era venuto in villa. Gli chiesi il motivo, disse che non aveva più avuto l'ispirazione né la voglia di farlo.

"Potremmo ricominciare insieme" suggerii. Eravamo seduti su una panchina di legno situata in un'area verde nei pressi del suo negozio; dopo che era arrivata sua madre a dargli il cambio avevamo mangiato un gelato e ora ce ne stavamo lì, a riposare, in attesa che arrivasse l'ora di tornarcene a casa.

"Io qualcosa ho fatto, ma poi ho smesso. In effetti mi è successa la stessa cosa, un calo di ispirazione credo. Anche se non sono fissato come te su queste cose. Credo che i veri artisti l'ispirazione ce l'abbiamo sempre, come la fede religiosa."

"Stai forse dicendo che io non sarei un vero artista?" chiese.

Lo guardai, aveva macchie scure di gelato sulla guancia e sul giubbotto. Più che un artista mi sembrava un bambino dentro il corpo di

336

un ragazzo, come se ce l'avessero infilato a forza senza spiegargli come farlo funzionare.

"Tu sei tutto tranne che un artista."

"Ah, e come mi definiresti allora?"

"Vediamo... imbrattatore di tele, rovina pennelli, mescolatore di colori... può bastare?"

"Sì, per oggi è sufficiente."

Ridemmo. Poi gli feci notare che si era sporcato col gelato, lui guardò la macchia, la toccò col dito, si accorse che era ancora fresca, poi con guizzo improvviso mi fu addosso, tentò di macchiarmi la faccia ma riuscii a svicolare, come risultato mi ritrovai con una ditata marrone sui jeans.

"Sei un pezzo di merda" dissi ridendo, poi tentai di afferrarlo ma si diede alla fuga, lo inseguii lungo il perimetro dell'area, schivammo una madre col passeggino e invademmo l'area giochi riservata ai bambini, Mattia mi sfidava a prenderlo da dietro una casetta di legno, feci una finta e scattai dalla parte opposta, lui saltò oltre un'altalena e si mise al riparo, ansimante.

Feci finta di rinunciare, camminai a testa bassa verso la panchina, poi scattai verso di lui che tentò di fuggire ma lo afferrai per una manica, lo avvinghiai da dietro finché non smise di opporre resistenza.

"Chiedi scusa!" ordinai, stringendolo.

"Non ci penso proprio."

Gli feci perdere l'equilibrio con uno sgambetto, lo trattenni mentre cadeva e lo accompagnai a terra, poi lo immobilizzai, "chiedi scusa" ripetei, ma lui continuava a ridere e a scuotere la testa.

I nostri volti erano vicinissimi, pensai che avrei voluto baciarlo, affondare le mie labbra in quella risata straripante, abbeverarmi della sua allegria.

"Va bene va bene, mi arrendo" disse poi, "scusa."

Avrei preferito che continuasse a opporsi, quella resa mi costringeva a lasciarlo andare, a interrompere quel contatto così ravvicinato.

Mentre mi alzavo e lo aiutavo a fare altrettanto mi parve di scorgere nel suo sguardo un vago senso di delusione, come se avesse sperato che accadesse altro. Voleva forse che lo baciassi? Lì, davanti a tutti, coi bambini che giocavano a due passi da noi e le mamme che di certo avevano seguito la scena dell'inseguimento e stavano continuando a guardarci, se non altro per vedere come andava a finire? Oppure mi stavo solo illudendo di aver scorto un segnale che in realtà non esisteva al di fuori della mia immaginazione e del mio desiderio? E quell'imbarazzo che si era creato tra noi subito dopo, mentre tornavamo a sederci sulla panchina, che cosa significava?

"Devo rientrare. Ti va di accompagnarmi?" chiese.

Come risposta mi alzai dalla panchina, ci incamminammo lungo le strade del centro, mani in tasca io, braccia a penzoloni lui. Arrivati sotto casa sua, nel viottolo stretto che ricordavo di aver già visto la sera che Leo e io avevamo seguito sua madre, eravamo ancora sotto l'influsso di quell'imbarazzo, avevo l'impressione che si sarebbe dissolto solo dopo il nostro allontanamento e già sapevo che, per il resto della giornata e per quelle a seguire, avrei ripensato alle possibili cause che lo avevano generato. Quando poi Mattia mi afferrò per un braccio e mi trascinò dentro l'androne del palazzo pensai che si trattasse di un epilogo del nostro gioco di prima e mi apprestai a controbattere. Fu solo dopo il contatto delle nostre labbra che capii cosa stessimo facendo, cosa *lui* aveva deciso che avremmo fatto. All'incredulità iniziale subentrò una gioia pura, distillata dalle scorie di tutte le paure e le speranze e le aspettative disattese dal giorno che l'avevo visto chiacchierare col giardiniere nel parco della villa, e poi la gioia si tramutò in eccitazione man mano che le nostre labbra continuavano ad assaporarsi e capivo che non si trattava di un bacio di cortesia, offerto al posto di un semplice saluto al termine di un pomeriggio trascorso insieme, ma di un preludio a qualcosa di carnale, un desiderio reciproco che a fatica cercavamo di trattenere.

"Ti desidero" dissi infatti. Dovevo dirlo, volevo che me lo sentisse dire.

"Anch'io" rispose, appena in tempo prima che le nostre bocche, le nostre lingue, tornassero a fondersi.

Un rumore dalle scale ci separò. Pochi istanti dopo una bambina scese e ci passò davanti, salutò Mattia con un gesto della mano.

"Devo salire. Ci vediamo domani?" chiese.

"Sì. Va bene. A domani."

Allontanarmi da lui fu doloroso, avrei voluto tornare dentro, inseguirlo per le scale e baciarlo di nuovo, recuperare il tempo perduto, cancellare il ricordo dei mesi trascorsi separati sovrapponendo a esso altre immagini della nostra nuova vita insieme.

Lungo la strada di ritorno verso casa pensai che dovevo fare attenzione, trattenere la gioia per evitare che straripasse da dentro me stesso, come se per quelli come noi la gioia appunto non fosse concessa, come se dovessimo nasconderla come un gioiello prezioso, talmente prezioso da rischiare di vederselo rubare in ogni momento. E in particolare dovevo fare attenzione a mio padre che già una volta aveva cercato di allontanarci l'uno dall'altro. Mi ripromisi di sembrare triste, annoiato, deluso, avrei inventato di avere una ragazza da incontrare in città, così forse li avrei tenuti tutti calmi e tranquilli mentre con Mattia avremmo organizzato il nostro futuro. Pensai che ancora una volta avrei potuto chiedere aiuto a Leo, l'unico che forse mi avrebbe capito e aiutato, coprendo le mie fughe pomeridiane dalla villa. Una volta giunto a casa, un attimo prima di varcare il cancello, mi tolsi dalla faccia quel sorriso estatico che mi portavo dietro da prima e assunsi l'aria pensierosa e stanca che più si addiceva a un reduce da pesanti ore di studio. Corsi in camera senza salutare nessuno e mi gettai sul letto, accesi lo stereo e mi lasciai cullare dalla musica.

Ero felice.

56

Amelia

La decisione di parlare con mio padre nacque da sola, il mio cervello fu il semplice incubatore dentro il quale prese forma, si ingrandì fino a diventare autonoma e inarrestabile, una specie di pianta in apparenza innocua che poi si rivela essere carnivora o velenosa.

Forse ero mossa dalle migliori intenzioni e cercavo solo di motivare l'assoluto diniego di Tommy all'ipotesi di una fuga all'estero di tutta la famiglia, oppure forse volevo dare una mescolata alle carte in tavola per capire se dalla nuova disposizione potesse uscire fuori un jolly, e chiudere la partita. Siccome non volevo che la mamma fosse presente avevo scelto di farlo quando lei era fuori casa, impegnata in una sessione pomeridiana di shopping con qualche amica nel tentativo di recuperare il tempo perduto, quelle lunghe e noiose giornate trascorse dentro casa intenta a recitare la parte della moglie afflitta per le tristi vicende giudiziarie del marito. Papà trascorreva gran parte della giornata nel suo studio, lo si poteva sentire mentre faceva lunghe telefonate di lavoro che si caratterizzavano per progressive variazioni di tono, da quello gioviale dei convenevoli iniziali a quello asciutto con cui esponeva le proprie ragioni e le proprie necessità fino a quello adirato della parte finale, quando l'ex amico di turno gli esponeva gli innumerevoli motivi per cui non voleva più essere richiamato. Ogni volta, tra una telefonata e l'altra, faceva passare un breve momento di riflessione, o almeno così pareva, visto che se ne stava con la testa tra le mani e gli occhi chiusi, poi beveva un sorso d'acqua e ripartiva daccapo. Lo spiavo da dietro la porta socchiusa alla ricerca del momento buono per entrare, ma riuscire a trovare una breccia adatta dentro la quale insinuarmi non fu facile. Alla fine bussai, mi vide, non disse nulla. Terminò di scrivere qualcosa su un pezzo di carta strapieno di annotazioni, poi alzò lo sguardo su di me.

"Che c'è?" chiese.

"Volevo vedere come stavi."

"Benissimo. Grazie per il pensiero."

"Vuoi qualcosa dalla cucina?"

"No. Sono a posto."

Fece per alzare la cornetta, ma poiché non mi muovevo si bloccò. "C'è altro?"

"Sì. In effetti ci sarebbe una cosa..."

Appoggiò la cornetta sul ricevitore, sbuffò.

"Accomodati allora. Ma non ho molto tempo da dedicarti."

Sai che novità, pensai. "Si tratta di Tommy. E del motivo per cui ha fatto quella scenata, ieri sera."

"C'è un motivo in particolare?" chiese incuriosito.

Annuii. "Sarebbe un segreto, non dovrei dirlo, ma data la situazione. Cioè, neppure io faccio i salti di gioia all'idea di partire però... Tommy sembra preferire il suo amico a tutti noi. E questo non è giusto, credo..."

"Quale amico?"

"Un ragazzo che tempo fa veniva qui, poi ha smesso. Si chiama Mattia, loro si stanno frequentando. Non mi va di fare la spia ma Tommy racconta un sacco di bugie su cosa fa di pomeriggio, non è vero che va in biblioteca a studiare."

"E tu come lo sai?"

"Me lo ha detto Leonardo. Hai presente? Quell'altro ragazzo che veniva qui..."

"Sì sì, ho presente..." mi bloccò, come se fosse infastidito dal ricordo.

"Mi stai dicendo che Tommaso non vuole partire perché significherebbe abbandonare il suo amico?"

"Potrebbe essere."

Si ammutolì, pensieroso.

"Che intendi fare?" chiesi, come se l'aver fatto quella rivelazione mi concedesse il diritto di conoscere le sue intenzioni in proposito.

"Tu al posto mio che faresti?"

"Suppongo che parlerei con Tommy e cercherei di convincerlo a fare la cosa giusta."

Annuì. "È proprio ciò che intendo fare."

Poi tornò a sollevare la cornetta. Capii che dovevo andarmene, il tempo a disposizione era finito.

Nei giorni seguenti non accadde nulla di particolare, a quanto pareva il colloquio di papà coi magistrati era andato bene e la mamma si lasciò sfuggire che probabilmente una parte delle accuse sarebbe caduta. Nessuno accennò più alla fuga all'estero, il che significava che l'ipotesi era ancora in piedi in attesa di ulteriori sviluppi. Tommaso continuava a trascorrere fuori casa quasi tutti i pomeriggi, poi rientrava e a cena parlava pochissimo, era come se si fosse chiuso in un mutismo volontario dopo la sua presa di posizione di quella sera, come se fosse in guardia da allora, pronto alla battaglia per difendere il suo diritto a non partire. Anche papà restava zitto per quasi tutto il tempo, un atteggiamento che si era portato dietro dal carcere e che probabilmente aveva finito col gradire, così le uniche a parlare eravamo la mamma e io, chiacchiere inutili su fatti di costume e pettegolezzi vari. A vederci sembravamo una famiglia come tante, radunate intorno a una tavola imbandita dopo una giornata di studio e lavoro per celebrare il sacro rito della cena.

Per quell'ipotetico osservatore sarebbe stato difficile immaginare ciò a cui eravamo destinati tutti, quel destino beffardo verso il quale ci

345

stavamo dirigendo a vele spiegate, e che di lì a pochi giorni sarebbero accaduti fatti che avrebbero cambiato le nostre vite per sempre.

Ma immagino che la stessa cosa si possa dire di tutti i momenti di quiete che precedono una qualsiasi tempesta.

57

Tommaso

Assaporai ogni momento della trasformazione del mio rapporto con Mattia. Certi atteggiamenti parevano scaturiti dai miei desideri più profondi e dalle fantasie che avevo vissuto in precedenza e che credevo sarebbero rimaste tali per sempre, invece divennero elementi della nostra nuova quotidianità, i baci al posto dei saluti, una certa indefinibile intimità nei gesti e nelle parole, le nostre mani intrecciate sotto il bancone del negozio mentre aspettavamo, seduti vicini, l'arrivo del cliente successivo.

Ridevamo molto, di tutto e di tutti, dei clienti con i loro sguardi obliqui, soprattutto quelli abituali che ci vedevano sempre insieme e probabilmente cominciavano a farsi domande sulla natura del nostro rapporto, dei passanti di cui provavamo a indovinare gli stati d'animo sulla base dell'andatura nei pochi secondi necessari per transitare davanti alla vetrina del negozio, perfino di come certe piante o certi fiori se ne stavano eretti dentro i loro vasi, e parevano fissarci.

La mamma di Mattia era molto gentile, quando capitava di incontrarci mi chiamava col diminutivo Tom, diceva che gli ricordavo nell'aspetto un famoso attore americano di cui non ricordava il cognome ma solo il nome, Tom appunto, per cui rimasi sempre col dubbio di assomigliare a Tom Hanks, Tom Cruise, oppure a Tom Berenger o a chissà chi altro. Credo sapesse di noi anche se non ho mai approfondito, lo percepivo dal modo che aveva di parlarci, quell'uso del plurale con cui ci accomunava in ogni domanda e in ogni considerazione. Dava l'impressione di avere una visione del mondo quasi distaccata, come se fosse consapevole di essere qui di passaggio e che ogni accadimento, dal più piccolo al più grande, non fosse altro che un insignificante dettaglio all'interno di qualcosa di incommensurabile. Penso che in questo contesto l'omosessualità di suo figlio non potesse in alcun modo scalfirla. Con suo padre non ebbi mai alcun contatto, sapevo della sua esistenza solo perché ogni tanto veniva citato da Mattia nell'ambito di dialoghi che riguardavano altro e mi ero fatto l'opinione che si trattasse di un uomo piuttosto tranquillo che trascorreva gran parte del tempo a pescare e a osservare la natura.

"Diventerai come lui?" chiesi una volta a Mattia.

"Hai mai provato a slamare un pesce? È orribile... e ci si sporca da matti! Non ci penso proprio."

"Mi piacerebbe provare a pescare. È una cosa che non ho mai fatto. Voglio dire, starsene lì tranquilli, in silenzio, ad aspettare che il pesce abbocchi. Non dev'essere male."

"Possiamo andarci insieme una volta. Con mio padre ci andavo spesso, da piccolo. Poi ho smesso."

"Affare fatto. Appena il tempo migliora organizziamo."

Avevo chiesto a Leo di passare a prendermi in villa ogni giorno. All'inizio aveva rifiutato, diceva che dopo il litigio con Amelia non voleva rimetterci piede. Gli spiegai che doveva solo citofonare e aspettarmi fuori dal cancello, la sua presenza avrebbe confermato agli occhi dei miei che si trattava di incontri di studio con i compagni di classe. "La maturità è vicina" avevo detto a mia madre, "dobbiamo studiare e prepararci insieme."

"C'è anche Leonardo nel gruppo?" aveva chiesto lei.

"Sì, certo" avevo risposto io, d'istinto.

"Digli che ci incontriamo direttamente in biblioteca" era stato il suggerimento di Leo, "dovesse capitare che incontro tua madre e mi chiede qualcosa sta certo che confermerei."

"E dai, me lo devi, dopo quella bugia su Mattia. Ho bisogno che non sospettino nulla. È troppo importante, capisci?"

"Sì sì, capisco."

349

"Poi magari se capita che Amelia sia fuori portata potresti entrare e salutare mia madre. Così le racconti quanto sia faticoso preparare l'esame di maturità."

"Vedremo."

Tutto era andato per il meglio per circa un mese. Leonardo passava a prendermi in villa, facevamo un pezzo di strada assieme e poi ci salutavamo, io giravo per il centro verso il negozio di Mattia, lui se ne tornava a casa. Fino a quel pomeriggio di metà maggio, quando trovai il negozio chiuso. Nessun avviso affisso, solo la saracinesca abbassata, grigia e fissa al suolo, col lucchetto chiuso.

Provai a bussare, qualche colpo di mano nella lamiera metallica, anche se sapevo che non aveva alcun senso farlo.

Guardai l'orologio, pensai che Mattia avesse avuto un contrattempo e fosse in ritardo, legai la bici al palo dell'illuminazione e mi avviai a piedi verso casa sua. Speravo di incrociarlo lungo il percorso ma non accadde. Valutai se aspettarlo sotto casa, poi mi decisi a suonare il campanello. Rispose sua madre, disse di aspettare lì, che sarebbe scesa subito. La vidi arrivare di corsa, aveva lo sguardo allucinato, quasi mi travolse venendomi incontro.

"Hai visto Mattia?" chiese afferrandomi un braccio.

"No. Sono passato dal negozio ma è chiuso..."

"Ieri sera non è tornato a casa. Eravate insieme?"

"Fino alle sette, più o meno. Come non è tornato a casa?"

"Non lo vedo da ieri pomeriggio ti dico. È sparito. Oddio, credo che sia successo qualcosa di brutto. Volevo chiamarti ma non avevo il tuo numero."

"Quando ci siamo salutati era tutto a posto. Stava venendo a casa. Dobbiamo andare a cercarlo. Dove potrebbe essere?"

"Non ne ho idea."

"Lei chiami la Polizia, io vado all'ospedale, se ha avuto un incidente potrebbe essere ricoverato lì."

"Va bene. Chiamami appena sai qualcosa."

Corsi fuori, raggiunsi la bici, mi avviai a tutta velocità verso l'ospedale. Cercai di ignorare i pensieri cupi che stavano annidandosi dentro di me, proliferando in maniera incontrollata, come colonie di insetti famelici, nutrendosi del sospetto che, dietro quella sparizione, potesse celarsi l'ombra di mio padre.

Paura, rabbia, ansia, disperazione, provavo questo e altro, sentimenti nuovi e amari che non avrei saputo definire, mentre cresceva in me la consapevolezza che, comunque fosse finita, se quel sospetto si fosse rivelato fondato, non ci sarebbe stata alcuna possibilità di tornare alle nostre vite precedenti.

58

Leonardo

Tommaso non si presentava a scuola da una settimana. Guardare quel banco vuoto a fianco al mio mi procurava un senso di inquietudine, come se fosse un presagio di qualcosa di brutto. Alla fine cedetti alla tentazione di andare in villa e provare a parlarci, mi portai dietro i compiti assegnati negli ultimi giorni, nella peggiore delle ipotesi avrei detto di essere stato incaricato dai professori di portarglieli.

Quando giunsi alla villa vidi un furgone fermo davanti al cancello, sulla fiancata c'era scritto *Benelli Arredamenti*, proprio in quel momento un uomo stava scendendo per citofonare, restammo in bilico per un istante per capire chi due dovesse farlo, poi gli diedi la precedenza.

Riconobbi la voce della signora Cecilia chiedere chi fosse, l'uomo disse che dovevano consegnare una matrimoniale, subito dopo il cancello si aprì. Ero indeciso se entrare anch'io, di regola non avrei dovuto visto che non era stato aperto per me, l'uomo del furgone mi lanciò

352

un'occhiata prima di rimettere in moto, pareva voler dire fa *come vuoi, non mi interessa, se vuoi entrare entra.* Mi accodai al furgone, avanzavo timidamente lungo il vialetto cercando di scorgere qualcuno, possibilmente Tommy, a cui annunciare la mia presenza. Dal portone vidi uscire la signora Cecilia, andò incontro agli operai che stavano già scaricando i mobili dal retro del furgone, si fermò qualche istante a parlare con uno di loro. Sentii una mano possente afferrarmi la spalla, mi girai di scatto, era Valeriano, il giardiniere, mi stava fissando col suo solito sguardo da matto.

"Che ci fai qui ragazzo?"

"Salve, sono entrato con loro" dissi indicando il furgone.

"E chi ti ha detto che potevi farlo?"

Continuava a tenermi la mano sulla spalla come se volesse accertarsi che non potessi scappare.

"Può lasciarmi per favore?" chiesi bruscamente.

"Sei entrato senza permesso in una proprietà privata. Sto valutando se chiamare i Carabinieri."

Non credevo l'avesse detto veramente. "Lei è un pazzoide, lo sa? Nessuno l'ha mai informata di questo?"

Cominciò a stringere la mano, era dannatamente forte, avvertii un dolore crescente alla spalla.

Il pugno partì quasi d'istinto, lo colpì dritto al naso che cominciò a colare sangue, un rivolo rosso che in un attimo arrivò al mento per poi cadere a terra, un paio di gocce scure.

"Pezzo di merda!" gridò. Mi afferrò al collo con entrambi le mani, mi gettò a terra, cominciò a stringere con forza. I due operai accorsero in mio aiuto, me lo levarono di dosso a fatica, lo allontanarono quel tanto che bastava per darmi tempo di scappare, cosa che feci senza indugio. Gettai uno sguardo in direzione del portico, vidi la signora Cecilia, in piedi, che mi guardava. Mi sarei aspettato che prendesse le mie difese contro quel bastardo di giardiniere ma lei sembrava inerte, quasi assente, teneva le braccia basse, leggermente piegate, mi ricordò un manichino sia per la posizione del corpo che per l'espressione del viso. Ebbi l'impressione, pedalando verso l'uscita, che l'unico motivo per cui continuava a fissarmi fosse per accertarsi che me ne sarei andato.

La notizia fu diffusa nel primo pomeriggio del giorno seguente da alcuni notiziari radio, ma fu solo coi telegiornali della sera che entrò di peso nelle case degli italiani. Ci furono nuove riprese dall'esterno della villa e immagini di repertorio di aerei in fase di decollo poiché l'ipotesi più accreditata era che l'Ingegnere, nel fuggire, avesse utilizzato un volo di linea imbarcandosi con documenti falsi. Sulla destinazione prescelta si fecero varie ipotesi, oltre ai paradisi fiscali e al solito Sudamerica furono citati la Libia, vista l'amicizia che Fioravanti vantava con Gheddafi e il Kazakistan, dove in passato le sue aziende avevano realizzato importanti progetti costruttivi.

Nei giorni seguenti lessi avidamente gli articoli di giornale alla ricerca di notizie fresche, appresi che a dare l'annuncio della sparizione era stato il legale di famiglia il quale era stato avvertito dalla signora Cecilia di prima mattina dopo che, risvegliandosi, non aveva trovato tracce del marito. Nel corso della giornata l'ipotesi di una fuga si era fatta strada man mano che tutte le altre erano cadute a colpi di verifiche, poi era iniziata una caccia all'uomo che avrebbe impegnato decine di agenti nei giorni successivi, furono verificate liste di passeggeri di decine di aerei decollati quella mattina, esaminati i filmati delle telecamere dei principali aeroporti, ma la sensazione comune era che, d'innanzi alle possibilità economiche del fuggitivo, qualunque sforzo nel tentare di rintracciarlo sarebbe risultato vano; "quando questa gente decide di scappare, scappa" disse un esperto di criminologia durante un talk show televisivo, "ha mezzi, contatti, consulenti per farlo senza troppo problemi."

Quando rientrò a scuola, un paio di giorni dopo, mi limitai a chiedere a Tommaso se fosse tutto okay. Era pallido, smagrito, spento. Non rispose alla mia domanda, né a quelle di altri compagni e di alcuni professori, liquidandole tutte con gesti della mano, svolazzi, che potevano voler significare che non aveva nessuna voglia di affrontare l'argomento o che, pur volendo, non era autorizzato a farlo.

Nelle settimane seguenti la situazione si attestò su una calma apparente o reale, non riuscii mai a capirlo, dell'Ingegnere non si sapeva nulla e l'interesse sulla sua sorte si placò, come sempre succede coi fatti di cronaca. Venimmo assorbiti dalla maturità che per parecchi giorni ci fagocitò dentro le sue fauci per poi risputarci, a esame finito, trasformati in adulti pronti ad affrontare il mondo. Tommaso e io ci salutammo fuori dalla scuola, gli dissi che se avesse avuto bisogno di me sapeva dove trovarmi, dopo un attimo di esitazione mi abbracciò, per un momento pensai che volesse dirmi qualcosa di importante, poi si limitò a ringraziarmi per averlo sopportato tutti quegli anni. Non mi invitò a passare a trovarlo in villa, come forse sperava, né si presentò alla cena di classe che organizzammo qualche giorno dopo. La nostra amicizia era finita così, sul marciapiede davanti alla scuola, come se fossimo stati compagni di viaggio a bordo di una navicella spaziale che aveva attraversato le medie e le superiori e poi, una volta giunti a destinazione, avesse esaurito la sua spinta propulsiva.

Negli anni seguenti mi capitò di passare in bicicletta o in macchina davanti alla villa e ogni volta fui tentato di suonare il campanello e chiedere di lui, anche se penso che il mio vero desiderio fosse quello di entrare per rivedere il parco, il campo da tennis, il gazebo, l'ulivo secolare, restarmene fermo lì, chiudere gli oc-

chi e ricordare gli anni della nostra adolescenza.

Non ebbi mai il coraggio di farlo.

Parte seconda

1999 - 2002

59

Leonardo

La notizia campeggiava a caratteri cubitali sulle locandine davanti alle edicole: *cadavere sepolto ritrovato al parco urbano*. Poi, nei giorni seguenti, *ancora ignota l'identità del cadavere del parco* e in seguito *il cadavere era maschio, identificazione difficile*.

In quei giorni facevo avanti e indietro da Bologna, l'anno accademico era appena iniziato, di lì a poco mi sarei trasferito a casa di Giorgio, un cugino di mia madre, un single convinto che aveva accettato di ospitarmi durante gli anni dell'università purché mi dessi da fare in casa e lo aiutassi, di sera, nella sua pizzeria da asporto. In pratica facevo il fattorino, consegnavo pizze a domicilio e nei momenti di calma stavo alla cassa e prendevo gli ordini telefonici. Non mi lamentavo, quel lavoretto mi permetteva di staccare la spina dai libri e di guadagnare qualche soldo, anche se tra le giornate in facoltà e le serate in pizzeria finiva che non avevo tempo per nient'altro. Avevo una mezza relazione con una ragazza, Lisa, che avevo conosciuto nel negozio di musica nel quale spendevo gran parte dei miei soldi, faceva la commessa anche se di musica ci capiva poco o niente, però aveva occhi grandi e avvolgenti e sorrideva a tutti, ampi sorrisi sinceri che ti mettevano a tuo agio, ti facevano capire che potevi restare lì per tutto il tempo che volevi e nessuno ti avrebbe oppresso per indurti a comprare qualcosa. Quando mi resi conto che continuavo ad andare al negozio per lei e non per i dischi decisi che l'avrei invitata a uscire. La proposta non la stupì, né scalfì il suo sorriso, probabilmente riceveva inviti simili ogni giorno. Disse che normalmente non usciva coi clienti abituali ma che in quel caso avrebbe fatto un'eccezione. Quella sera chiesi a Giorgio di non lavorare, lui rispose che non se ne parlava neppure ma quando gli dissi che dovevo uscire con una ragazza acconsentì e mi sganciò cinquantamila lire strizzandomi l'occhio. Fu il primo di una serie di appuntamenti che si conclusero tutti con qualche bacio e poco più, forse entrambi stavamo aspettando che fosse l'altro a prendere in mano la situazione o forse nessuno dei due era convinto di volerlo fare. O magari ci piaceva stare lì, in quell'area nebulosa che rendeva ogni incontro successivo più eccitante e pieno di aspettative, consapevoli che a giochi fatti quella magia sarebbe finita.

Seguii con distacco le notizie sul ritrovamento del corpo e lo feci più per l'abitudine di sapere cosa accadeva nella mia città che per un reale interesse. Dato l'avanzato stato di decomposizione si supponeva che fosse lì da anni, non c'erano documenti o qualora ci fossero stati non ce n'era rimasta traccia, a prima vista non presentava segni distintivi particolari. Poi l'autopsia stabilì che la morte fosse avvenuta in un lasso di tempo compreso tra i cinque e i sette anni prima e si suppose fosse stata causata da una coltellata alla gola che aveva reciso l'arteria sub clavicolare con conseguente rapido dissanguamento. Fu avviata una ricerca tra le persone scomparse da quel periodo in avanti e si cercò negli ambienti della malavita locale ipotizzando che potesse trattarsi di un regolamento di conti.

Il nome dell'ingegner Fioravanti, pur risultando negli elenchi degli scomparsi in quel periodo, fu inizialmente scartato. Tutti ancora ricordavano la sua fuga all'estero per motivi giudiziari, uno degli agenti disse che di sicuro se la stava spassando alla grande in qualche paese esotico, alla faccia di tutti loro che se ne stavano lì a lavorare. Quando però il suo rimase l'ultimo nome da verificare e le pressioni del magistrato circa la necessità di trovare l'identità del corpo si fecero sempre più insistenti, l'ipotesi che potesse trattarsi di lui fu messa sul tavolo. La signora Cecilia confermò che non aveva mai avuto contatti col marito dal giorno della scomparsa e quando venne informata dell'eventualità che il morto del parco potesse essere lui quasi svenne. Poi, nei giorni seguenti, accettò di collaborare fornendo le radiografie dentali dell'Ingegnere. La comparazione fu esaustiva e risolutiva: finalmente il cadavere aveva un nome e un cognome, ed erano un nome e un cognome coi fiocchi.

Tutta la stampa nazionale tornò a occuparsi di lui per quella che sarebbe stata l'ultima delle tante notizie che lo avevano riguardato. Le TV mandarono in onda servizi speciali sulla sua vita e dibattiti in cui si fecero supposizioni circa i mandanti dell'omicidio. Tutti furono concordi nel ritenere che la sua sorte dovesse essere legata alle vicende giudiziarie che lo avevano colpito; qualcuno decretò che, in fondo, l'Ingegnere rappresentava null'altro che l'ennesima, ultima vittima di quel periodo di bolgia giustizialista che fu determinato dalle inchieste di Mani Pulite. Più realisticamente, le indagini furono subito dirottate verso la criminalità organizzata con la quale Fioravanti sembrava aver avuto rapporti negli ultimi tempi, secondo alcuni fino a divenire il punto di riferimento per il riciclaggio del denaro proveniente dai traffici illeciti di droga e prostituzione. Alcuni boss avrebbero temuto questo suo coinvolgimento nel filone giudiziario degli appalti truccati e avrebbero preferito metterlo a tacere per evitargli la tentazione di fare accordi coi magistrati antimafia. Probabilmente era stato organizzato un incontro in qualche luogo nei pressi della villa, ciò avrebbe spiegato l'uscita di casa dell'Ingegnere mentre il resto della famiglia dormiva ancora. Cosa avesse spinto Fioravanti ad accettare l'incontro non era dato saperlo, forse la paura che se non fosse andato lui da loro sarebbero andati loro da lui, e l'incontro si sarebbe tenuto ugualmente, magari estendendo la partecipazione a moglie e figli. O forse era stato lui stesso a chiederlo per rassicurare i boss della sua lealtà, ma loro evidentemente non erano rimasti convinti.

Leggere quelle notizie mi catapultò indietro nel tempo. Non avevo più pensato a loro, a Tommy, ad Amelia, alla signora Cecilia. Cercai di capire cosa potessero provare nell'apprendere che loro padre e marito, colui che credevano fosse scappato per fuggire alle sue responsabilità e ai suoi errori, giacesse da anni sotto un metro di terra con la gola tagliata.

Poi ebbi un'intuizione. Mi venne proprio mentre pensavo all'ultima volta che ero entrato in villa, quando venni cacciato dal giardiniere e finì in una colluttazione di cui conservavo ancora l'asprezza del ricordo. All'inizio la bollai come una fantasia priva di qualunque fondamento poi, a distanza di giorni, mi resi conto che quell'idea non voleva saperne di andarsene e che presto o tardi avrei finito per sottoporla a qualcuno per liberarmene e lasciare a lui il compito di smontarla.

Così, qualche giorno dopo, quando il piantone del Comando Carabinieri di corso Mazzini mi chiese di cosa avessi bisogno dissi che avevo informazioni importanti sull'omicidio dell'ingegner Fioravanti.

Lui mi squadrò come se fossi fuori di testa, poi afferrò una cornetta e disse qualche parola che non potei udire. Mi fece cenno di entrare, mi invitò ad accomodarmi in sala d'attesa. Dieci minuti dopo fui prelevato da un appuntato che mi condusse all'ufficio del sottufficiale di turno, un uomo dal viso butterato e dallo sguardo vigile che mi fissò per tutto il tragitto necessario a raggiungere la sedia posta davanti alla sua scrivania. Mi chiese le generalità e cosa avessi a che fare con Fioravanti, risposi che ero stato un amico intimo di entrambi i figli e che avevo frequentato la villa per molti anni, fino a poco prima della scomparsa. Mi fece varie domande volte ad appurare che dicessi la verità, dovette ritenersi soddisfatto poiché mi invitò a dire cosa sapessi riguardo all'omicidio.

"Voglio precisare che non ho idea di chi sia stato ad ammazzare Fioravanti. Quello che so è che il giorno prima della scomparsa ero andato alla villa per incontrare Tommaso, il figlio dell'Ingegnere e al cancello avevo trovato un furgone che si apprestava a entrare. Era il furgone di un mobilificio della zona, due operai dovevano fare una consegna, per la precisione una camera da letto matrimoniale, così disse uno di loro al citofono. Sono rimasto solo per pochi minuti, quando sono andato via stavano scaricando il camion. Alla luce degli ultimi eventi questa cosa mi è tornata in mente perché una volta, tempo prima, mi ero trovato per caso con l'Ingegnere nella loro camera da letto matrimoniale e lui mi aveva detto che quella era l'unica stanza che era riuscito a sottrarre al gusto modernista della moglie. Era in effetti arredata con mobili classici, dichiarò di averli scelti personalmente e di non aver voluto sentire ragioni, disse che non avrebbe mai accettato di dormire in un letto rotondo, per capirci. Ieri sono passato dal mobilificio Benelli e pensate un po', è specializzato in mobili moderni, ho finto di essere un potenziale cliente, ho chiesto di mostrarmi le camere più classiche che avevano e mi hanno detto che non trattano mobili classici. Non le sembra strano, tutto ciò?"

Il brigadiere fece una smorfia, "potrebbe aver cambiato idea, magari si è fatto convincere dalla moglie a cambiare l'arredamento."

"Sì. Può essere. Oppure c'è stata la necessità, anzi l'urgenza, di cambiare quei mobili. Ponga il caso che Fioravanti sia stato accoltellato proprio lì, in camera da letto. Chissà quanto sangue... impossibile ripulire, meglio togliere di mezzo tutto. E poi, a cose fatte, hanno annunciato la scomparsa dell'Ingegnere."

Seguì un breve silenzio, come a voler far sedimentare quell'ipotesi per capire se avrebbe mantenuto una qualche sorta di attendibilità.

"Quindi lei ritiene, indirettamente, che il colpevole sia uno dei familiari e che il resto della famiglia lo abbia poi aiutato a coprire le tracce dell'omicidio."

"Come ho detto prima non ne ho idea di chi sia il colpevole. Si pensa sia stata la mafia, magari è vero. Solo che anziché ammazzarlo da qualche altra parte lo hanno fatto in casa, magari sorprendendolo nel sonno. E riguardo alla famiglia, forse sono stati minacciati, *tacete o torniamo e vi facciamo fuori tutti.*"

Altro silenzio.

"Verbalizziamo" disse poi il brigadiere. "Ne parlerò coi miei superiori."

Appena fuori dalla caserma respirai a pieni polmoni. Sentivo di aver fatto la cosa giusta e che le eventuali verifiche avrebbero decretato l'assoluta estraneità della famiglia al delitto. Se poi così non fosse stato, se fosse emerso che uno di loro aveva davvero fatto fuori l'ingegnere, beh, forse quel qualcuno meritava di pagare. In ogni caso la notizia sarebbe stata riportata dai notiziari e il mio nome, quello del testimone artefice della scoperta, sarebbe stato citato da tutti.

60

Amelia

Quando fu ritrovato il cadavere di mio padre ero a Milano. Vivevo lì da dopo il diploma, quella stessa estate avevo fatto le valigie, avevo salutato mia madre con un bacio sulla fronte ed ero partita. Disponevo di mezzi economici sufficienti per vivere bene, al netto dei capitali confiscati, dei debiti aziendali risarciti e delle parcelle legali saldate, mio padre ci aveva lasciato un patrimonio cospicuo, frutto di operazioni finanziarie che lo avevano reso inattaccabile.

Stavo frequentando il terzo anno di Economia, vivevo con due coinquiline in un bell'appartamento nei pressi di Parco Sempione, frequentavo gente interessante e venivo invitata alle feste. All'inizio qualcuno mi faceva domande su mio padre, mi chiedeva se sapessi dove si trovava, io rispondevo che non ci parlavamo neppure quando lui era uno dei personaggi più in vista del paese, potessero immaginare quanto ci tenessi ad avere sue notizie ora che veniva additato da tutti come un malfattore. Poi quella curiosità morbosa cessò, acquisii una mia personalità distaccata dalla sua e dal suo destino di corruttore in fuga, anche se probabilmente l'ombra lunga del suo passato continuò ad avvolgermi. Ci furono tuttavia anche risvolti positivi, quel mio retaggio contribuì a rendermi più interessante agli occhi dei frequentatori di certi salotti buoni che potevano vantare di accogliere, attraverso la mia presenza, un frammento di quella sua parabola discendente che per tanto tempo aveva catalizzato l'attenzione di tutti.

La notizia del ritrovamento mi giunse dai telegiornali che precedettero di qualche minuto una telefonata di mia madre con cui mi invitava ad andare a Forlì per la celebrazione dei funerali e per la fase preparatoria che li avrebbe preceduti, tenuto conto che la salma, o ciò che ne restava, sarebbe stata restituita alla famiglia solo a seguito dell'autorizzazione del magistrato che conduceva le indagini.

"Per ora resto qui" dissi. "Vengo giù solo per il funerale. Avvertimi quando c'è."

Riattaccai prima di darle tempo di replicare e respinsi le sue telefonate seguenti, di quella sera e dei giorni successivi. Seguii le notizie alla TV e alla radio, mostrai sconforto a chiunque mi capitasse di incontrare, dissi che davvero non mi aspettavo che sarebbe finito così, che nonostante le nostre divergenze e tutti gli errori che poteva aver commesso non lo meritava di certo. Poi, una mattina, mi giunse un sms dal cellulare di mia madre: *abbiamo la casa piena di carabinieri, sono del reparto scientifico, credo stiano cercando tracce di sangue.*

Ero a lezione all'università, uscii dall'aula in fretta e furia e corsi all'appartamento. Preparai una valigia e salii in macchina, mentre guidavo mi venne in mente di non aver neppure risposto al messaggio e che non avevo annunciato il mio ritorno. *Sarà una sorpresa*, pensai, mentre l'autostrada del Sole mi si apriva davanti, dritta e grigia in quella mattina d'autunno. Accesi la radio alla ricerca di notizie fresche ma ottenni solo musica scadente e programmi di informazione, alcuni esperti di informatica stavano dibattendo sui possibili danni del Millennium bug.

Quando giunsi a Forlì la mamma era già stata portata in caserma, Tommy era accasciato su sé stesso, seduto sul divano, inerme. "Cos'è successo?" chiesi.

Alzò lo sguardo, era pallido, vicino a lui sul pavimento c'era una chiazza di liquido denso e giallo, vomito.

"Sono andati direttamente in camera da letto, coi loro apparecchi hanno trovato tracce di sangue dappertutto... sul muro, sul pavimento, sangue, sangue e ancora sangue."

"E poi?"

"Hanno detto alla mamma che doveva andare con loro."

Cioè l'hanno arrestata?"

"No. La devono interrogare, così hanno detto."

"Hai chiamato gli avvocati?"

Scosse la testa. "Cosa aspetti? Lo faccio io."

"È inutile, Amelia. È tutto inutile."

"Ma che dici? Cosa è inutile?" chiesi afferrando il telefono e la rubrica telefonica.

"Tutto" ripeté. "Tutto quanto. È tornato, e stavolta non se ne andrà più via."

"Ma di cosa stai parlando? Pronto? Vorrei parlare con l'avvocato per favore, sono Amelia Fioravanti. Sì, è estremamente urgente."

"Sto parlando di papà. È tornato, Amy. È venuto a prenderci..."

"Sciocchezze, stai delirando. Hai preso le medicine?"

"Ci porterà via con lui... lo sento. È la fine..."

"D'accordo, ma gli dica che è urgente, mi raccomando."

"Diventeremo come lui, ossa e polvere... verremo disgregati dalla terra e dai vermi..."

Riattaccai il telefono, mi avvicinai a Tommy, stava tremando, puzzava di vomito e di sudore, lo abbracciai, mi resi conto che non lo facevo da una vita, forse da quanto eravamo bambini, sentii il suo corpo adulto tra le mani e lo paragonai a quello smilzo e minuto di quando aveva dieci anni.

"Sistemeremo tutto, vedrai. La mamma tornerà a casa, seppelliremo papà e tutto tornerà a posto. Te lo prometto."

Mi guardò e sorrise, per un attimo pensai di essere riuscita a calmarlo, poi mi accarezzò una guancia, "pagheremo per quello che abbiamo fatto" disse, e dall'espressione che aveva, quasi estatica, pareva che non aspettasse altro.

61

Tommaso

Alla fine era tornato, proprio come avevo previsto.

Continuavano a dire che mi sbagliavo, che non era possibile, che non si torna dalla morte. È finita, dicevano, quel che è fatto è fatto, non dobbiamo pensarci più.

Io rispondevo che forse questo valeva per le persone normali, ma non per lui. Lui di certo avrebbe preteso di avere l'ultima parola anche quella volta, come sempre. E in ogni caso non sarebbe finita fino a quando lui non l'avesse deciso. Infatti avevo avuto ragione. Eccolo lì, tornato sotto forma di ossa putrefatte, pronto a vendicarsi. E a chiudere la discussione.

Me lo immaginavo, a trattare con la Morte. Lei seduta, fiera, arcigna, col mantello nero che cadeva a falde dietro lo schienale del suo trono, lui minuto al suo cospetto, in ginocchio, lo sguardo basso a fissarne la punta aguzza degli stivali, in attesa che gli fosse concesso il permesso di parlare.

"Ti ascolto" aveva detto la Morte.

Lui si era alzato in piedi, l'aveva fissata negli occhi, senza l'ombra della paura, quasi fosse un suo pari, "ho un conto in sospeso, devi concedermi di tornare" aveva detto, nessuna incrinatura nella voce, solo l'accenno di un doveroso rispetto.

"Perché dovrei concederlo. Cosa otterrei in cambio."

"Ti porterei altre anime, tre per l'esattezza."

La Morte era parsa indecisa, non era abituata a contrattare, né a farsi corrompere, ma non aveva ancora avuto a che fare con lui, il re dei corruttori.

"Parlami di loro."

"Una donna e due ragazzi. Tre anime per la tua collezione. Che altro devi sapere?"

"Cosa ti spinge a farlo? Rabbia? Vendetta?"

Lui aveva scosso la testa. "Nessuna rabbia e nessuna vendetta. Voglio solo ricongiungere la famiglia."

La Morte aveva fatto una smorfia, come se fosse delusa da quella risposta, poi distogliendo lo sguardo aveva fatto un cenno di assenso con la mano, una benevola concessione.

Lui aveva fatto un inchino, poi senza voltarle le spalle era indietreggiato fino all'uscita del grande salone. Una volta fuori aveva ridisceso la scalinata fino agli inferi.

Lì aveva atteso, paziente, il momento del ritorno.

62

Leonardo

La signora Cecilia confessò l'omicidio del marito dopo qualche ora dal suo ingresso nella caserma dei Carabinieri, messa alle strette dalle macchie di sangue che il Luminol aveva evidenziato sulla parete e sul pavimento della camera da letto. Le era stato detto che sarebbero stati necessari ulteriori esami per confermare la natura ematica delle macchie rinvenute e le era stato chiesto se nel frattempo avesse qualche dichiarazione da fare in merito, anche per indirizzare le indagini nella giusta direzione tenendo conto che l'obiettivo comune era quello di trovare il responsabile dell'omicidio. La signora, che dal momento in cui gli agenti del Ris avevano suonato il campanello di casa non aveva smesso neppure per un attimo di tremare e di balbettare mezze parole, parve da subito agli inquirenti che avesse molto da dire al riguardo. Fu sufficiente qualche spintarella ben assestata alla schiena per farle sputare l'osso, una confessione piena con tanto di dettagli sulle circostanze del delitto, raccontati tra una crisi isterica e l'altra e dopo aver ottenuto la garanzia che i suoi figli non sarebbero stati coinvolti.

"Loro non c'entrano" disse un centinaio di volte. "Loro non ne sanno niente."

I dettagli sulla confessione furono resi noti in seguito, a quanto pareva la signora Cecilia aveva dichiarato di essersi opposta con forza alla decisione del marito di fuggire all'estero trascinandosi dietro lei e i figli, l'argomento era stato oggetto di feroci discussioni, nessuno dei due voleva cedere mentre il momento di partire si avvicinava sempre più. Una ricostruzione delle sue parole apparvero mesi dopo in una rivista scandalistica, probabilmente frutto di indiscrezioni arricchite con dettagli di fantasia per aumentare la tiratura, anche se in seguito la stessa Cecilia disse che era stata colta l'essenza di quanto accaduto.

Mio marito è sempre stato un prevaricatore, uno che se ne frega di quello che vogliono gli altri, gli importa solo ciò che vuole lui, per anni mi ha tradita con donne più giovani sbandierandole a destra e a manca come trofei. Io vi chiedo: quanto può resistere, un essere umano, all'umiliazione continua? Quanto deve passare prima che decida di ribellarsi? Non lo sapete? Ve lo dico io. Anche tutta la vita. Io avrei resistito per tutta la vita se fosse servito, per il bene dei miei figli. Ma poi sono arrivati l'arresto, il carcere, la gogna mediatica, quando è stato rilasciato ed è tornato a casa pareva un'altra persona, del vecchio ingegnere sicuro di sé non era rimasto nulla, non faceva che dire che lui in carcere non ci sarebbe mai più tornato, ha cominciato fin da subito a parlare di fuga. A un certo punto ho detto che se voleva fuggire che facesse pure, ma da solo. Lui si è arrabbiato moltissimo, mi ha accusata di essere un'ingrata, ha detto che avrei dovuto baciargli i piedi per ringraziarlo di tutto ciò che aveva fatto per me, io ho risposi che sì, mi aveva concesso di vivere nel lusso, ma per il resto era stato un pessimo marito e un pessimo padre. Una volta mi ha dato uno schiaffo, io ho minacciato di denunciarlo, lui si è scusato, poi si è chiuso in un silenzio ostinato per giorni, non scendeva per pranzo né per cena, diceva al personale di servizio che preferiva mangiare da solo nel suo studio, ogni tanto provavo a parlargli invano da dietro la porta chiusa. I ragazzi erano preoccupati per lui, non sapevano della sua decisione di fuggire e sono certa che se l'avessero saputo avrebbero anche potuto decidere di seguirlo, ma che vita sarebbe stata, mi chiedo, non certo quella che si possa augurare a un figlio, sarebbe stata una vita senza possibilità di scelta. Non potevo permetterlo... L'ho fatto mentre dormiva, poco prima dell'alba. Sono rimasta sveglia tutta la notte ad aspettare che arrivasse l'ora, col coltello nascosto sotto il letto. L'ho pugnalato alla gola, è stato orribile, il sangue schizzava come una fontana, è morto subito, forse non ha avuto neanche il tempo di capire cosa fosse successo. Mi sono cambiata, ho telefonato a tutti i dipendenti di servizio per dire che non

venissero a lavorare, che non avevamo biso-
gno di nessuno per una settimana, tutti esclu-
so Valeriano, il giardiniere. Ho preparato la
colazione ai ragazzi, li ho accompagnati a
scuola, poi sono tornata a casa, ho chiesto a
Valeriano di seguirmi, gli ho mostrato ciò che
avevo fatto, gli ho chiesto di aiutarmi. Ha
messo il corpo dentro un sacco e poi in un
cassone per la raccolta della frutta che ha na-
scosto da qualche parte. La notte seguente ha
caricato il cadavere nel furgone e l'ha seppel-
lito lì dove è stato trovato. Ha smontato i mo-
bili della camera da letto e ha bruciato quelli
con le macchie di sangue, gli altri li ha portati
in discarica, abbiamo pulito il pavimento e ri-
tinteggiato i muri della stanza. Tutto ciò
nell'arco di alcuni giorni, dovendo lavorare
solo di mattina mentre i ragazzi erano a scuo-
la, per il resto della giornata la porta della
camera da letto restava chiusa, se mi chiede-
vano notizie di loro padre rispondevo che non
stava bene e che preferiva non essere distur-
bato, che aveva perfino preteso di non far ve-
nire il personale di servizio poiché non voleva
estranei per casa, ma li avevo rassicurati che
si sarebbe trattata di una scelta temporanea.
Andai al mobilificio con una piantina della
camera da letto e ordinai dei mobili nuovi,
per accelerare i tempi scelsi una camera in
pronta consegna che mi fu recapitata alcuni
giorni dopo. La mattina seguente chiamai
l'avvocato per dire che mio marito era spari-
to. La deduzione che fosse fuggito all'estero fu
naturale e immediata.

I riscontri furono numerosi, i membri del personale di servizio confermarono tutti di aver ricevuto quella telefonata e di non essersi presentati in villa per tutta la settimana precedente all'annuncio della scomparsa dell'ingegnere, il giardiniere venne arrestato con l'accusa di concorso in occultamento di cadavere e la sua versione dei fatti accaduti dopo l'omicidio collimò con quella della signora Cecilia, raccontò di essersi sbarazzato del coltello sporco di sangue e quando gli venne chiesto perché aveva scelto quel posto in particolare per seppellire il cadavere rispose, accentuando ancor di più il tono scontroso con cui si era sempre rivolto agli inquirenti, che si trattava del luogo perfetto, che se non ci si fosse messa di mezzo la sfortuna nessuno l'avrebbe mai trovato. La titolare del negozio di mobili confermò l'acquisto della camera da letto, esibendo ricevute e disegni, gli operai che installarono i mobili ricordarono di aver sentito odore di vernice fresca dentro la stanza.

Amelia e Tommaso non vennero interrogati, come richiesto dalla madre. Gli organi di stampa li dipinsero come le giovani vittime di eventi troppo grandi per loro, poveri reduci da una serie di vicende drammatiche con le quali, loro malgrado, avrebbero dovuto fare i conti per il resto della vita. Dopo la condanna a venti anni di carcere della madre Amelia tornò a Milano, subito dopo ruppe il silenzio con un'intervista a un settimanale di moda in cui confessò di aver passato momenti terribili, di essere stata più volte sull'orlo del baratro pur senza pronunciare mai la parola suicidio e che non era riuscita per molto tempo a togliersi dalla testa l'immagine di sua madre che accoltellava suo padre. Però poi aveva capito che doveva reagire e farsi forza, aveva scelto di tornare a Milano sia per l'amore indissolubile che la legava alla sua città natale sia per allontanarsi dal luogo del delitto. "Non ho idea di come faccia mio fratello a continuare a vivere in quella casa" disse in chiusura dell'intervista, facendo intendere che, molto probabilmente, lei non ci avrebbe mai più rimesso piede.

Il mio nome fu citato come teste che aveva notato il furgone del mobilificio il giorno prima della scomparsa dell'ingegnere e da buon cittadino, alla luce del ritrovamento del cadavere, aveva ritenuto di informare gli investigatori di questo fatto, lasciando a loro il compito di valutare le eventuali connessioni con l'omicidio. In pratica avevo fatto poco o niente, anche perché fu più volte ribadito che, in ogni caso, le verifiche sui familiari sarebbero partite d'ufficio.

Nel frattempo la mia storia con Lisa era finita, troppi tentennamenti non avevano aiutato la relazione a decollare, era mancata quella spinta propulsiva necessaria a prendere quota. Mi concentrai sugli studi, fissai un calendario di esami e mi sforzai di rispettarlo, consegnai migliaia di pizze in giro per Bologna, cercai di distrarmi giocando a basket e qualche volta a tennis, unica eredità rimasta dei miei trascorsi a villa Cecilia.

Nella primavera del 2002 mi laureai, alla discussione della tesi mio padre si presentò con un vecchio completo liso dal tempo che mia madre aveva cercato ripetutamente di fargli buttare, dopo la proclamazione mi strinse la mano e mi confidò di essere fiero di me. Eravamo al bar della facoltà, stavamo festeggiando con pasticcini e spumante.

"Non credevo ce l'avresti fatta" disse, come sempre diretto e sincero. "Avevi preso una brutta piega, da ragazzo. Poi per fortuna hai imboccato la strada giusta."

Lo ringraziai. Sapevo che si riferiva alla mia frequentazione dei Fioravanti. Per tutti quegli anni mi aveva detto di lasciarli perdere, pur consentendomi libertà di scelta, com'era giusto che fosse secondo lui. Quando l'Ingegnere era stato arrestato si era limitato a dirmi che era nell'ordine naturale delle cose, poi non ne avevamo più parlato. Avevamo seguito le sue vicende giudiziarie da posizioni distanti, e tali posizioni erano rimaste tali anche dopo il ritrovamento del cadavere, né aveva mai fatto commenti sulla mia testimonianza ai carabinieri.

Il giorno della laurea quel riferimento a loro, indiretto, sfumato, fu l'ultima sua parola sull'argomento. Io non dissi nulla, mi limitai a stringergli la mano, forse si aspettava che dicessi qualcosa, *hai ragione babbo, hai sempre avuto ragione*. Ma se avessi aperto bocca le mie parole sarebbero state ben diverse. Avrei detto che, fosse stato per me, avrei continuato a frequentarli per sempre, che il mio desiderio antico di vivere in quella villa non si era mai affievolito, non erano serviti i guai giudiziari dell'Ingegnere a farmi cambiare idea, né il fatto che la signora Cecilia si fosse rivelata un'assassina. Se mi avessero voluto sarei corso da loro anche in quel preciso momento, avrei lasciato l'aula magna della facoltà di Ingegneria, avrei lasciato l'appartamento del cugino Giorgio, avrei percorso l'autostrada fino a Forlì e poi la provinciale che mi avrebbe portato ai piedi della collina e da lì avrei svoltato lungo la strada in salita fino a raggiungere la villa. Mi sarei seduto all'ombra del gazebo e sarei rimasto lì, beato e felice, a respirare l'aria carica dei profumi provenienti dal parco, alberi e piante che si erano risvegliate dal letargo invernale in un'unica grande esplosione di colori.

"Cosa ne pensa?" sentii chiedere.

Davanti a me c'era un uomo stempiato, ben vestito, sulla cinquantina, al quale stavo stringendo la mano, e che probabilmente aveva preceduto quella domanda con altre frasi rispetto alle quali avrei dovuto esprimere una sorta di giudizio.

"Chiedo scusa, ero assorto e non ho afferrato alcuni concetti, sarebbe così gentile da ripetere?"

"Ma certamente, come le dicevo sono uno dei soci di un grande studio di progettazione, stiamo cercando un giovane e brillante ingegnere da inserire nel nostro organico. Ero qui in facoltà per vari impegni e ne ho approfittato per assistere agli esami di laurea e farmi un'idea delle nuove leve. Saremmo interessati a fare un colloquio con lei. Cosa ne pensa?"

"Certamente. Grazie."

"Questo è il mio biglietto da visita. Ci sentiamo in settimana per fissare un appuntamento."

Guardai quell'uomo allontanarsi, aveva il passo sicuro e vigoroso di chi non ha tempo da perdere, visto da dietro mi fece pensare all'ingegner Fioravanti, mi chiesi se fosse il tipo d'uomo che desiderassi diventare. Poi liberai la mente, mi allentai il nodo della cravatta e tornai dai miei cari per godermi il resto della festa.

Parte terza

Oggi

63

Leonardo

Avvicinandomi a bassa velocità riconosco la Volvo dell'agente immobiliare parcheggiata sul bordo strada, sono contento che sia già arrivato, sarà lui ad annunciare la visita. Gli stringo la mano, è un uomo basso e tarchiato, mi ricorda Danny DeVito, non riesco a figurarmelo in questa professione che mi fa pensare a persone alte e slanciate, mi chiede se va tutto bene come se fossimo vecchi amici, rispondo che sì, va tutto bene, grazie. Non gli dico che sono nervoso, emozionato, quasi intimorito. Né che conoscevo ogni palmo di questa villa avendola frequentata per molti anni, tantissimo tempo fa. Anche se, dal primo sguardo verso l'interno dopo che il cancello si è aperto stridendo, capisco che dei miei ricordi di allora è rimasto poco, l'involucro forse.

Ho letto l'annuncio su un volantino immobiliare che ho trovato nella cassetta delle lettere, in un primo momento non ero certo che si trattasse di *quella* villa, poi sono entrato nel sito dell'agenzia e ho scaricato le foto, degli interni, del parco, del colonnato sul retro. Quando ci siamo incontrati nel suo ufficio l'agente mi ha detto che appartiene a una famiglia in decadenza economica, conseguenza di vicissitudini tristi culminate con la morte del padre, uno stimato imprenditore che, a suo parere, si era spinto troppo oltre negli affari. Non ha detto che è stato ammazzato né che l'omicidio si è compiuto tra quelle mura, forse lo ritiene un particolare troppo macabro, da riservare a un momento successivo della trattativa, oppure da omettere completamente. Ho chiesto se era possibile visitarla e lui ha inarcato le sopracciglia, passando istantaneamente dalla modalità *chiacchierata informativa* a quella di *possibile vendita*. Ho chiesto se c'erano altri interessati e lui ha risposto qualcuno, ma dal modo in cui l'ha detto mi è parso che non fosse vero.

Camminiamo lungo il vialetto stando attenti alle buche aperte sulla pavimentazione dissestata, quando arriviamo alla base dei gradini del portico l'agente si ferma, io continuo a camminare fino al gazebo o a ciò che ne resta, una struttura forse pericolante col tetto semidistrutto. L'agente mi informa che sarebbe preferibile visitare prima gli interni ma io continuo ignorandolo, mi inoltro nel parco, quel tanto che basta per capire che non esiste più nessun parco, solo vegetazione spontanea che ha soverchiato e distrutto tutte le piante ornamentali, restano gli alberi di alto fusto, le siepi disarticolate e cresciute a dismisura e l'ulivo, quasi un sopravvissuto, perenne testimone di quel passaggio epocale dalla perfezione al degrado. Giro lo sguardo verso il campo da tennis, una macchia rossastra senza rete e senza recinzione, col fondo attraversato da crepe che sembrano ferite mortali, più a nord la serra, è lontana da dove sono ma capisco ugualmente che è ridotta a un ammasso di vetri rotti.

"L'esterno è da sistemare ma le potenzialità ci sono tutte, mi creda" dice l'agente che ha deciso di seguirmi, forse pensa che quello scempio possa farmi desistere ancor prima di vedere il resto. Non credo che lui abbia un'idea precisa delle condizioni reali dell'esterno, per riuscirci bisogna sapere com'era nel pieno del suo splendore. Sento dei passi dietro di noi, l'agente si volta e fa uno scatto in quella direzione, la mano protesa in avanti.

"Signor Fioravanti, buongiorno, come va? Posso presentarle l'ingegner Fabbri? Stiamo dando un'occhiata agli esterni, col suo permesso."

Mi costringo a girarmi, tengo lo sguardo basso, gli porgo la mano, mi chiedo se questa barba che ho deciso di tenere possa essere sufficiente a non farmi riconoscere o se si tratta di una speranza ingenua, dopo tutti gli anni vissuti insieme, fianco a fianco nello stesso banco.

"Leonardo?" chiede.

Annuisco. "Ciao Tommaso."

È magro, molto più di quand'era ragazzo, porta i capelli lunghi, legati dietro da una coda di cavallo, indossa pantaloni di lino bianco e una maglietta a maniche corte con la faccia di Topolino stampata al centro, ai piedi sandali di plastica.

Mi abbraccia, mi appoggia la guancia al torace, poi si ritrae, gli occhi lucidi. Non mi aspettavo questa manifestazione d'affetto, sono visibilmente imbarazzato, l'agente si muove nervosamente da un piede all'altro, "ah, vi conoscete..." dice, sto per rispondere ma Tommy mi precede, "siamo stati in classe insieme per... un sacco di anni." Immagino dovrei dire qualcosa ma sono come bloccato, gli avvenimenti passati mi fanno l'effetto di certi veleni di serpente, resto immobile, inerte. Tommy si guarda attorno, capisce che tutto quel degrado possa avere un effetto strano su di me, cerca di trovare le parole adatte per giustificarlo ma poi desiste, forse quelle parole non esistono. "È andato tutto in malora, come vedi..."

Mi faccio forza, mi sblocco, prendo da parte l'agente immobiliare, gli dico che posso continuare la visita senza di lui, lo rassicuro sul fatto che gli pagherei la commissione qualora decidessi di comprare la villa. Lui sembra rinfrancato, mi stringe la mano, fa lo stesso con Tommy, ci saluta in uno svolazzo di mani e di braccia. Restiamo noi due soli, ammetto con me stesso che era fin qui che volevo arrivare, ho usato l'agente come ariete per far breccia

all'interno della villa, da solo non avrei avuto
la forza di riuscirci.

64

Tommaso

La decisione di mettere in vendita la villa risale a circa due anni fa. Abbiamo cominciato a parlarne poco prima della scarcerazione della mamma e ufficializzato la cosa subito dopo la sua uscita, avvenuta con cinque anni di anticipo rispetto ai venti previsti grazie agli sconti di pena per buona condotta. Quando l'ho riportata a casa sembrava aver cambiato idea, se ne stava per ore seduta sul portico a fissare il parco, immaginavo che i ricordi suscitati da quella vista la stessero dirottando verso un ripensamento, poi ho scoperto che voleva solo godersi l'aria senza nessuno che le dicesse che era ora di rientrare e che della villa e del suo destino non le importava un accidente di niente. Si era indurita la mamma, nel modo di parlare, di muoversi, di pensare. Credo che a un certo punto, dopo i primi mesi di carcere, abbia dovuto decidere, indurirsi o soccombere. Non ha mai voluto raccontare molto della vita lì dentro, solo dettagli che non permettessero di avere una visione d'insieme. Durante la carcerazione, nel corso dei colloqui, preferiva parlare d'altro e una volta fuori non aveva voluto pensarci più, così avevo smesso di fare domande.

Riguardo alla vendita della villa, dopo aver preso la decisione abbiamo aspettato parecchio per metterla in pratica, come se fosse necessario farla sedimentare. Un paio di mesi fa ho contattato un agente immobiliare e gli ho conferito l'incarico.

"C'è una persona interessata alla villa" ho informato ieri la mamma, dopo la telefonata dell'agente che mi preannunciava una visita insieme a un potenziale acquirente. Lei ha finito di sbucciare una mela e ha cominciato a mangiarla, spicchio dopo spicchio, in religioso silenzio. "Bene" ha detto poi, io quasi non ricordavo più a cosa si riferisse. Non riesco ad abituarmi alla dilatazione dei suoi tempi.

Il campanello suona all'ora prestabilita, scatto in piedi e vado ad aprire. Mi apposto dietro il vetro di una finestra per vederli arrivare, poi mi limiterò a un breve saluto e mi terrò in disparte per tutta la durata della visita. Apro la porta principale, l'agente mi vede e mi fa un cenno di saluto, il potenziale acquirente tira dritto, si dirige verso il gazebo a passo deciso, l'agente cerca di trattenerlo con timide esortazioni a partire dall'interno. La scena è piuttosto divertente, l'uomo si allontana sempre più e l'agente, dopo una breve indecisione, lo segue sconsolato. Non so se avvicinarmi o aspettarli qui, poi decido di andare da loro, se ne stanno fermi nei pressi del campo da tennis, o meglio di ciò che ne è rimasto. L'agente si sta prodigando in gesti concitati, forse invita l'uomo a immaginare come fosse quell'area prima e come potrebbe diventare dopo una bella riassestata. Poi si volta e mi vede, sembra sollevato, come se fosse troppo faticoso reggere il fronte da solo. Mi presenta all'uomo, ancora girato di schiena. Quando mi guarda e mi porge la mano avverto una sensazione di familiarità che mi disturba e incuriosisce insieme. Non saprei dire da cosa l'ho riconosciuto, forse dagli occhi, quegli occhi marroni capaci ancora di affascinarmi, o dai lineamenti del viso che, seppur modificati dal tempo e nascosti dietro quell'orribile barba, sono talmente scolpiti dentro gli anfratti della mia memoria da non lasciare adito a dubbi.

"Leonardo?" chiedo.

"Ciao Tommaso."

Sento il cuore battermi forte nel petto, non resisto alla tentazione di abbracciarlo.

Pochi minuti dopo siamo soli, Leo ha chiesto all'agente immobiliare di andarsene, ci sediamo su una panchina dopo aver camminato per qualche decina di metri sul sentiero di pietre che s'inoltra nel parco, sentiamo entrambi l'esigenza di parlare tra noi, in nome della nostra vecchia amicizia.

Gli chiedo se davvero è interessato all'acquisto della villa, lui risponde chiedendo a me se davvero sono intenzionato a vederla.

"A questo punto sì. Non c'è ragione di tener-la."

"Sei criptico. O riservato. Va bene, non voglio sapere altro."

"Stai sbagliando amico. Io voglio raccontarti tutto. Però devo partire dall'inizio. Ci sono cose che abbiamo tenuto nascoste per troppo tempo. È giusto che tu sappia la verità, sono certo che saprai farne buon uso, sempreché dopo tutto questo tempo possa ancora servire a qualcosa. Però prima voglio sapere di te, del percorso che ti ha portato qui, oggi, con questo bel vestito firmato e con l'intenzione di comprare una villa che abbiamo proposto in vendita a un milione e mezzo. Hai l'aria di uno che potrebbe decidere di spendere questa cifra per un semplice capriccio, come quello di acquistarla solo perché ti ricorda i bei tempi andati. O sbaglio?"

"Ho sempre amato questo posto" ammette.

"Ti ascolto" dico. "Raccontami la tua vita dal diploma in avanti."

È titubante ma poco alla volta inizia a parlare, sintetico, quasi distaccato, come se stesse raccontando le vicende di un amico comune che lui ha continuato a frequentare e io no. Liquida gli anni dell'università in poche frasi e si appresta a proseguire oltre, a raccontarmi il periodo che l'ha reso un uomo di successo e dal portafogli gonfio. Lo ascolto con interesse e sento crescere l'ansia per ciò che verrà dopo, quando sarà il mio turno di parlare. È la prima volta che mi appresto a rivelare ciò che accadde quella notte, e nei giorni e negli anni che seguirono. Ma insieme alla paura sento anche il desiderio di volerlo fare. Raccontare quei fatti a Leo sarà come chiudere un cerchio.

O almeno lo spero.

65

Leonardo

"Dopo la laurea ho iniziato a lavorare in uno studio di progettazione. Si occupavano di lavori importanti in giro per l'Italia con qualche incursione in altri paesi europei, soprattutto Spagna e Portogallo. Oltre a progettare e seguire la realizzazione delle opere per conto di committenti pubblici e privati avevano costituito un'impresa di costruzioni che acquistava grandi lotti di terreno su cui edificava interi quartieri residenziali, specialmente nelle periferie di grandi città. A ogni quartiere realizzato davano il nome di un albero o una pianta, Magnolia, Abete, Cipresso, quasi a voler sottintendere la perfetta armonia alla base di ogni progetto. Ho lavorato sodo per diversi anni, sono diventato indispensabile, poi ho chiesto e ottenuto di diventare socio sia dello studio che dell'impresa. Ho cominciato a guadagnare somme che non avrei osato neppure sperare, nel giro dei successivi dieci anni sono passato dall'essere un ingegnere sottopagato a un ingegnere benestante e infine ricco. Cinque anni fa ho conosciuto una ragazza, Eleonora, a un matrimonio di amici comuni. Ci siamo innamorati e ci siamo sposati quasi subito. Viviamo insieme in una bella casa nella prima periferia di Forlì, abbiamo un figlio, Andrea, e un cane, un pastore tedesco affettuoso e giocherellone. Eli vorrebbe cambiare casa, dice che abbiamo bisogno di più spazio, vorrebbe andare a vivere fuori città, sulle colline. Per questo ho preso in mano un opuscolo e mi sono messo a sfogliarlo. E ho visto il vostro annuncio. Fine della storia."

Mi rendo conto di aver sintetizzato parecchio però non sono sicuro di voler condividere con lui gli aspetti più intimi della mia vita da adulto, e poi sono impaziente di ascoltare cos'ha da dirmi circa l'omicidio di suo padre, per capire se finalmente potrò colmare i tanti dubbi che ho sempre avuto sulla versione ufficiale dei fatti.

Fa un sospiro, cambia posizione sulla panchina, smette di guardare me e rivolge lo sguardo in avanti, disperdendolo nel verde disordinato del parco.

"Dunque, partiamo dall'inizio. Ti ricordi di Mattia?" chiede.

Annuisco. Non ho in mente un'immagine precisa del suo volto, sono passati troppi anni, però ho un ricordo d'insieme della sua persona, alto, magro, capelli scuri e ricci, e di ciò che ha rappresentato per Tommy.

"Mattia e io ci stavamo frequentando, il nostro rapporto aveva subito un passaggio al livello successivo, nel senso che forse non eravamo ancora una coppia ma probabilmente lo stavamo diventando. Trascorrevamo insieme tutti i pomeriggi, se ti ricordi avevo detto ai miei che andavo a studiare in biblioteca in vista dell'esame e ti avevo chiesto di passare a prendermi per rendere verosimile questa bugia. Un giorno arrivo al negozio e lo trovo sbarrato, vado a casa sua e sua madre mi informa in lacrime che non lo vede dal giorno prima, cominciamo le ricerche, ospedali, polizia, carabinieri, vigili urbani. Niente. Furono ore tremende, finimmo col pensare che gli fosse accaduto qualcosa di brutto, un rapimento, un incidente, e sebbene nessuno di noi, i suoi genitori e io, pronunciassimo a voce alta queste ipotesi terribili (per lo più restavamo in silenzio ad aspettare che il telefono squillasse), scenari spaventosi si accavallavano nelle nostre menti e ci costringevano a reprimere una disperazione crescente man mano che il tempo passava senza che avessimo notizie. Poi arrivò la chiamata. Rispose la madre di Mattia, la guardai mentre teneva la cornetta appoggiata all'orecchio, dopo aver detto *sì, sono io* era rimasta in silenzio ad ascoltare, gli occhi sbarrati, si poteva percepire solo il formicolio metallico della voce dall'altro capo del filo. *Dio ti ringrazio* disse poi, e l'incubo cessò. Non sapevo cosa fosse successo, né quali fossero le condizioni di Mattia, però sua madre aveva appena ringraziato Dio e tanto mi bastava. Significava che lui era vivo e che presto lo avrei riabbracciato. Appena riagganciato il telefono ci informò che un contadino l'aveva trovato in un canale di scolo, svenuto, sanguinante. In quel momento si trovava in ospedale e lo stavano curando. Le sue condizioni erano stabili, non era in pericolo di vita, nessuna delle numerose ferite era risultata fatale. Mentre raccontava si stava preparando per uscire, suo marito e io la seguimmo giù per le scale e poi salimmo in macchina, tutti insieme, lei alla guida."

Fa una pausa, deve centellinare il ricordo di quella giornata come per evitare di intossicarsi, come se gli avvenimenti che mi sta raccontando siano scorie radioattive da maneggiare con cautela.

"Era stato mio padre. L'ho capito subito, non appena siamo stati informati dai medici che aveva subito un pestaggio. Ricordi? Era già successo in precedenza, aveva mandato i suoi uomini a minacciarlo di non farsi più vedere a casa nostra. Quella seconda volta fu molto peggio, lo avevano riempito di calci e pugni fino a fargli perdere i sensi e poi lasciato lì, per terra, come fosse un animale. All'ospedale avevo aspettato fuori dalla stanza, nella speranza che mi fosse concesso di fargli un saluto veloce, mi sarebbe bastato anche solo sfiorargli il viso mentre dormiva, ma i suoi genitori, uscendo, mi dissero che non voleva vedermi. Chiesi perché, loro scossero la testa, *non l'ha detto perché*. Me ne andai, lasciai i genitori di Mattia a vegliare su loro figlio, li ringraziai e uscii dall'ospedale. Feci a piedi il tragitto fino alla bici, poi in bici fino a casa. Ero furioso, ma anche impaurito. Volevo affrontare mio padre, rinfacciargli ciò che aveva fatto, vedere se almeno avrebbe avuto il coraggio di ammetterlo, magari denunciarlo, aggiungere altre accuse a quelle che già aveva nella speranza che lo chiudessero in carcere a vita. Ma fu la paura a frenarmi, lo sentivo parlare al telefono dietro la porta chiusa dello studio e lo odiavo, odiavo quella voce rauca e quel tono da imperatore che, seppur nella caduta libera che lo stava trascinando verso il baratro, continuava a riservare a tutti i suoi interlocutori. Immaginai ciò che avrei voluto dirgli, parola per parola, rividi la scena mille volte nella mia mente, poteva cambiare lo scenario ma la sostanza rimaneva intatta, io lo accusavo di aver fatto picchiare un ragazzo che aveva il solo torto di essere mio amico, gli puntavo contro l'indice e lui si limitava a negare, così come aveva negato davanti a giudici di essere il referente economico di Cosa Nostra. Solo questo sapeva fare, mentire, probabilmente non aveva mai fatto altro nella vita, e mentendo era riuscito a scalare le vette da cui per anni ci aveva guardato, come fossimo pedine di una scacchiera da disporre e spostare a suo piacimento, magari da sacrificare qualora fosse servito per vincere la partita. Attirai l'attenzione di Amelia, mi chiese cosa avessi, risposi che ero arrabbiato come mai nella vita, non c'era bisogno che specificassi con chi. Volle sapere cos'era successo, finii per raccontarlo, pensavo che in fondo lei poteva essere l'unico alleato possibile contro mio padre. Disse che non potevo lasciargliela passare, dovevo fargli capire una volta per tutte che avevo il diritto di vivere la mia vita. Chiesi come, lei sembrò valutare varie opzioni, poi mi rispose con una domanda. *Dipende, tu cosa saresti disposto a fare?* Dissi che avevo pensato di denunciarlo per le lesioni procurate a Mattia, lei mi rise in faccia, disse che ero davvero ingenuo se pensavo di riuscire a provarlo, *ti conviene lasciarlo fuori Mattia, ha già sofferto abbastanza,* concluse. Mi era parso che avesse in mente qualcosa ma non si decideva a dirlo, la invitai a darmi suggerimenti, lei disse che dovevo spaventarlo, *devi fargli capire che non scherzi.* Poi precisò che per riuscirci dovevo affrontarlo con un'arma, un coltello ad esempio, che avrebbe fatto la differenza, mi avrebbe reso credibile. *Devo minacciarlo con un coltello?* chiesi. *Non solo,* disse, *devi fargli capire che sei disposto a usarlo. Però la cosa può funzionare a una condizione, che sia vero. Quindi prima di fare qualunque cosa devi rifletterci bene, e qui torniamo alla domanda di prima: cosa saresti disposto a fare?*"

Tommy fa una pausa e mi guarda, vuole essere certo che capisca la genesi di ciò che è accaduto dopo, anche se non sono affatto certo di riuscirci. Ciò che mi è chiaro è il ruolo che ha avuto Amelia in tutto questo, quello di regista occulto. Mi sento come uno spettatore che si appresta a vedere l'ultima parte di un film di cui conosce il finale e sente l'impulso di uscire dalla sala, come se fosse sufficiente a cambiarlo. Però ogni muscolo del mio corpo è immobile, sono un tutt'uno con la panchina sopra la quale sono seduto e resto lì, come ipnotizzato, in attesa che Tommy finisca di raccontare come venticinque anni prima ha ucciso suo padre.

66

Tommaso

"Ho preso un coltello dalla cucina, l'ho scelto tra quelli più grandi e appuntiti, ho passato una mano sulla lama come per controllarne la consistenza, l'ho brandito davanti allo specchio, lo sguardo truce, cattivo, gli occhi ridotti a fessure minacciose, le mascelle serrate, il respiro accelerato. Mi sono chiesto se sarei stato capace di usarlo, quel coltello. Ho ripensato a Mattia disteso sul letto dell'ospedale pieno di fratture, ho giurato a me stesso che non gli sarebbe più successo nulla di male, ho ripensato alle parole di Amelia, *sta certo che la prossima volta lo fa ammazzare, quindi devi scegliere chi vuoi salvare dei due, Mattia o papà.* Era vero? Forse parlandoci, supplicandolo, avrei potuto convincerlo a lasciarmi vivere la mia vita. Decisi di affrontarlo, subito, forte della mia rabbia e con le parole da usare ancora fresche nella mente. Stavo per bussare alla porta dello studio ma poi ho fermato la mano a mezz'aria. *Chi è arrabbiato non bussa,* pensai. Spalancai la porta, ebbe un sobbalzo, era seduto dietro la scrivania, mi fissò come se fossi un ladro, quando si accorse che ero io si limitò ad abbassare lo sguardo tornando a rivolgere l'attenzione ai documenti che stava esaminando. *Papà, ho saputo di Mattia,* dissi. Continuò a leggere, ignorandomi. *Papà, ho saputo di Mattia,* ripetei alzando il tono della voce. Alzò lo sguardo, pareva scocciato, per un attimo ebbi la sensazione, quasi la speranza, che non avesse idea di che cosa stessi parlando. *Chi?* Chiese. *Mattia,* dissi, *il mio amico, quello che hai fatto picchiare dai tuoi scagnozzi. Vuoi sapere come sta? Male. Però si riprenderà. Perché l'hai fatto picchiare? È un ragazzo buono, tranquillo. Di cosa hai paura?* Disse che lui non sapeva neppure chi fosse questo Mattia, chiese perché mai avrebbe dovuto far picchiare un ragazzo, per di più amico mio, mi chiese se mi sentivo bene, se per caso non avessi la febbre o qualche altro disturbo che mi portasse a dire cose senza senso, si offrì perfino di testare lui stesso la mia temperatura appoggiandomi la mano sulla fronte qualora mi fossi avvicinato per consentirlo. Io restai immobile, incredulo d'innanzi alla disinvoltura con la quale mentiva, pareva quasi che si divertisse a farlo, mentire e spingere le persone fino al limite per capire fino a che punto poteva continuare, una sorta di esperimento antropologico da scienziato pazzo. *È la seconda volta che lo fai picchiare, devi smetterla,* dissi puntandogli contro l'indice. Mi accorsi che la mano tremava, quel dito proteso in avanti sembrava la bacchetta di un rabdomante sopra una sorgente d'acqua, volevo scappare ma qualcosa mi tratteneva lì, come se temessi che in seguito non avrei più avuto il coraggio di affrontarlo e volessi accertarmi che la mia pretesa fosse stata recepita e accettata. La risata mi colse di sorpresa, mio padre stava ridendo di gusto, in quel suo modo particolare, partiva piano, sghignazzando, poi evolveva in modi differenti a seconda di quanto fosse divertito, poteva finire così, sfumata in strascichi composti, oppure disperdersi in una risata sonora e sguaiata, quasi volgare. Lo guardavo ridere e non riuscivo a capirne il motivo, attesi paziente che finisse, si ricompose, un riflesso condizionato quello di rendersi sempre presentabile, poi chiese di scusarlo ma non aveva resistito, il modo in cui *tutti* pretendevano di dargli ordini da quando era caduto in disgrazia all'inizio lo aveva indispettito ma ora lo divertiva, gente che fino a qualche mese prima non si sarebbe neppure sognata di contraddirlo ora gli spiegava per filo e per segno cosa doveva o non doveva fare. Il fatto che anch'io fossi entrato a far parte del club era deludente, ma anche spassoso. *Ora vattene che devo lavorare*, concluse, muovendo la mano come se dovesse scacciare un insetto. Uscii dallo studio sbattendo la porta in un tonfo che sostituì l'urlo di rabbia che ero riuscito a stento a trattenere, mi chiusi in camera, percepivo una sensazione di sconfitta, rivedevo la scena e pensavo a ciò che avevo detto e a ciò che avrei potuto dire, pensavo a quanto lontano fossi dal riuscire a ottenere il risultato sperato. L'idea di non poter rivedere Mattia mi toglieva il fiato, sentivo l'impulso di piangere ma non riuscivo a fare neppure quello, me ne stavo disteso sul letto, gli occhi sbarrati e rivolti al soffitto. Amelia bussò ma poi aprì la porta senza aspettare il permesso, si sedette sul tappeto a gambe incrociate, chiese com'era andata. Risposi *malissimo, mi ha riso in faccia, quel bastardo.* Disse che dovevamo studiare un piano per fargliela pagare una volta per tutte, disse che quello era il momento buono per riuscirci, lui era al massimo della debolezza, coi problemi giudiziari e gli amici che gli avevano voltato le spalle, disse che di lì a poco, quasi certamente, si sarebbe rimesso in sesto, c'erano voci che stesse trattando con la magistratura per fare un accordo. *Dobbiamo farlo ora. Stanotte. Fare cosa?* chiesi. *Chiedergli di scegliere, se vuole acconsentire alle nostre richieste oppure no. Faremo poche e semplici richieste, se acconsentirà ci stringeremo la mano e vivremo beati e felici, altrimenti...* La guardavo e non capivo dove volesse andare a parare, chiesi quali fossero le richieste da fare, rispose con tre punti: *uno, lasciarci vivere le nostre vite senza interferire e pretendere di controllarci; due, lasciarti frequentare Mattia come e quando vuoi; tre, smettere di tradire nostra madre. E se dice di no, se si mette a ridere come ha fatto prima?* chiesi, *Non succederà perché avremo con noi il coltello. Gli faremo capire che siamo disposti a usarlo.* Il piano prevedeva di affrontarlo quando la mamma non fosse stata presente, né doveva esserci in giro personale di servizio, quindi la scelta si riduceva a quelle poche occasioni in cui lei usciva di casa, di sera, per incontrare le amiche. Non avremmo avuto alcun preavviso, *dobbiamo essere pronti a cogliere l'occasione, reattivi come pantere e altrettanto letali*, disse Amelia, e quella fu la prima volta in cui, seppur indirettamente, accennò alla morte. Di seguito lo fece in altre due occasioni, la prima quel giorno stesso, un paio d'ore più tardi, quando mi chiese se avessi mai pensato come sarebbe stata la nostra vita senza papà, nel caso morisse, domanda alla quale risposi dapprima in modo evasivo, facendole capire che non ci avevo mai pensato e poi liquidando l'argomento con una battuta, dissi che in quel caso, decadendo le innumerevoli accuse a suo carico, buona parte di coloro che lavorava nei Tribunali avrebbe perso il posto. La seconda volta accadde il giorno seguente, incontrandoci in giro per casa, si avvicinò e mi sussurrò all'orecchio di aver desiderato la morte di papà molte volte, fin da piccola, disse che se fosse accaduto tutto sarebbe stato più semplice, gran parte dei nostri problemi si sarebbero da soli. Rimasi esterrefatto dalla serietà con cui lo disse, a dispetto del tono di voce bisbigliato mi parve che il suono di quelle parole fosse più roboante di un tuono. Immagino che a quel punto il germe dell'omicidio fosse stato inculcato dentro di me. Mi ritrovai a pensare a tutte le ragioni per cui avrei dovuto desiderare la morte di mio padre, mi parvero uscire a frotte, sgomitando, come da una compressione che le aveva trattenute per tanto tempo, una sorta di Big Bang destinato all'espansione eterna. Le ore passarono lente, mi sentivo come un bandito che attende il momento giusto per assaltare una banca, i sensi in allerta, la concentrazione al massimo, bevvi diversi caffè, li preparavo con la moka comprimendo la polvere col cucchiaino per farcene stare più possibile, camminavo avanti e indietro per casa, feci una corsa nel parco per dar modo ai muscoli di scaricare la tensione, tornato dentro mi cambiai senza lavarmi, sentivo l'odore aspro del mio stesso sudore saturare l'aria delle stanze in cui sostavo, afferravo cibo a caso dal frigo e lo addentavo voracemente, verso sera cominciai a bere, birra e poi vino, mi accorsi che a ogni sorso la tensione sembrava stemperarsi quindi continuai, finché non raggiunsi un equilibrio che mi parve stabile e l'idea di affrontare mio padre con un coltello in mano smise di perseguitarmi. A cena non mangiai quasi nulla, cercai di parlare meno possibile per non rivelare il mio stato, buttai giù altri due bicchieri di vino sotto gli occhi preoccupati di mia madre che si limitò a dire *non dovresti bere alcool*, senza specificare il motivo. Volevo andarmene in camera, non sopportavo la vista dei miei genitori, seduti lì vicino, alle prese col cibo raffinato che i traffici illegali di mio padre avevano procurato, mi parve di avere, per la prima volta, una visione nitida di ciò che eravamo, ricchi sfruttatori capitalisti che banchettavano a dispetto di tutti coloro che non avevano nulla, mi chiesi se anche quello fosse un buon motivo per affrontare mio padre, se potessi ergermi a paladino delle disuguaglianze sociali e fare un po' di giustizia. Avevo i sensi annebbiati dal troppo bere, desideravo solo andarmene a dormire, stavo per farlo quando la mamma annunciò che sarebbe uscita per un paio d'ore, doveva incontrare un'amica per organizzare una serata di beneficenza in favore del centro oncologico. Mio padre, che non aveva aperto bocca per tutta la cena, chiese se davvero c'era ancora qualcuno disposto ad associare il proprio nome al nostro in una serata di beneficenza, la mamma rispose che sì, i soldi sono sempre soldi, naturalmente avevano lasciato trasparire che la sua presenza non sarebbe stata opportuna ma lei aveva comunque ritenuto di contribuire in nome di un auspicato ritorno alla normalità che, tutto sommato, passava anche attraverso quelle piccole cose. Mio padre sbatté un pugno sul tavolo, *se non mi vogliono non avranno neppure i miei soldi*, gridò, poi si alzò dalla sedia. Un attimo prima di uscire dalla stanza si girò e mi guardò, poi guardò Amelia, *vale anche per voialtri*, disse puntandoci il dito, *o siete con me o non avrete più nulla, dovrete lavorare come tutti, cosa che fra parentesi non vi farebbe male.* Poi uscì, senza aspettare la nostra replica, come sempre. La mamma disse di non farci caso, erano solo parole al vento, frutto di un nervosismo comprensibile, date le circostanze, poi ripeté che sarebbe uscita, non avrebbe fatto tardi. Amelia e io, rimasti soli, ci guardammo. Non ci fu bisogno di dire nulla, avremmo agito quella stessa sera, non appena la mamma fosse uscita di casa. Cosa che avvenne un'ora dopo, col rumore della sua auto che transitava nel vialetto a decretare il via libera. Afferrai il coltello che avevo riposto sotto chiave in un cassetto, lo avvolsi in un panno di stoffa e lo nascosi sotto la maglia, tenuto fermo dalla cintura dei pantaloni. Amelia fece cenno che lui era in camera da letto. La porta era chiusa, dalla fessura in basso trapelava una debole luce, sapevamo che gli piaceva starsene a letto a leggere a luci spente, puntando solo una piccola lampada sulla pagina, libri d'avventura per lo più, Jules Verne, Jack London, Emilio Salgari, ma anche Clive Cussler e Wilbur Smith coi suoi romanzi africani, andai avanti io, aprii la porta con una naturalezza che quasi mi stupì, lui alzò lo sguardo e ripiegò il libro tenendo un dito per non perdere il segno. *Che c'è? Se è per quello che ho detto prima, beh mi dispiace. Ero solo arrabbiato e me la sono presa con voi. Vi chiedo scusa.* Avevo il cervello annebbiato dall'alcool, però riuscii ad afferrare perfettamente il significato di quelle frasi, nostro padre si stava scusando con noi, e pareva sincero. Stavo per mollare, d'innanzi a quelle parole avevo perso ogni goccia di energia, mi vennero in mente frasi di riconciliazione che avrei potuto pronunciare subito e forse stavo per farlo quando Amelia mi precedette, *ce ne fottiamo delle tue scuse del cazzo, siamo qui per dirti tre cose, digliele avanti!* Mi spinse verso di lui, come per accorciare il tragitto che la mia voce avrebbe dovuto fare per arrivare a segno, borbottai le tre cose che ci eravamo prefissi, riuscii a farlo solo perché, a forza di ripeterle, sarebbero uscite dalla mia bocca anche da sole, lui chiese se per caso eravamo impazziti, disse che non aveva mai tradito nostra madre, come ci veniva in mente una cosa simile? E in ogni caso non sarebbero stati affari nostri. Riguardo a Mattia disse che potevo frequentare chi volevo, non gliene fregava nulla, aveva problemi molto più seri a cui pensare. Sull'altra cosa, certo che eravamo liberi di vivere la nostra vita, non appena maggiorenni potevamo anche andarcene da casa se volevamo, e tanti saluti. Ci aveva liquidati così, con poche parole ben assestate, ed era tornato a leggere il suo libro, tipico di lui. *Giura che non hai fatto picchiare Mattia due giorni fa!* gridai. Gettò il libro sul letto, si alzò in piedi e mi si parò di fronte, mi afferrò la faccia con la mano, un gesto simile a quello che faceva quand'ero piccolo ma più energico, quasi rabbioso, *non faccio certo i salti di gioia al pensiero di avere un figlio frocio, se è questo che vuoi sentirti dire... o magari pensavi che mi facesse piacere, eh? A volte ho pensato che non sei figlio mio, magari l'ho sperato pure, perché diciamolo chiaramente, tu e io cos'abbiamo in comune, a parte il cognome? Te lo dico io, un cazzo di niente... Quindi se hai deciso di andare a prendertelo in cu...* Lo zampillo di sangue mi inondò la faccia, usciva a getti intermittenti, copiosi, una quantità incredibile di sangue, rosso, denso, schizzava verso l'alto e poi ricadeva ovunque, sul letto, sui mobili, sulle pareti. Mentre moriva aveva un'espressione strana, pareva sorpreso, forse lo era davvero, o forse in quei momenti non c'è spazio per sentimenti comuni, magari non si prova nulla. Quando emise gli ultimi spasmi io ero ancora immobile nel punto di prima, il coltello in mano, lui si era spostato di qualche passo in direzione del letto dove si era poi accasciato a testa in giù, nel lenzuolo impregnato. Fu Amelia a scuotermi, mi parlava e mi scuoteva ma non ho idea di cosa disse, sentivo l'odore ferroso del sangue salire dal pavimento, dopo che vari rigagnoli erano confluiti uno nell'altro a formare una pozza scura, fui trascinato via, tirato per un braccio fino al corridoio, Amelia chiuse la porta, come volesse stabilire un confine preciso tra noi e l'inferno che regnava nella stanza. A quel punto riuscii a farmi forza, ripresi il controllo del mio corpo, e cominciai a vomitare. Ciò che accadde da lì in poi è più o meno quanto riportato da mia madre nella sua confessione, l'intervento del giardiniere, la pulizia, la sostituzione dei mobili, la tinteggiatura. Se chiudo gli occhi la sento ancora gridare, mia madre, al suo ritorno a casa, quando vide ciò che avevo fatto. Mi colpì con violenza, mi chiamò assassino, vidi il suo volto trasfigurato in una maschera di dolore e rabbia, finché non crollò a terra, sfibrata, sconfitta. Non pensò mai di denunciarmi, continuò ad amarmi come prima con una dedizione che finì per sorprendermi e che mi avvicinò a lei come mai in precedenza, ci comunicò la strategia che avremmo seguito, la denuncia della scomparsa improvvisa per indurre tutti a pensare che fosse fuggito all'estero, in ogni caso noi due figli non avremmo dovuto parlare di nostro padre con nessuno, mai, per evitare di tradirci. In qualche modo riuscii a finire la scuola, nonostante avessi incubi notturni che mi impedivano di dormire e quasi non mangiassi nulla, era come se il mio corpo fosse rimasto fermo a quell'istante, se chiudevo gli occhi vedevo sangue dappertutto, sentivo quell'odore metallico, il rumore delle gocce che cadevano sul pavimento. Cominciai a prendere medicine per dormire e per rimanere calmo, perché nel frattempo erano cominciati gli attacchi di panico, arrivavano improvvisi e devastanti, mi impedirono di uscire di casa per parecchi mesi. Lei mi rimase accanto sempre, mi accudì, mi lavò, mi imboccò, mi impedì di farmi del male, mi dormì accanto, fu grazie a lei che ricominciai a vivere, finché a un anno dall'omicidio riuscii perfino a iscrivermi all'università. Le cose proseguirono abbastanza bene fino a quando non fu ritrovato il cadavere, quella notizia mi rigettò nello sconforto iniziale, che culminò in una crisi di panico all'arrivo degli agenti a casa nostra, coi loro dispositivi per rilevare le tracce di sangue. Mia madre sapeva che sarebbe bastato un niente per farmi confessare così mi precedette, si addossò la colpa, scontò il carcere al posto mio. Quello fu il momento peggiore. I sensi di colpa mi perseguitarono per mesi e non avevo più neppure lei a sorreggermi, ero solo. Amelia si era trasferita a Milano da anni e dopo l'arresto di nostra madre era fuggita come se volesse mettere più chilometri possibili tra lei e le nostre tristi vicende, il personale di servizio si licenziò in blocco, passavo intere giornate a letto, ero depresso, non mangiavo più, dormivo poco e male, avessi avuto un briciolo di coraggio l'avrei fatta finita, credo. Poi un giorno suonò il campanello, siccome il citofono era rotto andai a vedere chi fosse, mi ritrovai davanti un ragazzone alto e dai capelli ricci che mi fissava dalla parte opposta del cancello, lo riconobbi più per la postura che per l'aspetto, tenuto conto che il suo viso da ragazzino era evoluto in un volto maturo e squadrato, quasi fosse il fratello maggiore di sé stesso. *Ciao*, disse, *ho pensato che ti servisse una mano.* Trattenni le lacrime di gioia, lo feci entrare e cercai di calcolare quanto tempo fosse trascorso dall'ultima volta che ci eravamo visti, poi lasciai perdere e lo presi per mano. Bastò quel semplice contatto per farmi tornare a vivere."

67

Leonardo

Tommy è affaticato, ricordare può essere stancante, a volte più di quanto riusciamo a sopportare. Mentre raccontava mi stavo chiedendo come avesse fatto a superare tutto questo, la risposta è arrivata dalle sue ultime parole, il ritorno di Mattia. Deduco che da quel giorno non abbiano mai smesso di vedersi, magari tra poco sbucherà da qualche angolo della villa col suo armamentario da pittore.

"Senti, c'è la questione che sono stato io a dire ai carabinieri della camera da letto... ho sentito il dovere di farlo, lì per lì, però non immaginavo le conseguenze. Mi dispiace."

Sorride. "Sarebbero venuti ugualmente. Quando c'è un morto indagano sempre i familiari, pare ci siano alte probabilità che il colpevole sia uno di loro. Comunque è acqua passata."

È un sollievo sentirglielo dire, per molto tempo ho temuto che quel mio gesto avesse alzato una barriera insormontabile tra di noi, che in qualche modo potessi essere ritenuto responsabile di quanto è successo. Ho indagato su me stesso anche per capire quale sia stata la causa alla base dell'impulso che mi ha spinto dai carabinieri, quel giorno. Non sono giunto a una conclusione chiara, ho il timore che abbia a che fare con un vago desiderio di vendetta nei confronti di tutti loro, per avermi estromesso dalle loro vite.

"Mattia mi ha salvato, letteralmente" continua Tommy, "non abbiamo mai parlato di ciò che era successo anni prima, né del motivo per cui ha deciso di tornare da me, quindi posso fare solo ipotesi. Probabilmente dopo il pestaggio era terrorizzato dall'idea che mio padre, seppur in fuga all'estero, potesse venire a sapere di noi e quindi ha preferito restarmi lontano. Io, seppur desiderassi vederlo e lo pensassi spesso, ero ridotto troppo male per andare da lui e non avrei saputo cosa dirgli, francamente, dopo che aveva rifiutato di incontrarmi all'ospedale. La consideravo una storia chiusa per sempre. Avevo ammazzato mio padre per nulla, questo era un altro pensiero ricorrente. In seguito al ritrovamento del corpo e all'arresto di mia madre avrà pensato che fossi rimasto solo e che a quel punto non ci fosse più nulla da temere. Però, come ho detto, non ne abbiamo mai parlato e mi sta bene così. A volte il passato è meglio metterlo sotto chiave. Da allora stiamo insieme, anche se non è mai venuto ad abitare qui. Però stiamo ristrutturando un vecchio casale a Rocca San Casciano, andremo a vivere lì tra non molto, Mattia, mia madre e io. Faremo gli agricoltori, te lo immagini? Non vedo l'ora di iniziare, di spor-carmi le mani e di sudare nei campi. Promet-timi che verrai a trovarci. Dobbiamo restare in contatto."

Mentre sto dicendo che sì, assolutamente, dobbiamo rivederci, sento una voce chiamarlo in lontananza. È Mattia che si sta sbracciando sulla porta, chiede a Tommy di raggiungerlo, dice che ha bisogno in cucina, ha combinato un guaio col forno a microonde. Tommy ride, gli urla che arriva subito, poi mi viene incontro e mi abbraccia.

"È stato un piacere rivederti. Anche libera-torio. Finalmente ho potuto raccontare come sono andate le cose. Chissà, magari quando sa-rò vecchio scriverò una memoria per rivelare al mondo la verità, anche se dubito che a quel punto potrà interessare a qualcuno. L'attenzione sui fatti di cronaca è effimera co-me la bellezza, per fortuna. L'ha capito anche mia sorella, l'unica che da quei fatti ha guada-gnato qualcosa scrivendoci sopra due libri. Il primo ha venduto parecchio, il secondo non se l'è filato nessuno. Però lei ha sfruttato ugual-mente la cosa finendo a letto con l'editore. Dal quale sta già divorziando, fra parentesi. E sono due, i matrimoni falliti. Ma ora sto spettego-lando, non è educato. Devo andare a salvare la cucina da Mattia. A presto."

Mentre cammino verso la macchina sento vibrare il cellulare. È mia moglie, mi appare sul monitor la foto che la ritrae insieme a no-stro figlio seduti su un'altalena. Mi chiede di

418

fare una commissione per lei, dico sarà fatto, poi decido di lanciare la bomba: "forse l'ho trovata" butto lì.

"Che cosa?" chiede, la sento distratta, me la immagino mentre analizza documenti contabili, il telefono appoggiato alla spalla. "La nuova casa" dico. Percepisco il cambio di attenzione, chiede più informazioni. Spiego dove si trova, le lascio il tempo di collocarla mentalmente, dico che è una villa molto grande con un immenso parco intorno, tralascio di dire che ci ho passato gli anni dell'adolescenza, lo farò in seguito se ci sarà l'occasione giusta.

"Voglio vederla" dice.

"Sì, organizzo una visita con l'agente immobiliare."

"È abitata?"

"Sì, ma ancora per poco. Ciò che rimane di una famiglia molto ricca, stanno per trasferirsi in una casa più piccola."

"Credi davvero che andrà bene per noi?"

"Ne sono certo."

"Sai vero che alla fine deciderò io..."

"Come sempre."

"Esatto."

"Deciderai per il meglio, lo so."

"Come sempre."

Salgo in macchina, mentre sto per ripartire mi accorgo del cartello *vendesi* affisso al cancello. D'impulso scendo, lo smonto e lo carico nel bagagliaio. All'improvviso sono terrorizzato dall'idea che qualcuno possa comprare la villa prima di me. Chiamo l'agente, dico che sono seriamente interessato all'acquisto, di non fare trattative con altri senza avvertirmi. Mi accorgo di avere un tono autoritario, al limite della prepotenza e che quest'impazienza mi costerà parecchio al momento della trattativa sul prezzo. Non m'interessa, voglio solo concludere l'affare. Sento che se rinunciassi a villa Cecilia mi rimarrebbe addosso una sensazione di incompiutezza con la quale sarebbe difficile convivere. Dev'essere stato vederla ridotta così male a generarmi qualcosa dentro, un desiderio di protezione che mi spinge verso di lei, come fosse una persona. O forse è la villa stessa ad attirarmi a sé, come se cercasse qualcuno capace di salvarla da quel degrado incalzante. In ogni caso c'è un legame tra noi che non mi sento di ignorare, perché sarebbe come rinnegare un pezzo importante della mia vita. Voglio crescere mio figlio tra quelle siepi, voglio invecchiare circondato da quella bellezza e fermarmi, di tanto in tanto, a ricordare me stesso, da ragazzo, mentre nuoto in piscina o mentre cammino verso il campo da tennis con la racchetta sotto braccio. Sarà come rivedere un vecchio film muto, le immagini offuscate dal deterioramento della pellicola, i personaggi che si muovono troppo veloci. Quei personaggi saremo noi, Tommaso, Amelia, la signora Cecilia, Mattia, i ragazzi e le ragazze che frequentavano la villa, tutti più giovani, più belli, tutti pieni di speranze per un futuro che si prospettava radioso, così come lo era il presente.

Comprare la villa è come comprare il proiettore che serve per vedere quel film. Senza avrei solo ricordi offuscati dal tempo e difficili da collocare, che finirei per smarrire.

E sarebbe come perdere un frammento di me stesso.

68

Amelia

Di nuovo quel ronzio fastidioso che poco fa sono riuscita a scacciare muovendo la mano per aria, al buio, senza svegliarmi del tutto. Ora però capisco che non si tratta di una mosca né di una zanzara, bensì del mio cellulare che vibra e si illumina a intermittenza. Apro un occhio soltanto, il minimo indispensabile per guardare l'ora sul display della sveglia digitale appoggiata sul comodino. Le nove e un quarto, praticamente l'alba. Da quest'informazione e dall'insistenza capisco che si tratta di Tommy, nessun altro di mia conoscenza chiamerebbe così presto e lascerebbe squillare a vuoto per tutto quel tempo. Lascio che si arrenda, infatti il ronzio termina poco dopo e mi concedo un supplemento di riposo, rigirandomi nel letto. Mi accorgo che c'è una persona distesa al mio fianco. È un uomo, sta dormendo, la bocca semiaperta dalla quale esce un leggero sospiro ritmato.

"Chi diavolo sei?" chiedo, ma la voce mi esce impastata e attutita, troppo lieve per scalfire quel sonno profondo. Lo scuoto con la mano, ottengo solo un lamento e un grugnito, è per questi rumori mattutini che preferisco non si fermino a dormire.

"Ehi, chiunque tu sia, è ora di alzarsi" dico, stavolta a voce alta, e accompagno la frase con uno scuotimento più energico di prima. Il tipo apre gli occhi, mi guarda, ci mette un po' a capire, poi sorride, beato lui, dev'essersi ricordato qualcosa di bello, magari prima di cacciarlo di casa me lo faccio raccontare.

"Vado in bagno, quando torno ti voglio fuori di qui. Chiaro?"

Annuisce. Mi alzo, arriva il solito capogiro, mi rallenta per una frazione di secondo, quella necessaria a riacquistare l'equilibrio. Ho imparato da anni a gestire i dopo sbornia della mattina, oramai li aspetto come il sorgere del sole. Afferro il cellulare dal tavolino ed entro in bagno, mi siedo sulla tazza, controllo il monitor. Non sbagliavo, era Tommy. Valuto se richiamarlo o fregarmene, magari rimando a più tardi, quando i postumi del risveglio saranno superati. Mi sciacquo la faccia più volte, il contatto con l'acqua fredda mi rigenera, faccio tutto molto lentamente per dar tempo al tizio di rivestirsi e andarsene, occupo il bagno per impedirgli di usarlo, non ammetto contaminazioni da parte di estranei. A questo pensiero mi viene da ridere, tenuto conto che abbiamo passato la notte insieme è evidente che tengo più alla purezza del mio bagno che a quella del mio corpo. Di nuovo la vibrazione, di nuovo Tommy. La sua insistenza mi irrita, decido di rispondere più per farlo smettere che per il desiderio di farlo.

"Che c'è?"

"Buongiorno anche a te..."

"Devi smettere di chiamare così presto."

"Così presto? Ma se sono le no..."

"Che c'è?"

"Volevo farti un saluto, tutto qui."

Faccio un respiro profondo, se mi agito mi aumenta il mal di testa.

"Scusa, è che ho fatto tardissimo e non ho dormito abbastanza."

"Beh, se vuoi richiamo nel pomeriggio."

"No, fa niente. Come va? La mamma?"

"Tutto bene. Forse abbiamo trovato un compratore per la villa."

"Ah. Ottimo. Uno di lì?"

"Non ci crederai. Te lo ricordi Leonardo?"

Ci metto un attimo ma è per colpa del mal di testa, in realtà me lo ricordo bene, "sì, ho presente."

"È lui. A quanto pare è diventato ricco. Ieri pomeriggio è passato, abbiamo parlato molto."

"Ma dai. E compra la villa?"

"Non c'è niente di deciso ma ho l'impressione che finirà per comprarla, sì."

"Quindi se la passa bene... Buon per lui."

"C'è una cosa. Ieri, quando è venuto e ci siamo messi a parlare... ho sentito l'impulso di dirgli la verità. Ed è quello che ho fatto."

Cerco di valutare le conseguenze di ciò, avverto alcune fitte alla testa, mi sto pentendo di aver risposto al telefono.

"Non potevi evitarlo? Se lo racconta in giro?"

"Non lo racconta a nessuno. Mi sembrava la persona giusta a cui dirlo, e *dovevo* dirlo a qualcuno. E poi scusa, nella peggiore delle ipotesi, posso sempre dire che si è inventato tutto."

"Vabbè. Tanto ormai è fatta."

"Ci vieni a trovare?"

"Più avanti. È un periodo incasinato."

"Stai lavorando?"

"Sì. Parecchio."

Silenzio. So bene che attende altri particolari ma non sono dell'umore per inventare frottole. La verità è che non sto facendo nulla da tre anni ormai. Ho abbastanza soldi per vivere bene senza lavorare, quindi chissenefrega. Ma per qualche motivo non riesco ad ammetterlo così invento collaborazioni con testate giornalistiche milanesi per lavori di ricerca o altri mestieri altrettanto nebulosi che nessuno sarebbe in grado di confutare. Dopo qualche altra domanda Tommy si arrende alle mie risposte monosillabiche, riattacchiamo.

Rimango immobile sul lavandino, il viso ancora bagnato. Quella telefonata mi ha lasciato un brutto sapore, come sempre mi capita quando risento parlare del passato. Ripenso alle sue parole di poco fa, *ho sentito l'impulso di dirgli la verità*. Ma se neppure tu la conosci, la verità, caro fratello... come puoi raccontarla a qualcuno? Puoi raccontare ciò che pensi di sapere, ciò che i fatti ti hanno indotto a credere, ma non è affatto detto che *quella* sia la verità. Se fossi qui, adesso te la potrei rivelare io, e forse lo farò prima o poi, o forse no, che tanto non cambierebbe nulla, a differenza tua io non sento l'esigenza di raccontare un bel niente. I libri che ho scritto? Una pura e semplice operazione commerciale per sfruttare l'onda degli eventi e guadagnarci qualcosa. E comunque lì dentro di verità non ce n'è neppure un grammo. Ma questo già lo sai perché li avrai certamente letti, non fosse altro per la curiosità di ritrovare te stesso dentro le pagine stampate e rilegate.

Ti direi che nostro padre, a differenza di quanto pensi di sapere, non ha fatto pestare Mattia la seconda volta, perché sono stata io. Lo avevo informato dei vostri incontri ma lui aveva troppe cose per la testa e nessun interesse per quella vicenda, ho lasciato passare qualche giorno ma poi ho capito che non avrebbe fatto nulla, quindi mi sono attivata, ho contattato amici di amici disposti a fare lavoretti sporchi e li ho istruiti per bene, ho detto loro che l'obiettivo era il ragazzo che avresti incontrato, una volta uscito di casa, era sufficiente seguirti. Nei giorni seguenti lo hanno fermato, portato in un luogo isolato e riempito di botte, con la minaccia di farlo di nuovo qualora ti avesse rivisto. Teppisti un po' ottusi ma precisi, devo ammettere, coi loro sguardi da impasticcati e il loro gergo da aspiranti criminali. Li ho pagati con un orologio di mamma che ho rubato da un cassetto della sua stanza, probabilmente non se n'è mai neppure accorta. Sapevo che quella di Mattia era l'unica corda capace di farti suonare e io avevo bisogno di te, per liberarmi di nostro padre. A quel punto è stato sufficiente condurti per mano verso la tua decisione finale, anche se non potevo sapere con certezza che l'avresti fatto. Anzi, probabilmente non l'ho creduto veramente fino a quando non ho visto gli schizzi di sangue partire dal suo collo lacerato. Quella è stata la prima volta che sei riuscito a stupirmi, caro fratello, ma forse avrei dovuto stupirmi di me stessa e della mia capacità di convincere le persone a fare ciò che desidero. Hai detto a Leonardo di essere il vero assassino di nostro padre ma in realtà sei stato solo l'esecutore materiale, il sicario che ha eseguito l'ordine del mandante. Fosse stato solo per te sarebbe ancora vivo e vegeto, probabilmente di nuovo protagonista della vita pubblica di questo paese che troppo facilmente dimentica il proprio passato.

Ti direi anche che sono stata sempre io, dopo l'arresto della mamma, a parlare con Mattia per dirgli che poteva tornare da te, che lo stavi aspettando. Mi rivedo mentre cerco di rintracciare il suo negozio di fiori ripensando alle vaghe indicazioni che mi aveva dato Leo, anni prima, quando l'aveva incontrato dietro tuo incarico. Quando poi l'ho trovato e lui era lì, coi suoi capelli ricci, ho capito che stavo facendo la cosa giusta. Dovevi vedermi, come sono stata convincente, anche in quel caso, ho perfino pianto, nel ricordare le tristi vicende che avevano colpito la nostra famiglia e nell'esprimere la necessità che avevi di trovare conforto in qualcuno che ti capisse davvero. Gli ho detto di tacere quel nostro incontro perché sarebbe stato meglio lasciarti credere che la decisione di tornare fosse nata da lui, altrimenti avresti potuto pensare che si trattasse solo di pietà, e non l'avresti sopportato. Quindi possiamo dire che, tutto sommato, ho sistemato le cose. O forse le cose si sistemano da sole, noi siamo solo strumenti nelle mani di un destino beffardo.

Sento un rumore provenire dalla camera da letto, esco dal bagno e vado a controllare. Il tizio è ancora lì, sotto le coperte, sta fumando una sigaretta tenendo in mano un vaso di terracotta che ha svuotato dei fiori, riposti a gocciolare sul comodino.

"Che ci fai ancora qui?" chiedo.

Mi guarda, mi scruta, mi ispeziona. Mi rendo conto di essere mezza nuda, indosso le mutande e il reggiseno, cerco di coprirmi con una mano ma è un riflesso condizionato che rigetto subito, archiviandolo come idiozia.

"Ti avevo detto di andartene."

"Sì. Ho sentito. Ho pensato che stessi scherzando."

"Perché avrei dovuto scherzare?"

"Perché stanotte hai giurato che mi volevi sposare, quindi forse stavi scherzando allora, ma dalla tua espressione non mi pareva."

"Stanotte ero ubriaca. E lo eri anche tu. Ora siamo sobri, almeno io lo sono, e te lo ripeto. Devi andare via subito."

Tira una boccata, fa un cerchio col fumo che poi distrugge con una passata di mano. È bello, più di quanto mi fosse apparso ieri sera, quando mi sono fatta rimorchiare in un locale orribile dov'ero stata trascinata da un'amica. *Dai, prendiamo qualcosa al bancone e poi andiamo,* ha detto lei, guardandosi intorno, come per cercare qualcosa di passabile in quella bettola piena di gente ordinaria. Ho accettato controvoglia, decisa a far durare la cosa meno possibile, ho ordinato un Daiquiri, poi è arrivato lui, mi si è seduto a fianco, ha cominciato a fare battute dello stesso livello del locale. La mia amica si è eclissata con un uomo, dalla rapidità con cui si è svolta la cosa ho capito che avevano un appuntamento e anche il motivo per cui mi aveva condotto lì. Ho represso una crescente irritazione, mentre il tipo alla mia sinistra continuava a parlare. Ho valutato le ipotesi che mi restavano, tornare a casa e passare il resto della sera davanti alla TV oppure ubriacarmi e dar corda al tizio. Mentre alzavo la mano per attirare l'attenzione del barista ho capito di aver scelto questa seconda strada.

Ho atteso che usasse il bagno, ne esce col viso e i capelli bagnati, dice qualcosa a proposito dell'effetto rigenerante dell'acqua, avrà cinque o sei anni meno di me, mi rendo conto che, forse inconsciamente, mi sto indirizzando verso maschi più giovani. Gli butto i vestiti addosso, lui li scansa e li lascia cadere, mi prende in braccio e mi getta sul letto, dice che ha ancora voglia di me, questo suo desiderio e il modo in cui lo esprime mi lascia stupita, non trovo le parole per negarmi, mi chiedo fino a quando mi capiterà di sentirmelo dire. Mi guarda dall'alto, inginocchiato sul letto, dopo che con grazia mi ha tolto quelle poche cose che indossavo, sembra quasi che ora, alla luce del giorno, voglia soffermarsi su alcuni aspetti che ieri notte ha trascurato, il mio corpo per esempio, che ora diviene qualcosa da ammirare coi suoi difetti e i suoi presagi di un incombente inizio d'appassimento.

"Sei sbalorditiva" dice.

Quella parola è una catapulta che mi scaraventa indietro nel tempo, mi riporta dentro un sacco a pelo nascosto dietro una collinetta, nella sera in cui ho perso la verginità, con Leo che la sussurra al mio orecchio dopo averlo baciato. E forse sarà per colpa dei postumi della sbornia, forse per l'effetto che le mani di quest'uomo hanno su di me, forse per la telefonata di Tommy a cui *sapevo* di non dover rispondere, ma sento arrivare un desiderio inarrestabile di piangere. E allora lo dirotto verso una risata che appare quasi isterica al punto che il tizio si ferma, un istante solo, per accertarsi che sia tutto okay, ricaccio indietro quelle assurde lacrime e faccio cenno di sì, continua pure, esplora il mio corpo come faresti da naufrago con un'isola deserta, ogni anfratto, alla ricerca della speranza di poter sopravvivere.

"Ridillo" chiedo, io che non ho mai chiesto nulla agli uomini, ho sempre preteso e ottenuto ciò che mi pareva, "ridillo" ripeto, e lui sembra non capire, poi sorride, consapevole di aver colto nel segno con quell'aggettivo così poco utilizzato e per questo più pregiato di tutti gli altri, non magnifica, non stupenda, *sbalorditiva*. E allora lo ripete, ancora e ancora, lo ripete con enfasi crescente al pari della nostra eccitazione, lo ripete ansimando e distorcendo la voce fino a renderla quasi incomprensibile, e ogni volta che lo sento torno sull'ottovolante delle emozioni, sono balzi improvvisi seguiti da un galleggiare a mezz'aria, per poi ridiscendere a picco fino a una nuova risalita.

Dopo restiamo in silenzio, quasi in attesa di qualcosa, forse di conseguenze che sappiamo non esserci, siamo solo due estranei che hanno condiviso una notte e uno scorcio di mattino.

"Allora io vado" dice alzandosi. Ora sembra triste, quasi malinconico, ma forse è solo stanco o finge di essere dispiaciuto di lasciarmi così, sedotta e abbandonata. Annuisco senza alzarmi dal letto, lo guardo distrattamente mentre si riveste, si aggiusta i capelli ed esce, un ultimo saluto con la mano sulla soglia, un gesto dal sapore infantile. Resto seduta, il cuscino sistemato sulla testiera, afferro una rivista di moda dal comodino, sfoglio pagine piene di pose e di sfondi tropicali. Nel frattempo ripenso a Leo, al fatto che comprerà villa Cecilia, a come sarebbe ora la mia vita se fossi rimasta con lui, se avessi dato ascolto a quel sentimento che allora mi spaventò al punto da cacciarlo via. Frammenti di una vita che non ho vissuto mi si accavallano nella mente, una famiglia, un figlio, una routine da seguire rassegnati e di cui lamentarsi con le amiche davanti a un bicchiere di vino.

Poi le foto della rivista si annebbiano e diventano figure informi, mentre le lacrime di prima, finalmente libere, mi scendono sul viso e poi si infrangono, silenziose, sulla carta patinata.